KB156631

帝王燕

# 제왕연 18
ⓒ지에모 2021

| | |
|---|---|
| 초판1쇄 인쇄 | 2021년 5월 31일 |
| 초판1쇄 발행 | 2021년 6월 15일 |

| | |
|---|---|
| 지은이 | 지에모芥沫 |
| 옮긴이 | 이소정 |

| | |
|---|---|
| 펴낸이 | 박대일 |
| 편집 | 이문영 · 박지해 · 임유리 · 신지연 · 이지영 |
| 마케팅 | 임유미 · 손태석 |
| 일러스트 | 흑요석 |
| 디자인 | 박현주 |
| 교정 | 김미영 |

| | |
|---|---|
| 펴낸곳 | 파란미디어 |
| 출판등록 | 2004년 9월 14일 제313—2004—00214호 |

| | |
|---|---|
| 주소 | 03992 서울시 마포구 동교로23길 14 국제빌딩 6층 |
| 전화 | 02.3141.5589 영업부 070.4616.2012 편집부 |
| 팩스 | 02.6499.5589 |
| 전자우편 | paranbook@gmail.com |
| 카페 | http://cafe.naver.com/paranmedia |
| 인스타그램 | @paranmedia |

| | |
|---|---|
| ISBN | 978-89-6371-895-8(04820) |
| | 978-89-6371-821-7(전21권) |

제
왕
연

18

帝王燕 지에모芥沫 지음 ─ 이소정 옮김

파란

# 차례

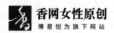

# 남은 시간은 사흘

백리명천이 긴장하고 있는 것을 본 시위가 서둘러 답했다.

"기욱 휘하의 시위 두 명과 시녀 한 명입니다!"

백리명천은 더 묻고 싶은 것이 있는 듯했지만, 초조한 듯 손을 저어 시위를 내보냈다. 시위는 감히 더 시간을 낭비하지 못하고 다급하게 그 자리를 떠났다.

백리명천은 얼굴을 굳힌 채 분노를 삭이지 못하고 있었다.

그는 축운궁주 곁에 있으면서 혁소해에 대해 꽤 많은 이야기를 들었다. 혁소해, 그 늙은이는 결코 상대하기 쉬운 작자가 아니었다! 그런데 수희가 혁소해의 심복을 노리고 있다니…… 이건 스스로 죽을 길을 찾고 있는 것 아닌가?

백리명천은 불안해하고 있었으나, 다음 날 시위가 좋은 소식을 가져왔다!

"삼전하, 수희 대인이 알아낸 소식입니다. 다평산은 남경 경내에 있으나, 기씨 가문이 이곳에서 비밀리에 벌이던 사업이 있다고 합니다. 혁소해와 기욱이 다평산을 고른 것도 이곳에 천라지망을 펼쳐 군구신 일행을 유인하기 위해서만은 아니었습니다. 다평산에는 천 년이 넘은 차나무가 있는데, 바로 산 그늘 절벽 위에 있다고 합니다. 기씨 가문은 매년 입하 때면 그 차나무에서 잎을 따서 차를 만들었는데, 작년에는 기욱이 직접 온 적도 있다고 합니다. 그러니 올해 입하 때도 분명 기욱이 나타날 것이라 합니다!"

백리명천은 계속 이곳이 현공상회 영역이라 여겨 왔기에 상당히 놀랐다. 기씨 가문이 이쪽에서 비밀리에 사업을 벌이고 있었을 줄이야!

"그렇다면, 그들이 군구신과 약속한 것도 입하 후의 일이겠구나!"

시위가 연신 고개를 끄덕였다.

"그렇습니다! 수희 대인의 말에 따르면 기욱이 입하에 혁소해를 초대해 차를 마시기로 했다고 하니, 바로 전하께서 손을 쓰실 절호의 기회입니다. 다만 혁소해의 무공이 뛰어나니, 전하께서 재삼 고려하신 후에 행하심이…….."

시위가 우물쭈물하기 시작하자 백리명천이 불쾌한 듯 말했다.

"말하라!"

시위가 어쩔 수 없다는 듯 솔직하게 말했다.

"수희 대인의 말로는, 전하께서 혁소해와 적이 되느니 일단 손을 잡고 군구신을 상대한 후, 나중에 다시 빚을 청산해도 늦지 않으리라 하였습니다!"

수희는 너무 오래 갇혀 있다 보니 지금의 상황을 전혀 파악하지 못하고 있을 뿐 아니라, 제 주인의 마음조차도 제대로 알지 못했다. 그러나 시위는 백리명천의 상황을 아주 명확하게 알고 있었다. 다만 수희가 반드시 자신의 말을 전하라 했기에 어쩔 수 없이 이야기했을 뿐이었다.

백리명천이 살짝 멈칫했다. 그는 이미 한참 전부터 수희와 같은 마음이 아니었다. 어쨌든 시위의 말을 들은 다음에야 백리명천은 수희가 자신이 혈루를 얻었다는 사실을 모른다는 것을 깨달았다. 그는 잠시 침묵하다가 말했다.

"됐다. 수희에게 기다리라고 전해라. 그리고 입하에 너희 중 그 누구도 본 황자를 보좌할 필요 없으니, 계획을 세워 수희를 구해 주도록 해라. 너희가 수희를 따르고 싶다면 따르도록 하고, 수희를 따를 생각이 없다면 그대로 해산하도록."

이 말에 깜짝 놀란 시위가 다급하게 물었다.

"삼전하, 대, 대체 무슨 뜻이십니까? 이상한 생각을 하시면 안 됩니다!"

백리명천이 눈썹을 치켜세우며 차갑게 말했다.

"쓸데없는 소리를 하는군. 본 황자의 말대로 안배하도록!"

그러나 시위는 겁을 먹은 상태에서도 물러나지 않고 진지하게 물었다.

"삼전하, 대체 왜 그러시는 겁니까? 대체 무엇을 하실 생각입니까?"

백리명천이 갑자기 손을 내밀더니 시위의 목을 조르며 웃기 시작했다.

"본 황자는 대사를 하나 계획 중이지! 그런데 내가 너에게 꼭 보고해야 한다는 말이냐?"

너무 놀란 시위가 연신 고개를 저었다. 백리명천은 그제야 손에서 힘을 풀고 차갑게 말했다.

"꺼져라!"

시위가 사라진 후 백리명천은 심호흡을 했다. 그는 힘을 주어, 이미 마비가 오기 시작한 오른손을 꽉 쥐며 중얼거렸다.

"이제 사흘 남았다. 버텨야만 해!"

그가 려금을 찾아가려는데, 시위 하나가 다시 오더니 말했다.

"삼전하, 군자택은 어젯밤부터 지금까지 쌀 한 톨, 물 한 방울 입에 대지 않았습니다. 전하를 뵙지 못하면 그대로 죽어 버리겠다고 합니다!"

지난번 군자택에게서 질문을 받은 후로 백리명천은 더 이상 그를 만나지 않았다. 시위의 말을 들은 그는 고개조차 돌리지 않고 말했다.

"그 애에게 전해라. 본 황자는 그 애의 시신으로도 충분히 군구신을 위협할 수 있다고 말이다! 그러니 마음대로 하라고!"

말을 마친 백리명천은 려금의 방으로 들어갔다. 이미 그녀의 얼굴에 '요괴 할망구'라는 글자를 몇 개나 만들어 놓은 다음이었다. 려금은 강인하게 견디고 있었으나, 마음속은 이미 무너지기 직전이었다.

백리명천은 다평산 아래에서 입하를 기다리고 있었다. 그리고 군구신과 비연은 현공상회 소속 사업체 중 다평산에서 가장 가까운 곳에 있는 교월차장에 도착했다.

남방에서 늦봄, 혹은 초여름은 결코 좋은 계절만은 아니었다. 후덥지근한 공기는 몹시도 습했고, 특히 한낮에는 견디기 어려울 정도로 더웠다. 이런 습기와 더위 속에 있노라면 어쩐지 답답하고 초조해지기 마련이다.

그러나 이 남방의 날씨보다 사람을 더더욱 답답하게 하는 것은 마차 안, 군구신과 비연 사이에 맴도는 공기였다.

비연이 정왕부에서 '결과는 스스로 감당해야 한다'라고 말한 후 지금까지 두 사람은 냉전 상태였다. 그들은 반드시 해야 할 말이 아니면 서로 단 한마디도 주고받지 않았다. 밤에 같은 침상에서 잠들면서도 서로 등을 돌린 채 역시 한마디도 하지 않았다.

적막 속, 말발굽 소리가 점차 느려지더니 마침내 멈췄다. 교월차장에 도착한 것이다. 계속 고개를 숙이고 있던 비연이 그제야 군구신을 바라보았다.

군구신은 살짝 눈을 감고 있었는데, 마치 졸고 있는 것 같기도 하고 그저 멍하게 있는 것 같기도 했다. 비연이 한마디 하려다가 몰래 주먹을 쥐며 한 번 더 참았다.

그녀는 그에게 시간을 주겠다고 했었다. 입하 전에 모든 것을 설명하지 않으면 그 결과는 스스로 감당해야 할 거라고도 했다.

그에게 대체 어느 정도의 시간이 필요한지 도무지 알 수 없었다. 그녀가 아는 것은 단 하나, 사흘이 지나면 입하라는 사실이었다! 그리고 입하에 그들은 큰 전투를 벌일 예정이었다!

그는 대체 왜 이러는 걸까?

비연과 군구신 모두 마차에서 내리지 않고 있었다. 그때 마차 밖에서 익숙한 목소리가 들려왔다.

"연아, 자는 것은 아니겠지? 연아!"

승 회장의 부인인 상관 부인이었다. 고칠소가 풍화도로 간후, 승 회장은 바로 어주도를 지키러 갔다. 게다가 소 부인도 부재중이니, 지금은 남경 전체를 상관 부인과 상관보가 관할하고 있었다.

상관 부인은 비연의 소식을 받은 후 비밀리에 교월차장에 먼저 도착해, 모든 것을 안배해 놓은 상태였다.

비연은 군구신을 상대하지 않고 몸을 일으켜 마차에서 내리려 했다. 순간 군구신도 동시에 몸을 일으켰고, 두 사람은 부딪치고 말았다.

비연이 옆으로 나동그라지는 순간, 군구신이 재빨리 그녀의 허리를 감싸 안았고 비연 역시 그의 소매를 움켜잡았다.

습관이 본능이 될 수 있다면, 그의 본능을 그녀를 지키는 것이었고 그녀의 본능은 그에게 의지하는 것이었다. 상대를 사랑하는 이상 어찌 이런 본능이 생기지 않을 수 있을까?

두 사람 모두 멈칫했고, 곧 비연의 눈가가 젖어 들기 시작했다. 그러나 그녀가 그의 손을 잡으려는 순간, 군구신이 다급하게 그녀를 놓았다. 비연이 잡으려 했으나, 군구신은 분명 그녀를 피하고 있었다.

그는 장막을 걷어 올리더니 마차에서 내렸고, 비연의 손은 그대로 허공에 머물러 있었다. 장막이 다시 떨어져 내리며 고통으로 얼룩진 그녀의 얼굴을 감추어 주었다.

군구신은 마차에서 내리자마자 상관 부인에게 고개를 끄덕여 인사를 대신했다. 상관 부인은 군구신의 성격을 알고 있었기에 웃으며, 그가 비연을 안아 마차에서 내려 주기를 기다리고 있었다.

그러나 이게 웬일일까. 군구신은 그대로 서 있었고, 비연 스스로 장막을 걷고 마차 밖으로 뛰어내렸다.

비연은 언제 괴로워했냐는 듯이 활짝 웃으며, 상관 부인을 와락 끌어안고 말했다.

"정 이모, 오랜만이에요! 연아가 얼마나 보고 싶었는지 아세요?"

이때 상관 부인 뒤에 있던 군구신은 그녀를 바라보고 있었으나, 그가 무슨 생각을 하는지는 알 수 없었다. 그와 시선이 마주치는 순간 비연의 웃는 얼굴도 살짝 굳었지만 곧 아무 일도 없었다는 듯 찬란하게 웃기 시작했다.

상관 부인도 매우 흥분하여 비연을 꼭 끌어안고 말했다.

"나도 네가 얼마나 보고 싶었는지 몰라!"

비연이 해실해실 웃으며 속삭였다.

"어때요, 아이는 가졌나요?"

상관 부인은 이런 화제를 피하는 법이 없었다. 그녀가 자조하듯 말했다.

"아무 쓸모가 없어. 임신시켜 주지도 못하고!"

이 말을 승 회장이 들었다면 아마 얼굴이 목탄보다도 어두워졌을 것이다. '쓸모없다'라는 말은 너무 쉽게 다른 의미로 해석되니까!

곁에 있던 시위들 모두 슬며시 웃고 있는 가운데, 군구신은 시종일관 무표정했다. 그러한 분위기를 눈치채지 못한 비연이 계속 물어보려는데, 상관 부인이 웃으며 비연의 배를 쓰다듬었다.

"연아 너는? 혼사를 치른 지 그리 오래됐는데, 어째 아직 소식이 없는 거지?"

## 누가 다른 사람에게 시집갈 수 없다고 그래

상관 부인이 설마, 어서 아이를 낳으라고 재촉하는 걸까?

비연과 군구신은 혼사를 치른 지 오래되었지만, 지금까지 그 누구도 그들에게 이런 문제를 언급한 적은 없었다.

비연은 상관 부인의 자애로운 미소를 보자 갑자기 모후가 그리워졌다. 이런 일은 보통 어머니들이 가장 관심을 가지는 법이니까.

상관 부인은 영리한 사람이었다. 그녀는 이미 비연과 군구신 사이가 이상하다는 것을 눈치채고, 일부러 이런 화제를 꺼낸 것이었다.

비연과 군구신의 반응을 본 그녀는 두 사람 사이에 문제가 생겼음을 확신했다.

그녀가 분위기를 원만하게 만들 방법을 생각하고 있을 때 비연이 갑자기 농담처럼 이야기했다.

"우리가 혼사를 치른 지 오래되었다니요? 대례를 치르지 않았으니 인정할 수 없다고요!"

상관 부인은 언제나 아무것도 두려워하지 않는 사람이었다. 그녀는 비연의 말에서 도전적인 냄새를 맡고 일부러 물었다.

"예를 끝내지 않은 것이 뭐가 문제지? 설사 예를 끝내지 않았다 해도, 연아가 이제 와서 다른 사람에게 시집갈 수 있겠어?"

비연이 반문했다.

"예를 끝내지 않았으니 아직 부부가 아닌 셈인데, 다른 사람에게 시집갈 수 없는 이유는 뭔가요?"

이 말을 들은 군구신은 여전히 무표정한 얼굴이었으나, 소매 속에 감춰진 손은 점점 더 꽉 주먹을 쥐고 있었다.

상관 부인이 큰 소리로 웃으며, 군구신에게 놀리듯 말했다.

"정왕, 들었나! 대체 어디까지 연아의 응석을 받아 줄 셈이지?"

군구신은 상관 부인을 향해 잔잔한 미소를 보냈다. 억지로 만들어 낸 미소 같기도 하고 간신히 떠올린 것 같기도 했다. 그리고 곧 진지한 표정으로 말했다.

"이곳은 대화를 나누기에 적합한 것 같지 않으니, 들어가시지요."

말을 마친 그는 바로 대문 안으로 들어갔다. 상관 부인의 눈에 복잡한 빛이 스치는가 싶었지만, 그녀는 재빨리 하인에게 길을 안내하라 이르고 비연의 손을 잡아끌었다.

대문 안으로 들어간 후, 상관 부인이 남쪽 산을 가리키며 말했다.

"저곳이 바로 다평산이야. 이 일대 산에는 모두 차나무가 자라고 있지만, 다평산의 차가 제일 유명하지. 이곳에서 다평산까지 걸어가면 약 반 시진 정도 걸린단다. 물론 마차를 타고 가거나 하면 더 빠르지. 일단 좀 쉰 다음, 저녁에 우리 함께 자세한 이야기를 나누자꾸나."

군구신이 고개를 돌리더니 말했다.

"쉴 필요 없습니다. 먼저 이야기를 하시지요."

"사내인 자네야 힘들지 않다고 해도, 연아는 피곤할 수 있지. 내가 다 안배해 놓았는데 왜 그리 안달하는 게야? 설마 나를 믿지 못하는 건가?"

상관 부인은 여전히 웃음기 어린 어조로 말하고 있었지만, 그 누구라도 그녀의 말에 숨은 날카로운 가시를 느낄 수 있었다. 군구신은 그 이상 아무 말도 하지 않았다.

상관 부인은 비연과 군구신에게 교월차장에서 가장 좋은 정원과 건물을 통째로 내주었다. 산수가 어우러져 그윽하고 조용한 곳이었다.

그러나 정원에 들어간 후에도 상관 부인은 비연의 손을 놓지 않고 웃으며 말했다.

"정왕, 일단은 쉬시게. 나는 연아와 함께 차로 목욕을 할 테니까."

군구신은 말없이 고개를 끄덕였고, 비연이 흥분한 얼굴로 말했다.

"아이, 좋아라! 오랫동안 몸을 물에 담그지 못했어요!"

상관 부인이 웃으며 말했다.

"물이 아니라 차로 목욕하는 거라니까. 일부러 올해 이른 봄의 녹차를 남겨 두었지. 피로가 풀리고 심신이 편안해질 거야. 또 피부에도 좋고……."

그녀가 마치 영업하듯 말하기 시작하자 비연이 재빨리 말을 잘랐다.

"하지만 직접 마시느니만 못하잖아요."

상관 부인은 울 수도 웃을 수도 없어 말했다.

"하지만 다르잖아!"

비연도 웃으며 반문했다.

"어떻게 다른데요?"

이렇게 두 사람은 담소를 나누며 점점 멀어졌다. 군구신은 방 안으로 들어간 후에도 계속 문가에 서서 지켜보다가, 그녀들이 차나무들 틈으로 사라진 후에야 겨우 몸을 돌리고 가볍게 탄식했다.

곁에 있던 망중은 진상을 알면서도 참을 수 없어 결국 나서고 말았다.

"전하, 다른 방법은 없으십니까?"

군구신은 대답하지 않고 조용히 방 안으로 들어갔다.

망중은 연이어 몇 번이고 탄식했다. 그는 자신이 해서는 안 될 행동을 했다는 것을 알고 있었다. 다른 방법이 있다면 전하께서 어찌 왕비마마의 마음을 상하게 하시겠는가? 전하께서는 왕비마마를 눈에 넣어도 아프지 않을 만큼 사랑하시는데! 평소라면 왕비마마가 눈썹만 찌푸려도 마음에 담아 두시지 않는가.

비연과 상관 부인은 차밭에 들어가는 순간, 약속이나 한 듯 목욕 이야기를 그만두었다.

상관 부인이 진지하게 물었다.

"어찌 된 일이지?"

비연 역시 영리하니, 상관 부인을 속일 수 없다는 것쯤은 이미 알고 있었다. 그리고 사실 속일 생각이 없기도 했다.

"그가…… 나에게 숨기는 일이 있어요!"

상관 부인이 답답하다는 듯 말했다.

"그런 것 같지는 않은데? 연아 너를 속이면서, 설마 저런 태도를 보이겠어!"

비연은 최근 군구신이 보이던 이상한 행동을 전부 이야기했다. 상관 부인은 처음에는 화를 내다가, 려금이 인검합일에 대해 이야기했다는 말을 듣자 조금 긴장한 모양이었다.

"그 일이 정말이라면…… 만약 인검합일의 경지에 이르지 못하면 정왕이 아주 위험해지거나, 아니면 네 부황과 모후도……."

비연이 말했다.

"려금 스스로가 무능했을 뿐이에요. 인검합일의 경지는 건명검보에 아주 명확하게 적혀 있는걸요. 그때 군구신이 검보를 열었을 때 저도 함께 있었어요. 그가 전부 적었고, 저도 다 보았어요! 게다가 그가 '무아유검'의 경지에 들어갈 때 저도 같이 있었어요. 그 경지야말로 주화입마를 통해 달성할 수 있는 거였고요. 저도 그때 굉장히 이상하다고 생각했지요!"

건명검법을 이해하지 못한 상관 부인은 비연이 이리 말하자 그 부분에 대해서는 더 고민하지 않았다.

그녀는 한참 생각해 보았지만, 군구신이 대체 왜 그러는지 이해할 수 없었다. 그리고 낙담한 비연을 위로하고 싶었지만, 여자로서의 직감이 이 일이 그렇게 간단하지만은 않다는 것을 말해 주고 있었다. 그래서 위로의 말을 삼키고 대신 권유하듯 말하기 시작했다.

"연아, 너무 고민할 필요 없어. 사흘 후면 바로 그날이잖아. 일단 이 일은 사흘 후에 다시 의논해 보자! 그를 너무 몰아가지 말도록 해. 군자택을 구해 오기만 하면 아무 문제 없지 않겠어?"

그러나 비연은 확신에 찬 목소리로 대답했다.

"아니에요. 택아와 관련한 일은 그저…… 핑계일 뿐이에요."

상관 부인은 고개를 저었다. 그녀는 자신의 위로가 아무 의미가 없다는 것을 알고 있었다. 그녀는 손을 내밀어 비연의 어깨를 잡고 웃으며 말했다.

"그래도 일단은 아무 생각 하지 말고, 가서 차로 목욕을……. 아니다, 물에 몸을 담그자꾸나!"

순간 비연이 다급하게 상관 부인의 손을 밀어 버리고 숨을 헉 들이쉬며 고통스러운 표정을 지었다.

상관 부인이 깜짝 놀랐다.

"왜 그래?"

비연은 자신의 어깨에 사람 얼굴 절반 크기의 문신을 새겼다. 이치대로라면 이리 오랜 시간이 지났으니 아프지 않아야 했지만, 그녀는 신경 써서 독을 사용하고 있었다.

침을 찌른 곳마다 독을 썼으니 문신 전체에 두루 퍼진 셈이었고, 이 독성이 먹의 자국을 가릴 정도였다. 지금 상처 표면에 화농이 생겨 건드리지 않아도 아플 정도니, 하물며 건드리면 말해 무엇할까?

방금 마차에서 어깨를 부딪쳤을 때도 고통스러웠지만 그녀는 참아 냈었다. 그러나 이번에는 정말 참을 수 없었다.

그러나 비연은 상관 부인에게 사실을 이야기하지 않고 웃으며 말했다.

"며칠 전 검을 연습하다가 부주의하게 다치고 말았지 뭐예요. 아무래도 오늘 물에 들어가는 건 무리일 것 같으니, 방을 하나 마련해 주세요."

그리고 일부러 가볍게 탄식한 다음 이어 말했다.

"제 생각엔……. 저도 혼자 조용히 있을 시간이 필요한 것 같아요."

상관 부인은 원래 비연을 자신의 방으로 데려가려 했으나, 그 생각을 접기로 했다.

"알았어. 정왕에게서 가장 먼 우화각을 준비해 줄게. 그리고 정왕에게는 당분간 내가 연아와 함께 있을 거라고 말할게."

비연이 웃으며 답했다.

"역시 여자의 마음은 여자가 알아주네요!"

상관 부인이 그녀를 살짝 흘기며 말했다.

"나와 이야기를 나누고 싶다면 언제든지 와. 혼자 속만 끓이고 있지 말고. 마음 편히 먹고 있어. 입하가 지나고도 그가 아무 말도 해 주지 않는다면 내가 어떻게든 도와줄 테니까! 승 숙부 성질이 어떤지는 알지? 하지만 승 숙부도 나에게 결국은 투항했다니까?"

비연은 기분이 아주 좋지 않은 상태였지만, 이 말을 듣자 결국 참지 못하고 큰 소리로 웃었다.

상관 부인은 비연을 우화각으로 데려가 잠시 함께 있어 준 다음 떠났다.

비연은 상관 부인을 배웅하고 문을 닫은 후에야 옷을 벗고 상처를 살피기 시작했다……

# 좀 더 생각해 볼게

비연의 상처는 손바닥 절반 크기로, 피부 전체가 짓무른 데다 보기만 해도 아플 정도로 빨갛게 성이 나 있었다. 그러나 그녀는 오히려 기쁜 표정을 지었다. 아니, 심지어 고통마저 잊고 있는 것 같았다.

그녀에겐 이 상처에 딱지를 내려앉게 할 약이 많았지만, 그런 약을 쓰지 않았을 뿐 아니라 오히려 사흘에 한 번씩 독을 썼다.

상처를 자세히 보면, 핏빛 사이로 검은빛이 살짝 남아 있는 것이 보였다. 아직 사라지지 않은 먹의 흔적이었다. 지금 상처에 딱지가 앉게 하면 딱지가 떨어진 후 피부에 여전히 먹의 흔적이 남을 것이다. 그렇게 되면 흉터를 제거하는 약물로도 이 먹의 흔적을 처리하기 어려워진다. 그래서 그녀는 일단 상처를 처리하기 전에 먹의 흔적을 모두 지워야 했다.

좀 더 간단하게 설명하면 그녀는 독을 사용해 먹의 흔적을 지워 내는 동시에 피부를 망가뜨리고 있었다. 그다음 다시 흉터를 없애고, 새로 피부를 돋아나게 하는 약을 사용해 원래의 모습을 되살릴 생각이었다.

말로 설명하면 간단해 보이지만 실제로 실행하기에는 어려운 방식이기도 했다. 독을 너무 많이 쓰면 아무리 좋은 약으로도 만회하지 못할 테고, 독을 너무 적게 쓰면 먹의 흔적이 계속 남아 있게 될 것이다. 독의 양을 정확히 어느 정도 써야 하는지 알 수 없는 상황에서 비연은 그저 고통을 참으며 조금씩 시험하는 수밖에 없었다. 그녀는 매일 통증을 버텨 내는 동시에 진지하고 신중하게 상처를 관찰하는 중이었다.

"독을 한 번 더 써 보면 답이 나올 거야!"

비연은 중얼거리며 금침에 독을 묻혀 화농 안 어두운 곳을 찔렀다. 순간, 그녀는 고통으로 얼굴을 찡그렸다. 그러나 멈추지 않고 이를 악문 채 침을 한 번, 또 한 번 찔렀다.

피부 안에 독이 스며들수록 상처에서 핏물이 거품과 함께 배어 나오기 시작했다. 가장 고통스러운 순간이었다! 비연은 이를 악문 채 고개를 돌렸다. 차마 상처를 볼 엄두가 나지 않았다.

그 순간 대설이 어디에서인가 뛰쳐나와 갑자기 탁자 위로 올라가더니 비연을 향해 찍찍거리기 시작했다. 그도 비연의 고통을 함께 느끼고 있었던 것이다.

비연은 대설을 보지 않고 강하게 참아 냈다.

대설이 갑자기 설랑의 원래 모습으로 돌아가더니 엄숙하고 위풍당당한 모습으로 비연을 응시했다.

비연은 여전히 대설을 보지 않고 눈을 감았다.

이때, 각루 뒤쪽에서 고운원이 나타났다. 벽에 기대선 그에게서는 평소의 침착하고 나른한 모습은 보이지 않았다. 검은 눈동자에는 슬픈 빛이 어려 있었으나, 아주 옅게…… 아주 희미하게 어려 있을 뿐이었다. 그는 잠시 그 자리에 서 있다가 약왕정으로 돌아가지 않고 우화각을 떠났다.

독이 완전히 스며든 후에야 비연이 겨우 눈을 떴다. 상처를 한번 살펴본 후 노련하게 상처를 싸맸다. 그녀는 거의 확신하고 있었다. 이제 한 번만 더 독을 쓰면 분명 먹 흔적이 모두 지워질 것이다. 그러나 최종적인 결과는 아마도 사흘 후에야 알 수 있을 듯했다.

비록 고통이 완전히 사라지지는 않았지만, 최소한 상당히 줄어들기는 했다. 비연은 숨을 크게 내쉬고, 온몸에서 힘을 풀었다.

이때 계속 그녀를 지켜보던 대설이 참지 못하고 낮게 울기 시작했다. 밖에서 지키고 있던 진묵이 이 소리를 듣고 물었다.

"주인님, 무슨 일이야?"

"아무 일 없다."

비연은 그제야 대설의 존재를 깨닫고 진묵에게 답한 다음, 대설을 바라보며 분노한 목소리로 말했다.

"눈 감고 어서 사라져! 아니면 내가 아주 혼을 내 줄 테니까!"

대설은 잠시 멈칫했다가 곧 제 주인이 속옷만 입고 있는 것을 깨달았다.

대설은 깜짝 놀라 바로 빙려서로 변해 달려가다가 굳게 닫힌 대문에 머리를 부딪쳐 튕겨 나왔다.

"찍……."

대설은 아파도 어쩌지 못하고 창으로 기어올랐다. 그러나 창문도 굳게 닫혀 있자 다시 침상 아래로 뛰어내려 몸을 숨겼다.

그 모습을 본 비연은 그동안 불쾌했던 모든 일을 잊고 큰 소리로 웃기 시작했다. 그러나 웃고 또 웃던 그녀는 결국 다시 낙담한 모습이 되었다.

그녀는 침상 위에 한참 앉아 있다가 살며시 옆으로 누웠다. 군구신을 보지 않으면 좀 더 버티기 편하리라 생각했는데, 사실 스스로를 너무 높이 평가하고 있었다.

사흘 남았다. 그가 설명해 줄까?

차장의 다른 한편에서 군구신 역시 침상에 누워 있었다. 그는 결과에 대해 생각하고 있었다. 비연이 이야기했던 '스스로 책임져야 할' 그 결과에 대해.

그때 망중이 밀서를 한 통 들고 총총히 달려와 보고했다.

"전하, 풍화도에서 서신이 왔습니다!"

군구신은 바로 몸을 일으킨 후 문을 열었다. 밀서를 받아 읽는 그의 표정이 점차 복잡해졌다. 그는 한참 동안 생각에 잠겨 있다가 말했다.

"이 일은 왕비에게 고할 필요 없다."

망중은 의혹 서린 눈길을 보냈지만 군구신은 직접 문을 닫고 서신을 그에게 건넸다.

서신을 읽은 망중이 놀란 표정을 지었다. 첫째로는 려금의 야심이 그리 클 줄 몰랐기 때문이었고, 둘째로는 하소만이 백리 군부의 후예라고는 생각지 못했기 때문이었다.

"전하, 그때 하소만의 목숨을 구하신 것이…… 정말 다행입니다!"

군구신은 그런 망중은 상대도 하지 않고 가볍게 탁자를 두드리며 생각에 잠겨 있었다. 망중은 한참을 기다리다가 참지 못하고 말했다.

"전하, 이 서신의 내용은…… 왕비마마께 오래 숨기실 수는 없습니다."

풍화도의 밀서는 누구에게 보내는 서신이라고 적혀 있지 않았고 낙관도 없었다.

서신은 보통 진묵에게 온 다음 다시 비연과 군구신에게 전달되곤 했다. 이번에 망중이 서신을 받은 것은 진묵이 우화각에 있기 때문이었다. 차장의 하인들은 상황을 잘 모르니 서신을 일단 군구신의 거처로 가져왔고, 마침 망중과 맞부닥뜨린 것이다. 하인들이 상관 부인에게 한마디만 하면 이 일은 숨길 수 없을 것이다.

게다가 비연 역시 계속 풍화도의 소식을 기다리고 있었고, 상관 부인 역시 풍화도의 일에 관심을 두고 있었다. 하인들이 말을 하지 않는다고 해도 그녀들이 물어볼 가능성이 있었다.

군구신은 그제야 망중을 바라보았다. 이런 이치 정도야 망중이 일깨워 주지 않아도 군구신은 잘 알고 있었다. 그러나 그는 여전히 생각에 잠긴 채 망중에게 대답하지 않았다.

한참 후에야 그는 겨우 망중에게 손을 내저었다.

"먼저 물러가도록."

망중이 머뭇거리다가 말했다.

"전하, 그렇다면 하소만은……."

"일단은 말할 필요 없다. 내가 좀 더 생각해 보겠다."

군구신의 말에 망중은 고개를 끄덕이고는 재빨리 밀서를 접어 군구신 앞에 놓은 후 물러 나갔다. 그런데 그가 막 방문을 열었을 때 하소만이 문가에 고개를 숙인 채 서 있는 것이 보였다. 망중이 깜짝 놀라 물었다.

"여기서 뭐 하는 거야?"

하소만이 고개를 들어 망중을 바라보았다. 울고 싶어도 눈물이 나오지 않는 듯한 표정이었다.

망중은 평소 하소만의 얼굴을 유심히 관찰한 적은 없었지만, 지금 이 각도에서 보니 안색이 창백할 뿐 아니라 눈가도 어두웠고, 매우 초췌해 보였다. 그러나 망중은 하소만에게 왜 그런지 묻지 않았다. 어쨌든 그는 시위였고, 시위답게 경계심을 발휘해 물었다.

"하소만, 언제부터 와 있었지? 어째서 문을 두드리지 않은 거야? 규칙을 잊은 건가?"

그때 군구신이 망중의 말을 듣고 물었다.

"무슨 일이지?"

망중이 대답하려 하자 하소만이 그를 피해 안으로 들어갔다. 망중이 하소만을 질책하려 했을 때, 하소만이 그보다 더 사나운 기세로 외쳤다.

"문을 닫아! 전하께 보고드릴 이야기가 있으니까!"

망중이 영문을 알 수 없어 멍하니 서 있는 사이에, 하소만이 휘장을 돌아 내실로 들어가더니 군구신 앞에 무릎을 꿇었다!

# 하소만의 선택

무릎을 꿇는 하소만을 보고 군구신과 망중 모두 놀랐다. 망중이 재빨리 문을 닫고 안으로 들어왔다.

군구신이 냉랭하고도 엄숙한 목소리로 물었다.

"대체 왜 이러는 건가?"

하소만은 여회에게 위협당한 후 식사를 제대로 챙기지 못한 건 물론 잠도 편하게 자지 못하고 있었다. 마음속 갈등으로 그야말로 무너지기 직전이었다. 몰래 따라온 여회가 몇 번이나 재촉하는 바람에, 하소만은 지금 엄청난 압력에 시달리고 있었다.

여회를 통해 그는 자신의 부모가 풍화도에 있다는 사실을 추측할 수 있었다. 그러나 부모가 운공대륙 대진국의 충신인지, 아니면 반역도인지는 알아낼 수 없었다.

하소만이 가장 두려워하는 것은, 자신이 여회의 요구대로 하지 않으면 평생 부모를 만날 수 없을지도 모른다는 것이었다. 그러나 정왕 전하를 배반할 수는 없었다. 그는 계속 갈등하다가 겨우 결정을 내렸다.

하소만은 바로 답하지 않고, 먼저 군구신에게 세 번 머리를 조아렸다. 그 모습에 군구신이 미간을 더더욱 강하게 찌푸렸다. 그러나 그 이상 묻지 않고 인내심을 발휘해 기다렸다.

하소만은 머리를 세 번 조아린 후, 여회가 위협한 사실을 전부 털어놓으며 잘못을 인정했다.

군구신이 대답하기 전에 망중이 먼저 화를 내며 날카롭게 말했다.

"하이고, 하소만, 아주 대단하구나! 정말 대단해! 여회가 전하의 뒤를 밟도록 도왔단 말이지? 네 그 행동만으로도 이미 전하를 팔아넘긴 것이나 다름없다는 건 알고 있겠지? 전하를 위험에 내몬 것이나 마찬가지란 말이다! 너…… 너, 이 염치없는 놈!"

하소만의 도움이 아니었다면 여회가 그렇게 오래 따라붙으면서도 발견되지 않았을 리 만무했다. 망중은 화가 나서, 대체 하소만을 어떻게 욕해야 할지도 감을 잡지 못하고 있었다.

하소만은 물론 자신이 잘못한 것을 알고 있었다. 그렇지 않았다면 미리 세 번 절하지 않았을 것이다. 하소만은 일단 망중을 무시하고 진지하게 군구신을 설득하기 시작했다.

"전하, 그 요괴 할망구는 천 년 전에 건명검법을 수련했습니다. 건명검법에 정말로 인검합일의 경지가 있다면, 천 년을 산 그 할망구가 벌써 그 경지에 다다르지 어찌 전하께서 이 건명보검을 얻으시도록 했겠습니까? 제가 보기에 그 요괴의 말은 거짓이 아닙니다! 게다가 고운원은 일부러 전하와 왕비마마께서 건명보검을 찾고 구려족의 비밀을 알게 되도록 유인했습니다. 이것은 바로 전하께서 건명검법을 수련하시게 하기 위함인데, 결코 좋은 뜻이 아닐 것입니다! 전하께서 계속 검법을 익히신다면 대진국의 황제 폐하와 황후마마를 구할 수 없을 뿐 아니라 헛되이 생명을 잃게 되실 수도 있습니다! 그러니 차라리…… 차라리 그 요괴 할망구와 협력하시는 편이 나을 것 같습니다!"

하소만이 몰래 흘깃거렸으나 군구신이 아무 반응도 보이지 않자 살짝 겁을 먹기 시작했다. 그러나 어쨌든 여기까지 온 이상 마음속에 담아 둔 말을 모두 꺼내야 했다. 그는 군구신의 시선을 피하기 위해 고개를 숙인 채 계속 말했다.

"전하, 황상께서 납치되신 일을…… 저는 계속 이해할 수가 없습니다! 아무래도 고 태부께서 편애하셔서 생긴 일인 것 같습니다! 그리고…… 그리고 왕비마마께서는 최근 정말 너무하십니다! 전하께서는 그저 황상을 걱정하시는 마음에 심정이 좋지 않으실 뿐인데, 왕비마마께서 군이 그렇게까지 하셔야 하는지. 오늘 문 앞에서도 전하가 아닌 다른 분에게 시집을 갈 수도 있다고 말씀하시다니……. 너, 너무 큰 총애를 받으셔서 오만해지신 것이 분명합니다! 아는 사람이야 전하께서 왕비마마를 총애하신다 여기겠지만 모르는 사람이 보면 전하께서, 왕비마마께서 운공대륙의 공주이기 때문에 두려워하거나…… 비위를 맞추려 하신다 여길 수도 있습니다! 전하, 잊지 마십시오. 황상께서 등극하실 때 전하께서는 황상께 약속하셨습니다. 황상께서 좋은 황제가 되기 위해 노력하시는 대신, 전하께서는 좋은 가주가 되시겠다고 말입니다! 한 가문의 주인, 한 국가의 군주가 어찌 여인 하나 때문에 쉽게 다른 이의 신하가 될 수 있겠습니까?"

여기까지 말한 하소만은 다시 말을 멈추었다.

망중은 마음이 괴로워졌다. 하소만은 비록 진짜 태감은 아니었지만, 그 성격은 궁 안의 늙은 태감들에게 지지 않았다. 여인들보다 더 잔소리에 능하고, 큰 이치를 말할 때도 하나하나 사리에 들어맞았다. 정왕부에서 시중을 드는 나날 동안, 망중은 언제나 하소만이 하인들에게 사리에 맞게 이야기하는 것을 보고 들었다. 그렇다고 하소만이 이런 방식으로 전하에게까지 권하는 날이 올 줄이야.

그로서는 도저히 상상할 수 없었다. 하소만이 자신이 대진국 충신의 후예라는 것을 알게 된다면, 그리고 장래 백리 군부를 계승해 헌원 황족에게 충성을 다해야 하는 몸이라는 것을 알게 된다면 과연 어떤 반응을 보일지.

망중도 이제 참을 수 없어 군구신을 바라보았다. 군구신은 탁자 위의 서신을 지켜보고 있었다. 무표정한 그 얼굴은 정신이 나간 것 같기도 하고 침울한 것 같기도 했다. 망중은 참고 또 참으려 했으나 더 참을 수 없어 앞으로 나가 무릎을 꿇고 세 번 머리를 조아렸다.

"전하, 저도 이 말씀을 올리지 말아야 한다는 사실을 알고 있습니다! 그러나 오늘 꼭 말씀을 올려야 하겠사오니 용서하시기 바랍니다! 전하께서 려금과 도, 동맹을 맺으시기보다는! 차라리 모든 사실을 왕비마마께 말씀드리십시오! 그리고 왕비마마께서 선택하시게 하십시오! 저는……. 제 간언이 듣기 좋지 않으실 것입니다. 하지만 전하, 전하께는 이런 선택을 하실 권리가 없으십니다. 게다가, 게다가…… 만약 전하께서 이대로 계속 밀고 나가신다면, 황상께서는 어찌하셔야 하겠습니까? 전하께서는 왕비마마의 장래를 고려하셔야 하는 만큼 황상의 장래도 고려하셔야 합니다! 결단코 황상을 억울하게 만드셔서는 안 됩니다! 왕비마마께서는 전하께서 안 계시다 해도 다른 가족들의 비호와 애정을 받으실 수 있지만…… 황상께는…… 황상께는 전하 한 분뿐입니다!"

망중은 이미 건명검법의 진상을 알고 있었기에 이렇게 권한 것이었다. 그러나 진상을 알지 못하는 하소만은 들으면 들을수록 알 듯 말 듯 했다. 그는 망중의 마지막 말을 듣고 나서야 망중이 자신의 편을 들고 있다고 생각하고 재빨리 다시 말했다.

"망 시위의 말이 옳습니다! 전하께서 건명검법을 수련하시다가 문제가 생길 수도 있다고 말씀하신다면, 황상께서는 어찌하시겠습니까? 왕비마마께서는 오로지 부모님만 생각하시느라 아예 전하를 위한 생각은 하시지 않는 것 같습니다! 그렇지 않다면 마마께서도 분명 그 요괴 할망구의 말을 잘 생각해 보셨겠지요. 지금까지도 이렇게 관심을 보이지 않으시지는 않았을 것입니다!"

망중이 생각할 수 있는 것을 군구신이라고 생각하지 않았을까? 그는 신농곡 북산에서 선택하기 전에 모든 것을 고려했었다!

군구신의 눈가에 일말의 고통스러운 빛이 스쳤으나, 안타깝게도 망중과 하소만은 그 빛을 보지 못했다. 두 사람이 계속 권하려 하자 군구신이 입을 열었다.

"본 왕이 려금과 협력한다면, 려금은 어떻게 백리명천을 상대할 작정이지?"

이 말에 하소만이 그대로 굳어 버렸다.

"그, 그건 물어보지 않았습니다."

망중이 참지 못하고 소리쳤다.

"어쨌든 상황은 다 물어봤어야지!"

당하고만 있을 하소만이 아니었다.

"내, 내가 위협을 당하면서 어떻게 그렇게 많이 물어볼 수 있었겠어?"

그리고 군구신을 흘깃 보고는 다시 말했다.

"전하께서 허락하신다면야 상황이 다르지만요! 그럼 제가 물어봐야 할 것은 모조리 물어보겠습니다!"

망중은 그만 말문이 막혔다.

군구신이 그제야 눈을 들더니 말했다.

"가서 자리를 마련해라. 본 왕이 오늘 밤 여회를 만나겠다."

하소만이 잠시 멈칫하더니 곧 기뻐하며 연신 고개를 끄덕였다.

"예, 예! 속히 자리를 마련하겠습니다!"

하소만이 흥분하여 뛰어나갔다. 그러나 망중은 낙담한 얼굴로 군구신을 바라보았다.

"전하, 이 일은……."

군구신은 탁자 위 서신을 소매 속으로 넣으며 담담하게 말했다.

"이 서신이 도착한 것도 공교로운 일이고, 소만이 온 것도 공교로운 일이지. 오늘 밤은 상황을 탐색해 볼 것이다. 아마……
입하가 좋은 기회가 되겠지!"

망중의 눈이 조금 붉어졌다.

"전하……."

군구신이 손을 내저으며 말했다.

"가서 상관 부인에게 전해라. 본 왕이 피곤해서 잠시 쉴 생각
이니, 함께 식사하지 못하겠다고 말이다. 식사를 끝낼 무렵 내
가 그쪽으로 가겠노라고."

군구신은 식사할 마음이 없었고 비연 역시 마찬가지였다. 상
관 부인은 하인에게, 그들 방으로 식사를 가져가라고 분부를
내리는 수밖에 없었다.

밤이 되자 상관 부인은 다평산과 관련한 일을 의논하기 위해
두 사람을 자신의 방으로 불러들였다. 군구신이 상관 부인의
방으로 들어가자, 비연이 이미 도착해 상관 부인 곁에 앉아 있
었다……

# 여기가 아파 죽을 것 같아

상관 부인과 비연은 한참 동안 군구신을 기다리고 있었다.

군구신이 들어오는 것을 본 상관 부인이 재빨리 몸을 일으켜 제 자리를 양보했다. 그러나 군구신은 그 자리에 앉지 않고 두 사람 앞자리에 앉았다.

비연은 최근 계속 이런 식으로 소원한 대접을 받아 왔다. 그녀는 하고 싶은 말을 꾹꾹 눌러 담으며 속으로 아무리 괴로워도 그에게 다가가지도, 비위를 맞추지도 않겠다고 작심했다. 그저 그에게 시간을 주며 기다릴 것이다!

상관 부인은 원래 그들이 온다는 소식에 기분이 좋아 온갖 접대 준비를 끝내 놓았지만, 지금 그들의 이런 모습에는 웃음조차 나오지 않았다. 그녀는 억지로 호들갑을 떨고 싶지도 않아 얼굴을 굳힌 채 다평산 일대의 상황을 간략하게 설명했다. 자신이 주변에 배치한 것들이며 비연 일행에게 건의할 사항도 포함하여.

다평산 일대는 현공상회의 세력권이라 할 수 있었다. 그러나 다평산은 아니었다!

다평산 서쪽의 수백 묘는 용씨 가문 소유였다. 용씨 가문은 본래 이 일대에서 조상 대대로 살면서 차를 만들던 가문으로, 현공대륙에서 상당히 유명했다. 다만 최근 몇 대에 걸친 전승

인들이 그다지 뛰어나지 않아 체면이 손상된 상태였다.

현공상회가 이 일대의 산을 전부 구매하려 했으나, 용씨 가문은 일부 산만 팔았을 뿐 다평산 서쪽의 다원은 절대 팔지 않으려 했다. 그뿐 아니라 외부에 개방하지도 않았다.

상관 부인이 말했다.

"내가 직접 거래하러 갔었지. 두 달 동안이나 설득했지만 거래에 성공하지 못했어. 그들 가문의 태도가 상당히 사나워, 홧김에 다평산을 포기하고 대신 북쪽 산을 개방해 버렸지……."

상관 부인은 시간이 없기도 했거니와 굳이 자신이 사업을 할 때 얼마나 매서운지 이야기하고 싶지 않아 바로 요점으로 들어갔다.

"계속 용씨 가문 배후에 누군가가 있는 게 아닐까 의심했지만 알아내지 못했어. 지금 백리명천과 려금이 너희에게 다평산에서 만나자 했다니…… 그 둘 중 하나가 용씨 가문의 진정한 주인이 아닌가 싶네!"

비연과 군구신 모두 고개를 끄덕였다.

상관 부인이 이어 말했다.

"이 주변의 산길이며 물길 중에서 내가 방어할 수 있는 곳은 전부 조치를 했어. 다평산에도 매복을 심어 두었고. 다만……어쨌든 그들이 인질을 데리고 있으니, 우리가 어떻게 방어하건 수동적인 상황일 수밖에 없지! 대신 나에게 계책이 하나 있는데, 들어 보겠어?"

상관 부인이 지도를 꺼내 탁자 위에 펼치더니 말했다.

"일단 우리가 선수를 치는 건 어떨까? 백리명천이 이야기한 날짜가 입하 오후라 했지? 우리가 내일 움직여 일단 용씨 가문 사람을 납치한 후에 그들을 치면 어떨까?"

군구신이 물었다.

"백리명천 일행이 내일 다평산에 있지 않다면요?"

"다평산과 서부의 다원을 제외하면 이 일대는 전부 내가 장악하고 있어. 백리명천이 설마 현공상회 영역에 숨어 들어와 있을까?"

상관 부인의 말에 비연이 대답했다.

"백리명천의 성격을 생각하면 그럴 수도 있어요!"

군구신도 진지하게 말했다.

"상관 부인, 이 계책은 모험입니다. 따를 수 없습니다."

상관 부인이 생각에 잠기자 비연이 입을 열었다.

"나도 계책을 하나 생각하고 있었어요. 사실 지금 하신 말씀이 맞아요. 인질이 저들 손에 있는 이상, 우리가 천라지망을 펼친들 수동적일 수밖에 없죠. 사흘 후, 우리는 약속을 지켜야 해요!"

비연이 군구신을 바라보며 계속 말하기 시작했다.

"당신이 미리 매복하면 좋겠어. 내가 어떻게든 백리명천의 주의를 끌 테니까, 그때 당신이 백리명천을 기습해 택아를 구하는 거야……."

여기까지 들은 상관 부인이 비연의 말을 잘랐다.

"안 돼! 그건 너무 위험해! 백리명천이 혈루의 힘을 얻은 이상, 정왕이 아니면 그 누구도 그를 상대할 수 없어. 정왕이 인질을 구하는 동시에 연아 너까지 살펴야 한다면 위험성이 너무 크다고! 차라리 연아, 너는 차장에 남아 있도록 해. 내가 대신 갈 테니까!"

비연은 몰래 주먹을 쥐었다. 봉황력을 잃은 것이 한스러워 견딜 수가 없었다.

"아니에요. 우리 두 사람 중 한 사람은 약속에 맞춰 가야 백리명천의 의심을 사지 않을 테니까요. 저한테 백리명천의 주의를 돌릴 방법이 있어요. 그저 그때 저를 지킬 사람들을 좀 더 많이 함께 보내시기만 하면 돼요."

비연이 다시 군구신을 바라보며 말했다.

"당신이 백리명천을 견제하기만 하면 우리는 반은 이긴 것이나 마찬가지야! 자신 있어?"

군구신은 깊이 생각하지 않고 대답했다.

"좋은 생각이군. 절대적으로 자신이 있지!"

상관 부인이 참지 못하고 나섰다.

"정왕, 세 번 생각하도록 해! 동생을 구한다고 하더라도 연아를 잃는다면⋯⋯."

비연이 상관 부인의 말을 끊었다. 그녀는 이렇게 어려운 문제를 군구신 앞에 늘어놓고 하나를 선택하게 하고 싶지 않았다! 어차피 선택한다 해도 의미가 없으니까!

"정 이모, 우리의 목표는 려금에게 있다는 《운현수경》이에요. 단순히 택아를 구하는 것만이 아니라요! 안심하세요! 전하께서 자신 있으시다니, 이 일은 이렇게 하기로 해요! 그때 상황을 봐 가며 임기응변식으로 대처하면 될 거예요!"

상관 부인은 비연의 얼굴을 보고 더 말한들 소용없음을 깨달았다. 그녀는 조금 불안한 표정으로 희미하게 탄식 소리를 냈다.

"네 의부가 올 수 있다면 얼마나 좋을까!"

이 말에 비연도 풍화도를 떠올리고, 제 뒤에 서 있던 진묵에게 물었다.

"풍화도에서는 아직 소식이 없어?"

"아직."

진묵의 대답에 비연이 고개를 끄덕이며 상관 부인을 향해 시선을 돌렸다.

"며칠 내로 분명 소식이 오겠지요."

상관 부인도 말했다.

"안심하도록 해요. 연아의 의부가 간 이상 별일 없을 테니까."

곁에 있던 망중이 시선을 피했으나 아무도 그에게는 신경을 쓰지 않았다. 군구신은 여전히 담담한 표정으로 말했다.

"그럼 이렇게 하기로 하고, 다른 일이 없다면 먼저 들어가 보겠습니다."

비연이 상관 부인과 함께 있겠다고 아직 말하지 않았건만, 군구신이 묻지 않는다는 것은…… 그녀를 방치하는 것 아닌가?

비연이 주먹을 꽉 쥔 채 분노를 가라앉히며 말했다.

"오늘 밤 나……."

그녀의 말이 끝나기 전에 상관 부인이 몸을 일으키더니 갑자기 비연의 왼팔을 힘주어 잡았다. 하필이면 문신 상처가 있는 곳이었다.

비연이 자신도 모르게 고통에 얼굴을 찡그리며 비명을 질렀다. 그리고 다급하게 상관 부인의 손을 뿌리쳤으나, 눈앞이 온통 어두워지며 제대로 서 있을 수도 없을 지경이라 하마터면 넘어질 뻔했다.

상관 부인은 일부러 그런 것이었으나, 비연이 이렇게까지 아파할 줄은 정말 몰랐다. 그녀가 다급하게 외쳤다.

"연아, 내가 일부러 그런 것이 아니야! 나……."

군구신이 깊이 생각하지도 않고 빠르게 다가와 비연을 부축하며 다급하게 물었다.

"연아, 왜 그러는 거지?"

비연은 팔보다는 마음이 더 아팠다. 정왕부를 떠난 후 지금까지 그는 한 번도 그녀를 부른 적이 없었다. 그는 분명 뭔가를 숨기며 일부러 그녀를 멀리하고 있었다!

비연이 고개를 들고 외쳤다.

"너무 아파!"

군구신이 초조하게 물었다.

"어디가?"

비연이 그의 손을 잡아끌어 제 가슴 위에 올리고 말했다.

"여기, 여기가 아파 죽을 것 같아!"

군구신이 살짝 멈칫하더니 곧 손을 놓고 비연의 시선을 피했다. 그리고 잠시 침묵하더니, 하고 싶은 말을 삼키고 결국 이 말만을 남겼다.

"알았으니 이제 소란 피우지 말고."

소란?

그녀가 상관 부인과 함께 연극이라도 하며 그를 속이고 있다고 생각하는 걸까?

비연은 마음이 아파 그대로 몸을 꼿꼿하게 세우고, 일부러 아프지 않은 척 웃으며 말했다.

"하지만 소란을 피워 결국은 성공한 것 같은데? 당신, 지금 일부러 나에게 소원하잖아! 대체 왜 그러는 거야?"

그녀의 이런 모습을 보고 군구신은 속으로 안도의 한숨을 내쉬며 말했다.

"잠시 나갔다 올 거야. 기다릴 필요 없어."

그러고는 몸을 돌려 총총히 그 자리를 떠났다. 비연에게는 말 한마디 건넬 기회조차 주지 않고……

## 웃음이 나오다니

몸이 아프고, 마음 역시 아팠다.

멀어져 가는 군구신의 뒷모습을 보고 있노라니, 곁에서 지켜보던 상관 부인마저 마음이 답답할 지경이었다.

그러나 비연은 괴로워하기는커녕 오히려 상관 부인에게 웃으며 말했다.

"내 추측이 틀리지 않았어요. 일부러 그러고 있어……. 분명 숨기는 일이 있다고요!"

그는 결국 속내를 드러냈다!

그녀는 기뻐해야만 했다. 그렇지 않은가? 아무리 아파도 그럴 만한 가치가 있었다!

그러나 상관 부인은 그런 생각을 할 여유가 없는 듯 다가와 물었다.

"연아, 어깨는 대체 어떻게 된 거야?"

비연의 옷이 두꺼웠기 때문에 상관 부인은 자신이 비연의 상처를 잡았다는 것을 알지 못하고 그저 어깨에 상처가 있다고 생각할 뿐이었다.

비연의 입가에 떠오른 미소가 더더욱 짙어졌다.

"그도 알아본 것을……. 제가 일부러 아픈 척했는데 눈치채지 못하신 거예요?"

상관 부인은 반신반의한 표정으로 눈썹을 치켜올렸다.

비연이 제 어깨를 두드리며 말했다.

"보세요, 정말 아프지 않아요!"

그 모습을 본 상관 부인이 겨우 믿었다.

비연은 더 예쁘게 웃으며 말했다.

"방금 보셨죠? 그가 굉장히 조급해하는 것. 그는 사실 전혀 변하지 않았어요. 그렇죠?"

상관 부인은 안 그래도 마음이 아프던 차였는데, 비연이 이리 말하는 것을 들으니 더 마음이 아팠다. 그녀는 비연을 흘긋 보고 말했다.

"지금 웃음이 나오니!"

그러나 비연은 계속 웃으며 물었다.

"맞죠? 그렇죠?"

상관 부인도 어쩔 수 없이 대답했다.

"그래, 그래. 장님도 정왕이 연극 중이라는 건 알아보겠더라! 그러니 안심하도록 해. 군자택을 구해 오면……. 그리고 네 의부와 다른 이들도 올 테니까. 그때면 사람들이 다 너를 대신해 정왕을 손봐 주려 할 거다!"

"다른 사람의 도움은 필요 없어요. 저 혼자서도 충분한걸요!"

비연은 원래 자신의 판단을 확신하고 있었으나, 지금은 더욱 확신하게 되었다. 덕분에 그녀는 그렇게 괴롭지 않았다. 최소한 입하 전까지는 그렇게 속을 끓일 이유가 없을 것 같았다.

그때 상관 부인이 의아한 듯 물었다.

"연아, 한밤중인데 정왕은 대체 뭘 하러 나간 걸까?"

비연이 별다른 의심 없이 말했다.

"밤이면 검을 연습하러 나가곤 하니까요. 오늘 밤 차장에 머물고 싶지 않을 수도 있고요. 아마 우리를 피하려는 거겠죠."

상관 부인은 고개를 끄덕이며 더 묻지 않았다.

비연은 우화각으로 돌아왔다. 상관 부인은 계속 그녀와 함께했고, 결국은 비연이 쉬고 싶다고 말했다.

상관 부인이 떠났을 때는 이미 한밤중이었다. 비연이 시녀들도 모두 물리고 문을 닫으려 했을 때, 진묵이 갑자기 한 손을 뻗으며 제지했다.

"주인님, 잠시만!"

비연이 눈을 들어 보니, 언제나 담담하던 진묵의 얼굴이 진지함을 넘어 엄숙해 보였다. 비연이 눈썹을 치켜세우며 물었다.

"왜 그러는 거지?"

"주인님 팔이 어떻게 된 거지?"

진묵의 물음에 비연은 웃을 수밖에 없었다. 군구신과 상관 부인은 속일 수 있어도 진묵의 눈은 속일 수 없었던 것이다.

"별것 아닌 상처야."

진묵은 더욱 진지해졌다.

"별것 아닌 상처가 아니야."

비연이 그의 손을 밀어내며 말했다.

"정말 별일 아니니까 됐어. 여기는 아주 안전하니까, 너도 이만 가서 쉬도록 해."

그러나 진묵은 떠나기는커녕 오히려 한 걸음 앞서 방 안으로 들어왔다. 지금 그는 무척 고집스러워 보였다.

"절대로 별것 아닌 상처가 아니야!"

비연은 문가에 선 채 울 수도 웃을 수도 없었지만, 마음이 따뜻해지는 것을 느꼈다. 그녀도 진지하게 말했다.

"내가 별것 아니라면 별것 아닌 거지. 이만 물러가 봐."

진묵은 여전히 떠나려 하지 않고 물었다.

"사흘 후, 만약 전하가 주인님에게 아무 설명도 하지 않는다면 주인님은 어떻게 할 셈이야?"

비연은 그의 질문에 대답하지 않았다.

"너무 늦었어. 그만 물러가."

진묵은 하고픈 말을 삼키고 순순히 밖으로 나가다가, 비연 앞을 지나갈 때 나지막한 목소리로 말했다.

"주인님이 괴롭지만 않으면 돼. 그러면 돼……."

말을 마친 그는 가볍게 지붕 위로 뛰어올라 파수를 보기 시작했다.

비연은 머뭇거리다가 위를 바라보며 말했다.

"진묵, 그 그림의 수수께끼는 완전히 풀린 셈이잖아. 그러니 이제 너는 나에게 빚이 없고, 언제든 나를 떠나도 괜찮아."

진묵은 원래 앉아 있었지만, 비연의 말을 듣자 두 손으로 머리를 받친 채 뒤로 누웠다. 비연이 그를 볼 수 없도록.

비연은 어쩔 수 없이 고개를 저으며 방 안으로 들어갔다. 그리고 문이며 창을 모두 잘 닫은 다음 자리에 앉아 상처를 살펴기 시작했다. 상관 부인에게 잡혔던 상처에서 피가 배어 나오고 있었다.

면포를 풀고 핏자국을 닦아 낸 후 약을 발랐다. 그리고 약이 마르기를 기다렸다가 다시 면포로 감았다.

그녀는 미간을 살짝 찌푸린 채 고통을 참고 있었다. 다른 여자가 이 정도로 심한 상처를 입었다면, 다른 이들 앞에서는 참았다 해도 아무도 없는 곳에서는 결국 울음을 터뜨렸을 것이다. 그러나 비연은 울지 않았다.

그녀는 정말로 기뻤다. 설사 누군가가 그녀의 상처에 소금을 뿌린다 해도, 군구신의 진심을 알게 된 것만으로도 그녀는 엿이라도 먹은 듯 달고도 단 마음이 되었다.

그녀는 '결과는 스스로 책임져야 한다'라는 말에 대해 이미 예전부터 생각해 놓고 있었고, 지금은 더더욱 자신감이 붙은 상태였다. 그녀는 다평산에 가기 전에, 군구신이 마음속에 숨기고 있는 일을 어떻게든 털어놓게 할 것이다!

그날 밤, 비연은 군구신과 같은 침상에서 잠들지 않았기 때문에 꽤 오래 몸을 뒤척거렸지만, 그래도 예전처럼 밤을 새우지는 않았다.

비연은 군구신이 한밤중에 나가 검을 연습하는 일에 익숙했지만, 상관 부인은 매우 의심스러워했다. 그녀는 비연에게 캐묻는 대신 암암리에 수하를 시켜 군구신의 뒤를 밟게 했다. 그러나 안타깝게도 군구신이 미행을 발견하고 바로 따돌려 버렸다.

하소만은 이미 여회와 만나고 있었다. 군구신과 망중은 하소만이 말한 길을 따라 다원 깊은 곳에 숨어 있는 절벽으로 갔다.

군구신과 망중이 오는 것을 본 하소만이 재빨리 다가와 군구신 곁에 섰다. 군구신은 본래 냉랭해 보이는 데다 지금 기분마저 좋지 않으니 온몸에서 그야말로 차가운 기운이 흐르고 있었다.

하소만 앞에서는 담담하던 여회도 그런 군구신을 보자 두려움을 느끼지 않을 수 없었다. 그는 감히 군구신에게 가까이 다가가지 못하고 재빨리 두 손 모아 읍하며 말했다.

"소인 여회, 정왕 전하를 뵙사옵니다."

군구신이 차가운 목소리로 말했다.

"정왕부에 잠복해 있는 것도 모자라 본 왕을 따라오기까지 했다니, 능력이 아주 대단하군!"

여회가 재빨리 말했다.

"소인은 무능하옵고, 그저 려 주인님의 안배에 따랐을 뿐입니다. 소인은 장래 전하의 안배를 따를 수 있기를 바라고 있습니다!"

바라고 있다? 군구신이 려금과 협력할 거라고 아직 믿지 않는 것일까?

군구신이 물었다.

"본 왕이 직접 너를 보러 왔는데도 아직 성의가 부족하다는 말이냐?"

여회가 재빨리 말했다.

"아닙니다. 전하께서 직접 오신 것만으로도 소인에게는 더할 나위 없는 영광입니다. 다만…… 소인이 먼저 말씀드려야 하는 어떤 상황이 있습니다."

군구신이 물었다.

"어떤 상황이라니?"

여회가 진지하게 말하기 시작했다.

"제 주인께서는 지금 백리명천의 수중에 계십니다. 전하께서 입하에 다평산에서 만나시기로 약속한 사람은 백리명천이지 제 주인이 아닙니다."

군구신은 속으로 살짝 놀랐으나, 여전히 침착한 표정으로 듣고 있었다.

여회가 계속 말했다.

"그러나 백리명천은 이미 올가미에 걸려들었습니다. 예, 백리명천은 결국 우리 주인의 올가미에서 벗어날 수 없을 것입니다! 전하께서 우리 주인님과 함께하기로 하신다면, 입하에 우리 주인께서 스스로 탈출하며 황상도 구출하실 겁니다. 하지만 만약 전하께서 함께하지 않으시겠다면 아마……."

군구신이 냉랭하게 물었다.

"지금 본 왕을 위협하는 것이냐?"

여회가 웃으며 말했다.

"아닙니다. 소인이 어찌 감히 그러겠습니까. 소인은 다만 귀에 거슬리는 말을 먼저 해치우고 싶었을 뿐입니다."

군구신은 여회의 심사를 꿰뚫어 보고 있었다.

"조건이 있다면 바로 말하도록!"

여회가 재빨리 두 손 모아 읍하며 말했다.

"우리 주인님의 뜻은, 전하께서 약속의 증표를 하나 남겨 주셨으면 하는 것입니다."

군구신의 눈이 차갑게 빛났다.

"무엇을 원하지?"

# 본 왕이 약속하겠다

군구신의 차가운 얼굴을 본 여회는 저도 모르게 한 걸음 뒤로 물러섰다. 그리고 다시 한번 강조했다.

"이것은 제 주인님의 뜻입니다. 만약 기분이 상하신다 해도, 정왕 전하께서는 너그러이 용서해 주시기 바랍니다."

군구신이 차갑게 말했다.

"쓸데없는 소리는 그만!"

여회는 머리끝까지 쭈뼛해 오는 기분으로 말했다.

"제 주인님의 뜻인즉…… 고비연을 원하십니다!"

군구신은 한참 동안 여회를 바라보다가 갑자기 큰 소리로 웃기 시작했다.

"좋다! 본 왕이 약속하겠다! 대신 나도 두 가지 징표를 원한다! 가서 전하도록 해라. 입하에 군자택과 《운현수경》을 가져와서 교환해 가라고!"

여회는 원래 불안해하고 있었지만 군구신이 이렇게 명쾌하게 답하니, 그가 이미 마음을 굳혔다고 생각하게 되었다. 여회는 조마조마하던 심정을 가라앉히고 기뻐하며 말했다.

"정왕 전하, 경축드리옵니다! 경사를 축하드리옵니다!"

군구신이 물었다.

"경사라니?"

여회가 재빨리 말했다.

"정왕 전하께서 남녀 간의 사사로운 정을 포기하고 구려를 재건하신다면, 그 장래의 영광은 가늠할 수 없을 정도일 것입니다! 우리 주인께서 말씀하시길, 정왕 전하께서 우리 주인과 함께하신다면 전하께《운현수경》을 파해해 드리고 대업을 함께 도모하겠다 하셨습니다! 그리고 우리 주인님께서는, 전하께서는 결코 다시는 '인검합일'의 경지를 억지로 수련하지 말 것을 청하셨습니다. 혹시라도 지금까지의 노력이 수포가 되며, 주화입마로 인해 목숨을 잃으시는 일이 없도록 말입니다!"

소매 속에 숨어 있던 군구신의 손이 소리 없이 주먹을 쥐었다. 그러나 그는 안색 하나 바꾸지 않고 말했다.

"고맙군!"

여회는 감히 오래 머물 생각을 하지 못하고 두 손 모아 읍한 후 그 자리를 떠나려 했다. 그때 하소만이 다급하게 외쳤다.

"잠깐! 나, 나는……. 내 일은 아직 이야기하지 않았잖아!"

여회가 말했다.

"우리 주인을 뵌 뒤에 주인께 직접 여쭤보면 된다!"

망중이 재빨리 끼어들었다.

"만 공공이 풍화도에 한번 다녀오게 해 주겠지?"

여회가 웃으며 말했다.

"그야 당연하지! 안심해도 좋아!"

여회가 떠난 후, 망중은 군구신을 바라보았다. 망중이 풍화도를 언급한 것은 여회를 탐색하기 위한 것이었다. 여회의 반응으로 보건대 풍화도 쪽의 소식은 아직 새어 나가지 않은 것 같았다.

군구신은 마음속으로 짚이는 것이 있어 길게 이야기하지 않고 몸을 돌려 걷기 시작했다. 하소만이 기쁜 마음으로 따라가려 했으나 망중이 그를 잡아끌고 속삭였다.

"즐거워하는 꼴이라니! 왕비마마께서 너에게 박하게 대하지 않으셨건만, 왕비마마께서 려금의 손에 떨어지게 되었는데 전혀 괴롭지 않단 말이냐?"

하소만이 시선을 피했다. 그리고 괴롭지 않은 것은 아니었다. 그렇지 않다면 그렇게 오래 갈등하지도 않았을 테니까. 그러나 망중이 계속 자신을 응시하자 하소만은 참지 못하고 반문하기 시작했다.

"왕비마마께 부황과 모후를 구하는 것을 포기하시라 하면, 승낙하시겠어? 왕비마마께 전하와 함께 구려족을 재건하고 천하를 정벌하시라 하면 허락하시겠냐고? 전하께서 평생을 대진국의 황제와 황후를 구하기 위해 사실 수만은 없는 거 아냐? 영원히 헌원 황족에게 무릎 꿇으실 수는 없는 것 아니냐고? 왕비마마께서 고귀하게 태어나셨다고 하지만, 전하와 황상께서는 아니 그러신가? 지금 전하께서 헌원 황족에게서 벗어나시게 되었고, 나도 부모님을 찾게 되었으니……. 나, 나는 당연히 기뻐해야 하잖아! 내가 왜 괴로워해야 해? 게다가, 입하 후에 전하와 려금이 결국 한 가족이 되는 것이나 마찬가지잖아. 그럼 왕비마마가 려금의 손에 떨어진다 해도 결국 전하께 있는 것이나 마찬가지 아니겠어? 왕비마마께서 얌전하게만 구신다면 전하께서 왕비마마를 고생시킬 리도 없잖아? 기껏해야…… 기껏해야 왕비마마를 인질로 삼아 운한각 사람들에게 대적하는 정도겠지! 게다가…….”

망중은 들을수록 화가 나서 분노한 목소리로 하소만의 말을 잘랐다.

“꼭 그렇게 신분이 고귀하고 비천하고를 따져야겠어? 이 천하가 평화로운데, 운공과 현공, 두 대륙이 꼭 싸워야만 하는 거냐고? 대체 왜 생억지를 쓰는 거지?”

하소만은 원래 속으로 제 발 저리는 구석이 있었지만, 이 말을 듣자 화가 나서 외쳤다.

“그들 마음속에 구분이 없었다면 황상께서 납치될 이유가 있었겠어? 그런 굴욕을 당하실 이유가 있었겠냐고? 이번에는 황상을 희생했고, 다음번에는? 다음번에는 분명 전하일 거야!”

망중이 외쳤다.

“하소만, 내가 대체 몇 번을 말해야 믿을 거야? 황상께서 납치당하신 것은 사고라고! 염진 사부의 병은 네가 생각하는 것처럼 별것 아닌, 그런 것이 아니라고!”

하소만이 추궁했다.

“그럼 대체 무슨 병인데?”

망중도 정확하게 말할 수는 없었다.

“어쨌든, 어쨌든 네가 생각하는 그런 대수롭지 않은 병이 아니라고!”

하소만이 다시 말했다.

"아무 문제 없는 거라면, 내가 전하께 몇 번이나 여쭸는데 전하께서는 어째서 설명해 주시지 않는 건데?"

망중은 화가 나서 얼굴이 파랗게 질렸다.

"하소만, 너⋯⋯."

하소만이 갑자기 의심스러운 표정을 지으며 물었다.

"대체 왜 그러는 거야? 전하께서도 이미 명확하게 결론을 내리신 일인데, 대체⋯⋯."

망중은 그제야 자신이 너무 속을 드러냈다는 것을 깨닫고 고개를 홱 돌렸다.

"나, 난⋯⋯ 난 그저 괴로울 뿐이야! 원래 다 좋았는데, 다 좋았는데⋯⋯ 어떻게 이렇게 변해 버린 거냐고! 그 빌어먹을 요괴 할망구! 그 빌어먹을 고운원! 그리고 그 건명검법⋯⋯. 제기랄!"

하소만은 멀어져 가는 군구신의 뒷모습을 보며 가볍게 탄식했다.

"대체 뭐가 괴롭다는 거야? 지금 가장 괴로운 사람은 전하이신데! 전하께서는 그리도 황상을 아끼시는 거지⋯⋯."

망중은 그제야 주인이 이미 멀리까지 갔다는 것을 깨닫고, 하소만을 그 이상 상대하지 않고 재빨리 군구신을 쫓아갔다. 하소만 역시 다급하게 따라갔다.

그들이 교월차장에 도착했을 때는 이미 날이 밝아 올 무렵이었다. 군구신은 계속 말이 없었으나, 하인이 건물 앞을 지키고 있는 것을 보자 나지막한 목소리로 물었다.

"왕비는 어제 몇 시에 돌아왔지? 그리고 몇 시에 잠들었느냐?"

하인이 공손하게 답했다.

"전하께 보고드립니다. 왕비마마께서는 어젯밤 상관 부인 거처에서 주무시고 돌아오지 않으셨습니다."

군구신은 살짝 멈칫했으나 더 묻지 않고 건물 안으로 들어갔다. 하소만이 시중을 들기 위해 따라 들어가려 했으나, 한 발짝 들이기도 전에 군구신에게 제지당했다.

"시중들 필요 없다. 물러가거라."

"전하, 소인이……."

"물러가라!"

하소만이 망중을 흘깃 본 후 겁먹은 표정으로 물러났다. 망중은 하인들을 모두 물린 후 다시 문을 두드리고 들어갔다.

하룻밤 내내 잠을 자지 않았지만 군구신은 여전히 잘 생각이 없었다. 침상에 기대앉은 그의 얼굴에는 평소에 드러나지 않는 감정이 어려 있었다. 망중이 서둘러 물을 한 잔 따라 그에게 가져가며 나지막한 목소리로 말했다.

"전하, 일단 좀 쉬셔야 하지 않겠습니까?"

군구신은 대답 없이 물을 마신 다음에야 물었다.

"네 수하가 기욱과 혁소해를 조사하고 있었지만, 이 일대에서 놓쳤다고?"

망중이 잠시 생각한 후에 대답했다.

"가장 최근의 실마리는 나하 근처에서 발견되었습니다. 이곳에서 나흘에서 닷새 정도 걸리는 곳입니다."

군구신이 고개를 끄덕였다.

"멀지는 않군. 그렇다면……. 알겠다!"

망중은 처음에는 이해할 수 없었지만 잠시 생각한 후 바로 외쳤다.

"전하의 뜻인즉…… 그들이!"

군구신이 고개를 끄덕였다.

"상관 부인의 추측이 틀렸다. 다평산의 진짜 주인은 려금이 나 백리명천이 아니라, 기씨 가문이겠지!"

그들은 풍화도에 서신을 보낼 때 다평산 관련한 일도 언급했 었다. 만약 다평산이 혁소해의 세력이라면 축운궁주가 분명 알 고 있을 것이다. 그러나 축운궁주가 아무 말 없었으니, 이곳은 혁소해와 관련이 없는 것이 분명했다!

그리고 풍화도에서 온 서신에 의하면 려금이 일부러 봉황력 의 비밀을 기씨, 혁씨, 소씨, 세 가문에 누설하는 동시에 기씨 가문과 결탁했었다고 했다. 오늘 여회가 했던 말까지 종합해 보면, 추측해 낼 수 있었다. 백리명천을 얽어매려는 것은 려금 이 아니라 혁소해와 기욱일 것이다!

망중이 대오 각성한 듯 말했다.

"저는 려금, 그 요괴 할망구가 백리명천의 수중에 떨어진 상 황에서 대체 어떻게 일을 벌이고 있는지 이해할 수 없었습니 다! 그런데 혁소해와 기욱이 려금을 돕고 있었군요! 전하, 보 아하니 여회의 말이 거짓만은 아닙니다. 백리명천은 이미 올가미에 걸려들었습니다. 잘된 일입니다. 그들끼리 서로 물어뜯게 두고, 우리는 어부지리를 취하면 그만이니까요!"

군구신은 잘생긴 눈썹을 살짝 찌푸린 채 계속 깊은 생각에 잠겨 있었다.

망중이 다시 말했다.

"기욱, 그 도련님은 절대로 백리명천의 적수가 되지 못할 겁니다. 그렇다면 지금 다평산의 배후에 있는 진짜 세력은 역시 혁소해겠군요!"

군구신은 대답하지 않았지만 계속 망중의 말을 들으며 속으로 답답해하고 있었다.

"혁소해는 대체 기씨 가문의 무엇을 바라는 거지?"

기욱은 확실히 철없는 도련님이었다. 일을 맡으면 성공하기는커녕 망치기만 할 위인이니 성가신 존재라고 할 만했다. 그런데 혁소해가 아무 이유도 없이 성가신 존재를 데리고 다닌다?

혁소해와 기욱이 구려족 고묘에서 도망친 후, 군구신은 계속 그들을 쫓는 일을 포기하지 않았다. 다만 군구신은 그동안 그 두 사람의 관계에 대해서는 고민해 본 적 없었다. 그러나 지금 망중의 말을 듣다 보니 뭔가 이상하다는 생각이 든 것이다…….

## 모두 이미 타당하게

망중은 입에서 나오는 대로 말했을 뿐이었지만, 군구신의 분석을 듣자 그도 이상한 점을 느끼기 시작했다.

"전하, 혁소해가 혹시 기씨 가문과 려금의 친분을 노리거나 하는 것은 아닐까요?"

군구신은 그렇게 생각하지 않았다. 친분은 맺을 만한 사람이 있거나 서로에게 이익이 되어야만 생기는 것이었다. 기연결은 이미 빙해에서 죽었다. 기씨 가문이 려금에게 어떤 이익이 되지 않는다면, 려금이 과연 그 친분을 인정할까?

군구신은 기씨 가문이 대체 려금에게 어떤 이익을 줄 수 있는지 짐작조차 할 수 없었다. 하지만 이 의문은 려금과 기욱을 만나게 하면 답을 얻을 수 있을 테니 잠시 한구석에 치워 두기로 했다.

망중은 여전히 제 추측을 중얼거리고 있었다.

군구신이 그의 말을 끊고 물었다.

"일은 다 안배했나?"

망중이 재빨리 대답했다.

"모두 안배했습니다. 군대 쪽도 타당하게 안배했고, 다만 그저……"

망중이 머뭇거리며 감히 말하지 못하는 것을 보고 군구신은 순식간에 그의 근심을 알아챘다.

"정역비?"

"바로 그렇습니다."

망중이 탄식하더니 다시 권하기 시작했다.

"전하, 제발 다시 고려하시면 안 되겠습니까? 만약 왕비마마
께서⋯⋯."

군구신이 말했다.

"이 일은 온전히 비연만을 위한 것은 아니다. 고운원의 말이
옳아. 구려족의 후예로서 건명력의 주인이 된 이상 끝까지 책
임을 져야겠지."

망중은 순간적으로 대체 어떻게 권해야 할지 알 수 없어, 그
저 주먹을 쥔 채 울적해 있었다.

군구신이 몸을 일으키더니 담담하게 말했다.

"지필묵을 준비하도록."

상관 부인이 보여 주었던 지도는 바로 이 구역에 현공상회가
병력을 배치해 놓은 것을 그린 것이었다. 군구신은 한번 보는
것만으로 전부 기억했다.

그는 다평산으로 오기 전 협조하겠다는 명분으로, 만진국에
파견했던 적지 않은 수하들을 이 부근으로 옮겨 두었다. 이들
은 려금 일행을 체포할 준비를 하는 것이 아니라, 현공상회에
대응할 준비를 하고 있었다.

이외에도 그는 군대를 움직일 준비를 하고 있었다. 진양성의
그 밤, 그는 궁에 들어가 조정의 일만을 처리한 것이 아니라 남

몰래 군대를 움직였다. 그것은 바로 현공대륙 남경에 있는 대진국의 세력을 상대하기 위함이었다.

백초국 동남쪽과 만진국 남부에 있는 병력도 남경으로 징발할 수 있었다. 백초군 병력의 절반은 그의 세력이었고, 절반은 목청무의 세력이니 비연의 세력이나 마찬가지였다. 만진국의 군대는 그의 수하인 것이나 마찬가지였으나, 다만 정역비의 신분이나 입장은 난처할 수도 있었다.

군구신은 지도를 그린 다음 봉투에 넣어 망중에게 건넸다.

"어서 보내도록. 신중해야 한다."

망중이 서신을 받아 떠나려는 순간, 군구신이 한마디 덧붙였다.

"내 뜻은 이미 결정되었다. 앞으로 너는 택아를 잘 보살피면 된다. 지금부터 해서 안 될 말은 하지 말도록."

망중은 답답한 마음에 고개를 숙인 채 한참을 말없이 있다가, 겨우 눈을 들고 공손하게 말했다.

"예, 명을 받들겠습니다!"

창밖으로 날이 밝아 오고 있었다. 군구신은 동쪽 하늘을 멍하니 바라보고 있었다. 세상을 밝힌 햇빛이 눈을 찌르자 그제야 겨우 정신을 차리고는 창을 닫았다.

침상에 누워 텅 빈 옆자리를 바라보았다. 마침내 그의 눈동자에 슬픈 빛이 어리기 시작했다.

"대례를 끝내지 않았으니 아직 시집을 간 것이 아니다……. 그래도 좋지. 그래!"

날이 밝았다. 입하까지 또 하루 가까워졌다. 백리명천은 마지막 준비를 하고 있었고, 혁소해와 기욱 역시 마지막 준비를 하고 있었다.

군구신의 추측은 반만 맞았다. 다평산 배후의 주인은 확실히 기씨 가문이었다. 다만 수년 전 정 노장군의 일로 인해 기세명은 봉록이 삭감되는 처벌을 받았다. 하지만 그는 체면을 유지하기 위해서라도 씀씀이를 줄일 수 없어, 비밀리에 다평산과 차장 몇 개를 팔았다.

사실 기세명은 당시 다평산을 현공상회에 팔 생각이었지만, 신비로운 구매자를 만나게 되어 거액에 팔게 되었다.

이때 기욱과 혁소해는 막 다평산 서쪽에 도착하여 개인 차장 한 곳에 들어간 참이었다. 려금과 결탁한 것은 기욱이 아니라 혁소해였고, 여회가 했던 모든 일 또한 혁소해의 지시를 받아 한 것이었다. 사실 기욱은 이 모든 일을 전혀 모르고 있었다.

정말이지 기욱은 둔하다는 표현이 딱 어울렸다. 혁소해가 그를 데리고 다평산에 그리도 오래 몸을 숨기고 있는데도 기욱은 전혀 의심하지 않았다. 그리고 개인 차장에 들어선 지금에야 뭔가 이상하다는 것을 느꼈다.

혁소해가 앞에 있었고 기욱이 뒤에 있었다. 기욱의 마음은 점점 더 불편해졌다. 마침내 건물 앞에 도착했을 때 그가 혁소해를 불러 세웠다.

"설마, 그때 다평산을 산 사람이……?"

혁소해가 발걸음을 멈추더니 크게 한숨을 내쉰 후 기욱을 돌아보았다.

"기 대소야, 이 늙은이는 그 말을 아주아주 오랫동안 기다려 왔지!"

기욱이 경악했다.

"정말로 당신이라니!"

혁소해가 불쾌한 듯 말했다.

"한 달 전, 이 늙은이가 한우아와 수희를 다평산에 숨겼을 때 넌 이미 알아차렸어야 했지만 안타깝게도 그러지 못하더군! 열흘 전 내가 너를 데리고 다평산에 왔을 때, 계속 현공상회의 끄나풀을 피하면서도 빠르게 움직이는 걸 보았을 때도 역시 마찬 가지더군! 나는 다평산 서쪽에 닿으면 네가 알아차리리라 생각 했는데! 세상에! 이 대문 안으로 들어서서야 알아차리다니! 넌 대체……."

혁소해는 점점 더 화가 나는 모양이었다.

"너, 넌 이 늙은이를 정말로 실망시켰다! 네 부모는 그 좋은 능력으로 어찌 아들을 이리 우둔하게 키운 건지!"

기욱은 속으로 자신이 영리하다고 자부하고 있었는데, 영문도 모르고 혁소해에게 욕을 얻어먹은 셈이었다.

그는 진지하게 생각해 본 후, 아무래도 자신이 우둔하긴 한 모양이라고 생각했다. 그러나 그는 수치가 분노로 변해 혁소해에게 따지듯 말했다.

"그때 다평산을 산 사람이 그쪽인데 왜 계속 숨기고 있었습니까? 뭐 좋은 마음은 아니었겠지요? 맞아, 약속했었지. 남쪽에 오면 우리 조부님의 행방을 알려 주겠다고! 오늘도 내 조부님의 행방을 알려 주지 않는다면 나는 바로 떠나겠어! 인질이 둘이니, 내가 둘 중 한 명을 데려가지. 우리 이제부터 완전히 갈라서자고!"

혁소해가 주먹을 쥐더니 분노한 목소리로 물었다.

"뭐라고?"

"조부님의 행방을 말해 주지 않는다면 바로 떠나겠다고! 인질은 당신이 하나, 내가 하나……."

기욱의 말이 끝나기도 전에 혁소해가 사납게 따귀를 내리쳤다.

기욱은 순식간에 멍한 표정이 되었다. 그는 한참 후에야 겨우 정신을 차리고 외쳤다.

"가, 감히 날 때려!"

"우둔한 놈!"

혁소해가 노성을 지르자 기욱은 무의식적으로 뒷걸음질을 쳤다.

"우둔한 놈! 정말이지 우둔한 놈!"

혁소해가 한 발, 한 발 다가오며 소리를 질렀다.

"정말로 한우아로 소 부인을 위협할 수 있을 것 같으냐? 한우아는 소 부인의 바둑알에 지나지 않고, 고비연이야말로 소 부인의 진짜 주인이란 말이다! 게다가 너는 정말 백리명천 같은 자가 수하 하나 때문에, 여자 하나 때문에 양보할 것 같으냐? 정말이지 기상천외한 꿈을 꾸고 있구나!"

기욱은 마침내 담벼락까지 물러났다. 그의 분노는 이미 전부 사라졌고, 오히려 겁을 먹은 상태였다.

그는 그렇게까지 멍청하지 않았고, 나름대로 계산이 있었다. 혁소해가 그를 데리고 다니는 것은 분명 그에게서 얻을 이익이 있기 때문이다! 그리고 혁소해가 지금도 수희와 한우아를 그렇게 중요하게 여기는 걸 보면, 그 두 인질로 분명 백리명천과 군구신을 위협할 수 있을 것이다.

그는 계속 상황을 제대로 파악하지 못하고 있었다.

기욱이 우물쭈물 물었다.

"그, 그렇다면…… 그렇다면 그렇게 위험을 무릅쓰고 그 둘을 납치한 이유가 뭡니까? 어째서, 어째서 계속 그들을 데리고 다니느냐고요!"

혁소해는 그제야 백리명천과 군구신이 입하에 만나기로 했으며, 수희가 기욱의 수하를 매수하여 백리명천과 몰래 소식을 주고받는다는 이야기를 털어놓았다.

기욱은 눈을 휘둥그렇게 뜬 채 의아한 표정을 지었다.

"그, 그건……."

이번만은 기욱도 우둔하지 않았다. 잠시 생각한 것만으로도 그는 상황을 파악할 수 있었다.

"좋습니다, 그럼 내 수하를 매수하시지요! 그리고 그들이 거짓으로 수희와 결탁하게 하고! 다, 당신은 백리명천에게 올가미를 던지는 겁니다!"

## 이런 포부와 야심

기욱이 상황을 파악하자 혁소해는 어느 정도 마음을 가라앉혔다. 그러나 기욱의 다음 말이 다시 그의 분노에 불을 붙였다.

"그래서, 려금이 군구신과 협력하는 것을 돕는 겁니까? 아주 기발한 계책이군요!"

"기발? 어디가 기발하다는 거지?"

"너, 너……."

혁소해는 기욱의 코를 찌르다시피 하며 한참을 분노하다가 겨우 말했다.

"대체 패기라고는 없는 건가? 군구신이 우리……."

여기까지 이야기한 혁소해가 갑자기 말을 멈추더니 다시 말을 바꿨다.

"군구신이 너희 기씨 가문에게 무슨 짓을 했는데! 네 부모를 가두고, 네 기가군을 빼앗고! 네가 군구신에게 복수하고 싶지 않은 것은 그렇다 치고, 그가 려금과 결탁해 구려를 재건하는 것을 돕고 싶은 게냐!"

기욱은 방금까지 그렇게 깊이 생각하지 않고 그저 순수한 마음으로 혁소해의 묘책에 감탄했을 뿐이었다. 그러나 혁소해가 이리 말하는 것을 듣자, 마침내 그도 뭔가 이상하다는 것을 깨달았다.

기욱이 혁소해를 바라보며 의심스러운 듯 물었다.

"우리 기씨 가문의 복수를 도우려고만 이러는 것은 아닐 텐데요?"

여회를 정왕부에 잠입시켜 하소만을 충동질하게 한 건 려금이지만, 지금은 혁소해가 여회를 부리고 있었다. 바꿔 말하자면 려금은 지금 혁소해가 자신을 구해 주기만을 기다리고 있었다.

만약 혁소해가 백리명천에게서 려금과 군자택을 모두 구해 내고 통제할 수만 있다면 모든 것은 완전히 달라질 것이다!

혁소해는 평소에는 거의 보이지 않던 긍정적인 시선을 기욱에게 보내며 수염을 쓰다듬었다.

"일단 안으로 들어가자!"

혁소해가 몸을 돌려 안으로 들어가자 기욱도 재빨리 따라 들어가며 문을 닫았다.

혁소해가 자리에 앉았다. 기욱이 그 앞에 가서 섰다. 기욱을 보는 혁소해의 눈빛은 마치 한스러운 듯, 또 동시에 어쩔 수 없다는 듯, 한마디로 안타까운 마음이 절절하게 배어 있었다.

"앉거라!"

기욱은 그제야 자리에 앉았다.

혁소해가 차를 따르려다가 바로 멈추고 불쾌한 듯 외쳤다.

"차를 따르거라!"

기욱은 조금 달갑지 않은 표정이었지만 어쨌든 혁소해에게 차를 따라 주었다. 혁소해가 차를 마시며 말하기 시작했다.

"이 늙은이는 려금과 알고 지낸 지 오래다. 다만 안타깝게도

10년 동안 려금은 이 늙은이를 이용하기만 했지! 이 늙은이는 축운궁주를 따르기 시작하고 나서야 《운현수경》의 존재를 알게 되었다. 여회에게서 들으니 려금은 군구신에게도, 백리명천에게도, 또 백리운봉에게도 모두 같은 말을 했더구나. 려금은 그저 고운원을 만나고 싶을 뿐이고, 《운현수경》을 내주어 그들이 천하를 얻도록 해 주겠다고 말이다! 하하하, 이번엔 이 늙은이에게도 천하를 얻게 해 주겠다고 하겠지!"

기욱의 눈가에 의혹이 스쳤으나 아무 말도 하지 않고 그저 혁소해의 찻잔에 차를 따랐다.

혁소해가 그를 흘깃 보더니 물었다.

"려금이 우리에게 뭔가 베풀도록 하기보다는, 려금을 핍박해 빼앗는 것이 낫겠지. 네 생각은 어떠하냐?"

기욱은 안 그래도 혁소해가 려금을 배반할 생각임을 알아차리고, 바로 고개를 끄덕였다.

혁소해가 눈을 가늘게 뜨고 다시 말했다.

"《운현수경》을 얻으면, 나는 너를 데리고 천하를 정벌할 것이다. 그야말로 권토중래할 것이야!"

기욱은 살짝 당황스러웠다. 그는 복수만을 생각하고 있었을 뿐 이런 야심을 품고 있지는 않았다. 기욱이 결국 참지 못하고 물었다.

"우리 둘만의 힘으로요? 천염국과 대진국을 어떻게 상대할 수 있겠습니까?"

혁소해의 안색이 다시 어두워졌다. 그는 힘차게 찻잔을 내려놓더니 말했다.

"네 그 성격으로는 영원히 성공하기 어렵겠구나! 자, 잘 들어라. 군구신은 이미 건명검법을 포기하고 고비연을 군자택, 《운현수경》과 교환하기로 약속했다. 입하에, 이 늙은이는 군구신을 보러 가지 않을 뿐 아니라 여회로 하여금 한바탕 연극을 하게 만들어서 고비연 앞에서 군구신의 야심을 드러내 보일 것이다. 그때면 우리는 그저 어부가 되어 그들 부부가 어떻게 싸우는지 구경하기만 하면 된다!"

여기까지 듣자 기욱의 눈빛이 순식간에 밝아졌다.

혁소해가 냉소하며 계속 말했다.

"려금이 《운현수경》을 그리 쉽게 내주지는 않을 거다. 하지만 그녀를 통제할 수만 있다면 백리운봉이 우리를 찾아오지 않을까 걱정할 필요 없지! 우리의 진정한 맹우는 바로 백리운봉이란다! 백리운봉은 운공과 현공 두 대륙의 물길 지도는 물론, 인어족 대군도 이끌고 있지!"

여기까지 들은 기욱은 정말 깜짝 놀랐다. 혁소해의 포부가 이리도 깊다니……. 기욱은 혁소해를 향해 엄지손가락을 들어 보이면서도 속으로는 당황하고 있었다.

아무리 생각해도 알 수 없었다. 혁소해와 그의 조부는 대체무슨 관계인 걸까? 혁소해는 무엇 때문에 그를 돕는 걸까? 혁소해가 기씨 가문에게 원하는 것이라도 있는 걸까?

기욱은 망설이다가 결국은 본질적인 문제로 되돌아갔다.

"그런데…… 제 조부는요? 조부를 뵙고 싶습니다! 약속하셨잖아요!"

혁소해가 기욱을 물끄러미 바라보았다. 날카롭던 눈빛도 어느새 다정하게 변해 있었다.

"이 녀석, 아직도 이 늙은이를 못 믿겠느냐?"

"계속 식언을 하시는데 제가 어찌 믿겠습니까?"

기욱의 말에 혁소해가 웃기 시작했다.

"식언? 내가 언제 어느 날 네 조부를 만나게 해 주겠다는 뭐, 그런 약속이라도 했었더냐?"

기욱은 순식간에 할 말을 잃었다. 혁소해는 그들이 빙해에 가면 조부의 행방을 알려 주겠노라 했지만, 확실히 명확한 날짜를 정한 적은 없었다.

이 순간 혁소해의 눈빛이 다시 따뜻해졌다. 그는 직접 찻주전자를 들어 기욱에게 차를 따라 주고는 웃으며 말했다.

"애야, 입하에 우리가 대성공을 거두고 나면 말이다, 이 늙은이가 반드시 너를 네 조부와 만나게 해 주마. 그리고…… 하하, 내가 너에게 빙해에 관한 비밀도 알려 줄 것이다. 아주 놀라운 비밀을!"

기욱은 그 말을 온전히 믿을 수는 없었지만, 혁소해의 계획을 알게 되자 예전처럼 그렇게 목소리를 높일 수도 없었다. 그는 몰래 상황을 대비하기로 하고 고개를 끄덕였다.

"좋습니다. 제가 한 번만 더 믿어 보겠습니다!"

혁소해는 기분이 꽤 좋아진 듯 몸을 일으키더니, 기욱의 어깨를 두드리며 말했다.

"가서 쉬거라. 오후에 너를 다평산에 데려가 주마. 백리명천을 위해 어떻게 매복을 깔아 두었는지 보여 주겠단 말이다!"

기욱은 그에게 두 손 모아 읍한 후 그 자리를 떠났다. 기욱은 비록 불안했지만, 그 무엇보다도 입하가 되기만을 바라고 있었다. 오늘이 지나면, 입하까지는 이틀이 남는다.

이삼 일은 사실 아주 짧은 시간이었다. 그러나 이 이삼 일은 백리명천에게건 비연과 군구신에게건 아주 길게만 느껴졌다.

백리명천은 혈루의 부작용이 점점 더 심해지는 것을 느끼고 있었다. 그의 상반신 절반 정도가 이미 굳은 상태였다. 아직 움직일 수는 있었지만 민활한 동작은 무리였다. 그 누구라도 그를 세심하게 살펴본다면 바로 이상한 점을 눈치챌 수 있을 것이다.

이 이삼 일 동안 그는 검을 연습하는 외에 남는 시간은 려금의 얼굴에 문신을 새기며 보냈다. 려금은 그의 괴롭힘에 미치기 일보 직전이었고, 몇 번이고 참지 못하고 《운현수경》을 숨겨 둔 곳을 말할 뻔했다!

지금도 백리명천은 려금의 방 안에 있었다. 려금의 얼굴 반쪽은 크고 작은 '요괴 할망구'라는 글자로 가득 차 있었다. 그녀는 조소하고 달래고 비위를 맞추고…… 심지어 애걸하기까지 했지만 아무 소용 없었다.

백리명천은 그녀의 입을 막아 버리고 웃으며 말했다.

"너에겐 아직 시간이 있다고. 입하 아침이 되면 내가 너에게 입을 열 기회를 주겠다! 그때까지 잘 생각한 후에 다시 입을 열어도 늦지 않아!"

그리고 교월차장에서는 비연이 계속 우화각에서 머물며 일부러 군구신을 피하고 있었다. 군구신도 몇 번이나 그녀를 찾아가려 했으나 결국은 참아 냈다.

마침내 입하 전날 밤, 비연 스스로 그를 찾아왔다.

군구신은 창가에 서서 멍하니 밤하늘을 보고 있었다. 비연이 방 안에 들어서도 전혀 알아채지 못하는 듯한 모습이었다. 비연은 그의 호리호리한 뒷모습을 바라보며 한 걸음 한 걸음 가까이 다가갔다.

그제야 군구신은 인기척을 느꼈다. 그가 돌아보려 했을 때, 비연이 뒤에서 그를 안으며 속삭였다.

"움직이지 마. 이제 우리가 이야기를 나눠야 할 시간이야."

## 왜 긴장하고 있는 거야

마음에 둔 사람이라면, 끌어안는 것은 말할 것도 없고 그저 눈빛 하나에도 불같은 성격이 유순하게 변하기 마련이다.

비연에게 끌어안긴 이 순간, 군구신의 심장 전체가 떨리기 시작했다. 그는 하마터면 모든 것을 잊고 그대로 그녀를 끌어안을 뻔했으나 결국은 주먹을 꽉, 아주 꽉 쥐며 참아 냈다.

그의 몸이 굳는 것을 느낀 비연은 속으로 당황하면서도 그를 놓지 않고 오히려 더 강하게 끌어안았다. 마치 제 온몸으로 그의 등에 달라붙으려는 것처럼. 그녀가 다시 한번 말했다.

"이제 이야기를 나눠야 해."

군구신은 눈을 감은 채 아무 말도 하지 않았다.

비연은 잠시 기다렸지만, 그가 아무 말도 하지 않자 그를 추궁하기 시작했다.

"대체 왜 그러는 거야? 일부러 나에게 소원한 건 대체 어째서야? 나에게 소란을 피우지 말라면서…… 당신이 하는 모든 행동은 바로 나에게 소란을 피우도록 만들고 있잖아. 대체 우리 사이에 못 할 이야기가 뭐가 있어? 택아의 일을 핑계 삼지 마. 택아가 알면, 택아도 달가워하지 않을 테니까."

비연의 목소리는 크지 않았고, 말투도 나긋나긋, 마치 평소 밤마다 그의 품에 기대어 한담을 나눌 때와 비슷하게 들렸다.

다만 평소와 다른 것은…….

평소라면 군구신은 그녀의 말에 대답하지 않는다 해도 그녀의 머리를 쓰다듬거나, 그녀의 머리카락을 가지고 장난을 치거나, 그도 아니면 고개를 끄덕이거나, 미소를 짓거나, 혹은 '응'이라고 말하거나……. 어쨌든 어떤 방식으로건 그녀에게 반응했었다. 그러나 지금은 비연이 몇 번이나 물어도 아무 반응도 보이지 않고, 마치 다른 사람이 된 것처럼 침묵하고 있었다. 그리고 그런 그의 모습은 몹시 낯설어 보였다.

그러나 비연은 그를 낯설게 여기지 않았다. 그녀는 그를 너무나도 잘 이해하고 있었으니까. 그렇기 때문에…… 그가 어떤 모습으로 변하건 그녀의 마음속에서 그는 역시 그였다.

그는 어린 시절 그녀가 언제나 패기만만하게 굴도록 용납해 주던 영 오라버니였고, 어른이 된 후에는 그녀가 홀린 듯이 숭배했던 정왕 전하였다.

그녀는 군구신의 허리를 안은 열 손가락을 천천히 교차시키고, 제 귀를 그의 등에 바싹 붙였다. 곧 그의 심장 소리를 들을 수 있었다.

비연이 갑자기 피식 웃었다.

"고남신, 대체 뭘 그리 긴장하고 있는 거야?"

그의 심장이 빠르게, 아주 빠르게 뛰고 있었다! 과거의 모든 순간처럼!

그녀가 그의 품에 뛰어들기만 하면 그의 심장은 이렇게 빨리 뛰었다. 그리고 그녀가 조금 더 그를 끌어당기면……. 그는 귀뿌리까지 붉어져서는 그녀의 시선을 피하며…… 민망한 듯 웃고…….

비연은 갑자기 군구신을 놓고 그의 앞으로 돌아갔다. 그러나 군구신은 이미 눈을 뜨고 있었다. 그는 고통을 감추고 무표정한 얼굴로, 아니, 심지어 잘생긴 미간에 냉정한 기운마저 띤 채 그녀의 시선을 받고 있었다.

비연은 살짝 당황했으나 곧 웃기 시작했다. 그녀는 발끝을 세우고 두 팔로 군구신의 목을 끌어안은 다음 억지로 그의 고개를 숙여 자신을 보게 했다.

군구신은 그녀가 하는 대로 고개를 숙였고 그녀를 바라보았다. 그리고…… 그의 두 눈동자는 더더욱 차갑고 무정하게 변해 있었다!

그가 냉랭하게 말했다.

"오늘 밤 어디서 잘 생각이지? 이곳? 아니면 상관 부인의 거처?"

비연은 조금 놀랐다. 군구신이 이런 것을 물을 줄은 생각지 못한 것이다. 그러나 그녀는 웃으며 반문했다.

"내가 어디에서 잤으면 좋겠어?"

그러자 군구신이 갑자기 그녀의 손을 떼어 내더니 냉랭하게 말했다.

"상관 부인의 거처에서 잘 거라면 돌아가고, 여기서 잘 거라면 잘 준비를 하도록. 내일은 입하고, 나에게는 아주 중요한 날이니, 함께 있기 어려운 것은 이해해 주었으면 좋겠군!"

말을 마친 그는 몸을 돌려 안으로 걸어갔다.

비연의 웃음은 마침내 얼굴 위에서 그대로 굳어 버렸다. 그녀는 허공에 떠 있던 손을 내린 후 심호흡을 하고 말했다.

"고남신, 거기 서!"

군구신은 듣지 못한 것처럼 계속 내실로 걸어갔다.

비연이 다시 말했다.

"정말 나에게 아무 말도 해 주지 않을 거야?"

군구신은 아무 반응도 없이 계속 걸어갔다.

비연이 큰 소리로 말했다.

"알겠어! 정말로 나에게 할 말이 없군! 미안해! 내가 너무 독선적이었고…… 내가 오해했어!"

이 말을 들은 군구신이 마침내 발걸음을 멈췄다.

비연이 계속 말했다.

"택아의 일 때문에 우리가 이렇게 힘들어진 이상……. 그리고 당신이 나에게……. 그리고…… 우리의 과거가…… 우리 과거의 관계가 불만스러울 수도 있겠지. 그러니까 오늘부터 고남신은 나 헌원연의 영위가 아니야. 그러니까 당신이 나에게……. 나를 지킬 어떤 의무도 없어!"

군구신은 이미 꽉 쥐고 있던 주먹을 더욱 꽉 쥐었다. 그는 다시 한번 눈을 감고 자신의 모든 감정을 감추려 했다.

비연은 일부러 그를 자극하고 있었다. 그러나 설령 그렇다 해도, 이렇게 단호한 말을 내뱉고 있노라니 그녀의 심장도 아팠다!

한차례 심호흡을 하고는 계속 말했다.

"그리고 우리는 대례를 끝내지 않았으니 우리의 혼례 역시 유명무실한 것이지. 그러니 오늘부터 당신, 군구신은 이 이상 나의 부군이 아니야. 나, 헌원연도 이제 당신 천염국의 정왕비가 아니고!"

군구신의 몸이 그대로 굳었다. 그의 손톱이 손바닥을 파고들어 고통스러웠다. 그러나 손바닥보다 심장이 더 아팠! 그는 고통스러워하면서도 여전히 그 자리에 선 채 비연을 돌아보지 않았다.

비연 역시 두 주먹을 쥔 채 계속 말했다.

"당신과 태부의 관계는, 당신들의 일이고 나와는 무관해! 그리고…… 내 부황과 모후의 일은, 당신에게는 우리를 도울 의무가 없어. 그러니 안심해도 좋아. 내 오라버니가 그 일과 관련해 당신과 이야기를 나누려 한다 해도, 내 오라버니는 절대 당신 군씨들이 손해를 보게 하는 일은 없게 할 테니까!"

여기까지 이야기한 비연은 더 말을 잇지 않고 군구신이 돌아보기를 기다렸다.

군구신은 비연이 자신을 자극하고 있다는 사실을 알고 있었지만, 이런 말을 들으니 심장이 칼에 베이듯 아파 왔다. 그러나 그는 비연을 돌아보지 않고 계속 앞으로 걸어갔다.

"안녕."

비연이 갑자기 미간을 찌푸리더니 차갑게 말하고 몸을 돌렸다. 문이 열리는 소리를 들은 군구신이 마침내 참지 못하고 고개를 돌렸다.

"잠깐만!"

비연이 발걸음을 멈췄다. 그녀는 속으로 안도의 한숨을 내쉬면서도 그를 돌아보지는 않고 일부러 화난 목소리로 물었다.

"정왕 전하, 무슨 일이신지?"

군구신이 물었다.

"어디 가는 거지?"

"당신과는 상관없지."

비연은 살짝 기뻐하면서도 이렇게 말하며 성큼성큼 걸어 나갔다. 군구신은 잠시 망설이다가 바로 쫓아 나왔다.

비연은 유난히도 빠르게 걸어 옆방으로 들어가 문을 닫으려 했다. 군구신은 방 안에 적령석이 있는 것을 보고는 다급하게 손을 뻗어 비연을 제지하고 물었다.

"대체 뭘 하려는 거야?"

비연이 반문했다.

"그게 당신과 무슨 관계인데?"

군구신이 대답하려는 순간, 비연이 문을 닫지 않고 방 안으로 성큼성큼 들어가 허리춤의 약왕정을 떼어 내 탁자 위에 내동댕이쳤다! 그녀로서는 그를 자극할 수 없으니 마지막 방법을 쓸 생각이었다. 약왕정에 적령석을 받아들일 것이다!

군구신이 약왕정을 바라보다 갑자기 미간을 찡그렸다. 이때 상관 부인이 다급하게 달려오더니 물었다.

"연아, 대체 뭘 하려는 거야? 네 오라버니가 오기 전에는 멋대로 굴면 안 된다!"

이 적령석은 비연이 미리 하인을 시켜 상관 부인에게 보내 놓은 것이었다. 그녀는 결코 오라버니를 놀라게 할 생각은 없었고, 그저 상관 부인으로 하여금 그녀의 연극을 돕도록 한 것에 불과했다.

그들이 과거에 한 추측대로라면, 그녀가 약왕정에 적령석을 받아들이면 약왕정의 신화는 9품으로 승급될 것이다. 하지만 그렇게 되면 무슨 일이 벌어질지는 아무도 모르고 있었다.

약왕정이 9품으로 승급하고 나면 비연이 약왕정 안 어두운 공간을 전부 볼 수 있고, 봉황력도 회수할 수 있을지도 모른다. 혹은 그녀가 고운원의 마지막 올가미에 걸려 버릴지도 모른다!

그녀는 몇 번이나 충동적으로 시험해 보려 했지만, 지금까지 계속 군구신에게 제지당했다.

비연은 속으로 결정을 내린 상태였다.

택을 구하고 《운현수경》을 손에 넣고 나면, 그녀도 고운원과의 관계를 철저히 끊겠다고. 그러나 군구신을 핍박하기 위해 적령석을 사용하는 오늘 같은 날이 올 줄이야…….

# 보아하니 좋은 일은 아닌데

군구신은 본래 놀란 상태였는데, 상관 부인의 말까지 들으니 다급하지 않을 수 없었다. 그는 재빨리 탁자 위의 약왕정을 낚아채고는 냉랭하게 말했다.

"대체 어디까지 소란을 피울 거야?"

비연이 단호한 얼굴로 군구신보다 더 차갑게 말했다.

"본 공주가 이미 명확하게 말한 것으로 아는데."

그녀는 대문 쪽을 가리키며 차가운 목소리로 외쳤다.

"내 물건을 내려놓고 여기서 나가!"

비연의 미간에 어린 차가운 기운은 그녀의 부황과 매우 비슷해 보였다. 마치 타고난 듯한 무정함. 비록 연극이라 해도 지금의 그녀는 마치 얼음처럼 차가워 보였다.

군구신은 순간적으로 어찌해야 할지 알 수 없어 당황했다. 물론 그녀가 일부러 자신을 자극하고 있다는 사실을 알고 있었지만, 대체 어느 정도까지 충동적으로 굴지 판단할 수 없었다!

이때 상관 부인이 입을 열었다.

"너희 둘 대체 왜 이러는 거야? 정왕, 아버지를 본받아야지! 오랜 세월 그렇게 온갖 풍랑을 겪었는데, 설마 아직도 솔직하게 털어놓지 못할 이야기가 있는 건 아니겠지?"

군구신과 비연 모두 아무 말도 하지 않았다.

상관 부인이 다급하게 말했다.

"모두 소란 피우지 말고! 정왕은 연아에게 사과하고, 연아도 화를 가라앉히도록 해. 내일 큰일이 있잖아! 혼례까지 치른 어른들이 어찌 이렇게 어린애들처럼 군담!"

여기까지 말한 상관 부인은 어쩔 수 없다는 듯 웃으며 말했다.

"너희 둘이 함께 컸으면서. 설마 어릴 때 소란을 피운 것만으로는 모자라다 생각하는 건 아니겠지!"

이 말을 들은 비연은 마음이 쓰라렸다. 상관 부인은 그들의 어린 시절을 알지 못했다. 그들은 어린 시절 이렇게 서로 대치해 본 적이 없었다, 단 한 번도! 그녀는 그를 귀찮게 하는 것을 좋아했지만 그는 언제나 그녀 마음대로 하게 내버려 두었다. 오죽했으면 항상 오라버니가 한계를 모른다고 뭐라 하곤 했을까?

비연이 눈을 들어 보니 군구신이 그녀를 바라보고 있었다. 두 사람이 서로 마주 보는 가운데, 군구신이 입을 열기 전 비연이 먼저 말했다.

"딱히 할 말은 없는걸요!"

그러고는 탁자를 탁 소리가 나도록 내려치고 소리쳤다.

"본 공주의 물건을 내려놓고 나가!"

그 기세가 어찌나 사나운지, 연극에 어울려 주고 있던 상관 부인마저 깜짝 놀라 비연이 진심이라 생각할 뻔했다.

그러나 군구신은 이미 정신을 차린 다음이었다. 그는 비연의 묻는 듯한 시선을 피하며 차가운 목소리로 망중을 불러 명령했다.

"이 적령석을 모두 치우도록 해라!"

비연이 차가운 목소리로 외쳤다.

"진묵!"

망중은 안으로 들어왔으나 진묵은 들어오지 않았다. 장검을 안은 채 무표정한 얼굴로 대문을 막아섰을 뿐.

군구신이 진묵을 흘깃 본 다음 시선을 다시 비연에게로 돌렸다.

"꼭 이렇게 소란을 피워야겠어?"

비연이 냉소하기 시작했다.

"군구신, 본 공주는 결코 소란을 피우고 있는 것이 아니다! 봉황력을 얻기 위해 고운원과 도박을 해 보려는 것일 뿐! 그리고 이것은 나의 사적인 일인데 대체 너와 무슨 상관이지? 스스로를 너무 대단하게 여기고 있는 모양이군. 본 공주가 마지막으로 말하겠다. 약왕정을 내려놔!"

군구신이 약왕정을 더욱 꽉 쥔 채 돌려주지 않았다. 비연이 의식을 움직이자 약왕정이 꿈틀거리기 시작했지만, 군구신은 여전히 있는 힘을 다해 약왕정을 잡고 있었다!

비연이 차갑게 눈을 빛내자 약왕정이 맹렬한 기세로 군구신의 손에서 벗어났다. 그러나 군구신이 건명력을 소환하여 손을 휘두르자, 약왕정은 땅이 울리도록 큰 소리를 내며 바닥에 떨어졌다.

군구신이 분노한 목소리로 외쳤다.

"그만!"

상관 부인조차 얼어붙었지만 비연은 전혀 두려워하는 빛 없이 손을 내밀었고, 약왕정은 그녀의 손으로 날아왔다. 그녀가 군구신을 잠시 응시하다가 갑자기 눈을 감고 적령석을 받아들이려 했다!

그때 군구신이 냉랭하게 말했다.

"헌원연, 잊지 말도록. 너에게도 택아를 구해 올 책임이 있다! 네가 아니었다면 나는 그렇게 쉽게 택아를 제위에 올리지 않았을 테니까! 네가 아니었다면 나는 경솔하게 내 양모와 고명신을 궁으로 데려오지도 않았을 것이다! 그래, 네가 아니었다면 이 모든 것이 이렇게 되지는 않았겠지! 내일이 바로 입하다. 분명 함께 택아를 구해 오기로 했을 텐데, 이르지도 늦지도 않게 굳이 이 시간에 소란을 부리다니! 진심으로 택아를 구해 올 마음이 없는 건가?"

비연이 재빨리 눈을 떴다. 군구신의 말이 너무 잔인했기 때문일까, 아니면 그녀의 마음이 충분히 강하지 못하기 때문일까. 이 순간 그녀는 그가 정말로 화가 났다는 생각에 진심으로 신경이 쓰였다.

그녀는 무의식적으로 고개를 저으며, 처음에 마음먹었던 것을 잊고 변명하려 했다.

"나, 나는……."

그러나 군구신은 그녀에게 변명할 기회조차 주지 않고 말했다.

"그래, 확실히 내가 너에게 숨기는 일이 있지! 굳이 알고 싶다면, 좋아. 내일 택아를 구해 온 다음 반드시 설명해 주겠어.
아주 명확하게!"

그는 적령석을 흘깃 본 다음 계속 말했다.

"그때는 당신이 무엇을 하건 말리지 않겠어!"

말을 마친 그가 몸을 돌렸다. 그러나 군구신이 문 앞에 도착
했는데도 진묵은 비켜 주려 하지 않았다.

안 그래도 차가운 진묵의 눈빛은 더더욱 차갑게 빛나고 있었
다. 그는 분명 손을 쓸 의사가 있는 듯했다. 그러나 비연의 멍
한 표정을 한번 보고는 곧 옆으로 비켜났다.

군구신은 한번 돌아보는 법도 없이 성큼성큼 걸어 그 자리를
떠났다.

비연은 그의 뒷모습이 사라질 때까지 한참 동안 멍하니 바라
보다가 겨우 중얼거렸다.

"정말로 나를 속이고 있었어……."

곁에 있던 상관 부인도 답답해지고 말았다. 그녀는 계속 경
험자의 마음으로 두 사람을 지켜보고 있었다. 그러나 이 순간,
그녀는 자신이 군구신을 전혀 꿰뚫어 보지 못하고 있다는 사실
을 깨달았다.

군구신은 어떻게 함께 동고동락했던 과거를 그렇게 이야기
할 수 있는 걸까? 연아의 생각이 틀리지 않았다니……. 군구신
은 확실히 연아를 속이고 있었다. 그리고 그의 태도를 보건대
결코 좋은 일 때문만은 아닌 것 같았다! 어쩌면 입 밖으로 나오
면 서로 화해가 불가능해지는, 그런 일일지도 모른다.

상관 부인이 불안한 마음에 다급하게 비연의 손을 잡아끌었다.

"연아, 이 일은 뭔가 이상해! 저…… 태도가 너무 이상하지 않니? 아무래도 내가 네 오라버니에게, 그리고 태부에게 서신을 보내야겠어!"

상관 부인은 다급하게 나가려다가 문 앞에서 다시 돌아오더니 비연의 손을 잡아끌었다.

"가자, 오늘 밤엔 나랑 같이 자는 거야!"

비연은 멍한 표정으로 상관 부인의 손에 잡힌 채 걸어갔다. 그녀의 그런 모습은 깊은 생각에 잠긴 것 같기도 하고 정신이 나간 것 같기도 했다.

상관 부인은 비연을 자신의 거처까지 데려간 다음 문을 닫고 엄숙한 표정으로 물었다.

"연아, 칠 숙부는 서신을 보내왔니? 언제나 올 수 있다지?"

비연이 고개를 저었다.

"아직 서신이 오지 않았어요……."

상관 부인이 다시 진지하게 물었다.

"자, 잘 생각해 보자꾸나. 군구신은 대체 왜 저러는 걸까? 우리가 모르는 무슨 일이라도 있었던 것 아닐까? 무슨 오해가 있다거나?"

비연은 경악한 듯 맹렬한 기세로 눈을 들어 상관 부인을 바라보았다.

상관 부인이 이렇게 물은 것은, 군구신이 말로 할 수 없는 어떤 사정 때문에 연기를 하는 것이 아니라 그들 부부 사이에 정말로 틈이 생겼다고 생각하기 때문일 것이다.

비연은 더 생각하고 싶지 않았다. 아니, 정확히 말하자면 그녀는 그들 사이에 무슨 오해가 있거나 틈이 생겼다고 믿고 싶지 않았다!

비연은 재빨리 고개를 저었다.

"그런 일은 없어요!"

상관 부인이 진지하게 말했다.

"그러지 말고 다시 잘 생각해 봐."

비연은 마음속으로 반발하고 있었다.

"아니야! 없다고요! 그는 분명 솔직하게 말하지 않은 거야! 하루, 단 하루잖아요. 난 기다릴 수 있어요! 그냥, 그냥 지켜볼 거야. 내일 그가 대체 무슨 말을 할지!"

비연은 비할 데 없이 고집을 부리고 있었다!

"내일?"

그러나 상관 부인은 여전히 불안해하고 있었다.

"내일 대외적으로 나서는 사람은 연아, 너야. 그는 어둠 속에 숨어 있을 예정이고. 그리고 백리명천이 그렇게 교활하니…….절대로, 절대로 조심해야 해. 응?"

상관 부인은 수하들을 좀 더 배치할 계획을 세우며 일단 비연에게 쉬라고 말했다. 그러나 그녀가 한 발 내딛자마자 비연이 바로 문밖으로 뛰쳐나갔다. 하지만 멀리 가지는 못하고 진묵에게 제지당했다.

진묵이 말했다.

"주인님, 상관 부인의 말이 이치에 맞아. 일단 주인님은 쉬어야 해. 그리고 내일은 꼭 신중하게 행동해야 해. 내가 판단하기에 전왕 전하는…… 나빠!"

# 마침내 희망이

나쁘다고?

비연이 발걸음을 멈추더니 물었다.

"그래, 그가 방금 착하게 행동했다고 하기는 힘들겠지?"

진묵이 말없이 그녀를 바라보다가 고개를 끄덕였다.

비연이 갑자기 웃기 시작했다. 아주 희미하게, 심지어 담담한 기색으로.

"나는 믿지 않아. 나는…… 그가 얼마나 나빠질 수 있는지 꼭 봐야겠는걸?"

말을 마친 그녀는 군구신의 거처를 향해 빠르게 걸어갔다. 그러나 그곳의 문은 이미 닫혀 있었고, 그 앞을 망중이 지키고 있었다.

망중은 비연이 올 거라고는 생각지 못했던 듯 나지막한 목소리로 말했다.

"전하께서는 이미 주무시고 계십니다. 내일은 고된 전투가 있을 예정이니, 왕비마마께서 진심으로 황상을 구하고 싶으시다면 이 이상 전하를 방해하지 말아 주십시오!"

최근 망중은 매우 견디기 힘든 상황이었다. 지금 그는 주인에게 좋은 말로 권할 기회조차 없으니, 차라리 주인과 함께 끝까지 가는 것이 낫겠다고 생각하는 참이었다. 최소한…… 한 사람이라도 함께한다면 주인이 그렇게 고독하지만은 않을 테니까.

망중조차 이런 태도를 보일 거라고는 생각지 못한 비연이 그대로 발걸음을 멈췄다. 그러나 그녀는 곧 망중을 제치고 성큼성큼 앞으로 나가 문을 열었다. 망중은 그런 그녀를 제지하지 않았다.

비연은 문을 닫고 내실로 들어갔다. 군구신은 침상에 누운 채 눈을 감고 있었는데, 정말로 자는 것인지 아니면 자는 척을 하는 것인지는 분간하기 어려운 상황이었다.

비연은 소리 없이 옷을 벗고 침상 위로 올라갔다. 군구신은 정말 잠이 든 듯 미동도 하지 않았다!

비연도 그의 곁에 누웠으나 입가에는 희미하게 냉소가 떠올라 있었다. 그녀는 그가 자는 척한다고 확신하고 있었다. 그렇지 않다면 그녀가 문을 열었을 때 그는 잠에서 깨어났을 테니까.

방금 그렇게 소란을 피웠는데, 또 무슨 소란을 피울 생각이냐고? 비연은 소란을 피우러 온 것이 아니었다. 그녀는 이렇게 군구신과 어깨를 나란히 하고 누운 채 눈을 크게 떴다.

방 안은 고요했고, 두 사람 중 한 사람은 눈을 감고 한 사람은 눈을 뜬 채 누워 있었다. 시간은 소리 없이 흘러가고 밤은 점점 깊어 갔다. 비연은 마침내 천천히 눈을 감고 속삭였다.

"잘 자……."

그녀의 이 말이 군구신에게 들려주기 위한 것인지, 아니면 자신에게 들려주기 위한 것인지는 아무도 모를 일이었다.

한참 후, 비연의 호흡 소리가 고르게 들려오기 시작한 다음에야 군구신은 겨우 눈을 떴다. 그는 손을 들었으나 한참을 망설인 후 천천히 내려놓고, 역시 나지막한 목소리로 말했다.

"잘 자."

다음 날, 비연이 깨어났을 때 군구신은 이미 자리에 없었다. 비연은 문밖을 나선 후 진묵에게서, 군구신이 일찍 일어나 모든 준비를 끝내고 출발을 기다리고 있다는 이야기를 들었다.

정왕부를 떠나기 전부터 비연은 계속 모든 것을 준비해 왔다. 백리명천을 만나면 할 말들을 포함해서.

약속은 오후였다. 교월차장에서 다평산까지는 가까운 편이니, 점심을 먹고 출발한다 해도 괜찮을 터였다. 비연은 군구신을 찾지 않고 우화각으로 돌아왔다.

우화각에 도착한 비연은 이불 위에 웅크리고 쿨쿨 자던 대설을 밖으로 집어 던졌다. 그리고 문과 창문을 모두 닫은 다음 제 상처를 살펴보았다. 그녀가 쓴 독이 작용하기 시작할 때였다.

비연은 조심스럽게 속옷을 벗고, 상처를 감싼 면포를 벗겨냈다. 옥처럼 새하얀 팔에 짓무른 상처가 보이기 시작했다. 그 상처가 어찌나 끔찍한지, 누구건 보기만 하면 자신이 아픈 것처럼 느끼며 시선을 돌릴 것이다.

그러나 비연은 고통을 두려워하지 않는 것 같았다. 그녀는 몇 번 살펴본 후 만족스러운 듯 웃었다. 상처는 점점 더 심하게 짓무르고 있었지만, 이것은 독이 제대로 효과를 발휘하고 있다는 의미였다!

그녀는 재빨리 가느다란 대꼬챙이를 꺼내 상처를 헤집어 보았고, 결국 참지 못하고 차가운 숨을 들이마셨다. 어찌나 고통스러운지 온몸이 떨릴 정도였다. 그러나 그녀는 참아 내며 계속했다.

그렇게 몇 번이나 상처를 헤집으며, 그녀는 참을 수 없는 고통에도 행복한 미소를 짓기 시작했다. 성공했다! 먹의 흔적이 전부 사라졌다. 그녀가 쓴 독이 옳았고, 양도 정확했다.

피부 속에 침투한 먹의 흔적만 제거할 수 있다면 희망은 큰 셈이었다. 증상에 맞게 약을 쓰기만 하면, 흉터를 없애고 새 피부를 돋게 하는 약을 쓰기만 하면 원래의 모습으로 되돌릴 수 있을 것이다!

"정말 잘됐어! 이제 택아의 얼굴도 희망이 있어!"

비연은 기쁜 나머지 당장이라도 약왕정에게 약을 몇 첩 짓게 하고 싶었다. 그러나 그녀는 참았다.

보통 상처라면 그럴 수 있었을 것이다. 그러나 이 상처는 너무 복잡했다. 문신을 새긴 후 독을 쓴 것이니 그녀로서도 피부가 어떤 방식으로 손상되었는지 확신할 수 없었다. 증상에 맞는 약을 쓰려면 아무래도 의원의 도움이 필요했다. 가까스로 실험할 수 있는 상처를 만들어 낸 셈이니, 경솔하게 망칠 수는 없었다.

비연은 간단한 치료만을 한 후 다시 면포로 상처를 감쌌다. 오늘은 의원을 찾을 여유가 없으니, 다평산에서 돌아온 후 다시 방법을 생각하는 것이 옳았다. 그녀는 오늘 다평산의 전투가 순조롭기만을 기대하고 있었다!

비연은 옷을 갈아입고 몸에 암기를 숨긴 다음 문을 열고 나갔다. 문밖에서는 진묵이 무표정한 얼굴로 기다리고 있었다.

진묵의 어깨에 앉아 있던 대설이 비연을 보자마자 그녀의 어깨로 폴짝 뛰어오르려 했다. 그러나 진묵이 빠르게 손을 휘둘렀고, 대설은 비연의 어깨에 닿기도 전에 바닥에 떨어지고 말았다!

대설은 다급하게 찍찍거렸다. 사실 대설은 주인의 팔에 상처가 있다고 말하려 했을 뿐이었다. 그러나 진묵은 대설을 보지도 않고 비연에게 물었다.

"주인님, 상처는 이제 괜찮아?"

비연이 담담하게 말했다.

"별것 아니었는걸. 이미 다 나았어."

진묵은 안심하지 못한 듯한 눈초리로 말했다.

"오후에, 조심해야 해."

비연이 고개를 끄덕였다.

"너도 가서 준비하도록 해. 어찌 되었건 오늘은 꼭 택아를 구해야 해!"

이때 백리명천 역시 마지막 준비를 하고 있었다.

려금의 얼굴에 '요괴 할망구'라는 글자가 가득 찼지만 그녀는 타협하려 하지 않았다. 백리명천은 유감스러웠지만, 그 이상 손을 대려 하지는 않았다. 그는 려금을 보며 갑자기 미소 짓기 시작했다.

"요괴 할망구, 본 황자는 이만 간다. 반나절 동안 잘 쉬고 있도록 해! 본 황자가 약속할 테니까. 앞으로의 나날은 지금까지보다 더더욱 괴로울 거라고!"

려금은 숨이 붙어 있는 것이 신기할 만큼 기진맥진한 상태였다. 혁소해라는 희망이 없었다면 아마 이미 모든 것을 털어놓았을 것이다.

그녀가 눈을 뜨고 물었다.

"그게 무슨 뜻이지?"

백리명천이 웃기 시작했다.

"우리 연아는 본 황자보다 훨씬 대단한 성격이거든! 얌전히 기다리고 있도록 해! 그럼 이만 작별이다!"

말을 마친 백리명천이 성큼성큼 걸어 그 자리를 떠났다.

우리 연아? 고비연을 말하는 걸까?

설마 혁소해가 려금을 구할 방법을 찾지 못한 걸까?

설마…… 백리명천이 비연과 화해하기라도 한 걸까?

려금은 다급하게 외치기 시작했다.

"백리명천! 돌아와! 돌아오라고! 《운현수경》을 줄 테니까! 백리명천!"

백리명천은 이미 문가에 도착해 있었다. 그는 물론 려금의 목소리를 들었으나, 려금이 그의 한마디 때문에 《운현수경》을 내주리라고는 믿지 않았다. 그는 시간을 낭비하고 싶지 않았고, 그럴 시간도 없었다!

그는 한번 돌아보는 법 없이 차가운 목소리로 시위에게 려금을 잘 감시할 것을 명했다. 그리고 문밖으로 나가기 전, 모퉁이를 돌아 다른 방 앞으로 갔다. 군자택이 갇혀 있는 방이었다. 군자택이 매일 백리명천을 만나게 해 달라고 외치고 있는 방.

백리명천은 문 앞에 잠시 서서 몇 번이나 문을 열까 말까 망설이다가 결국은 그만두었다. 그는 늘 지니고 다니던 호두를 꺼내 시위에게 건넸다.

"해가 진 다음 이것을 군자택에게 주도록! 그리고…… 그리고 상황이 그가 생각하는 그런 것이 아니었다고 말해 줘라. 본 황자는 다만 그 누구에게도…… 정을 빚고 싶지 않았을 뿐이라고! 그리고 저 애에게 이 호두를 고 영감에게 주라고 전해라. 고 영감에게…… 본 황자가 진 빚을 모두 갚았다고 전해 달라고 하면서."

그는 더 하고 싶은 말이 있는 듯했지만, 결국은 아무 말도 하지 않고 그대로 몸을 돌려 그 자리를 떠났다.

백리명천이 떠나고 얼마 되지 않아 인어족 병사들 한 무리도 떠났다. 그들은 백리명천의 명을 받아 수희와 한우아를 구하러 가는 중이었다.

집에 남아 있는 인어족 병사들은 많지 않았고, 그들에게 남은 임무는 단 하나. 바로 해가 진 후 려금과 군자택을 교월차장으로 데려다주는 것이었다…….

# 그의 마음이 가장 잘 알고 있다

백리명천은 모든 안배를 끝낸 후 홀로 다평산으로 향했다.

그는 자신이 다평산으로 오르는 그 순간, 혁소해 수하들이 그의 인어족 병사들을 사로잡고 려금과 군자택마저 납치했으며, 수희 쪽도 통제하고 있다는 사실을 알지 못했다.

수희의 정보에 의하면 기욱과 혁소해는 오늘 청풍애에서 찻잎을 딸 예정이었다. 그리고 백리명천과 군구신이 만나기로 한 장소는 바로 다평산의 망운루였다.

청풍애는 산꼭대기에 있었고 망운루는 산허리에 있었다. 며칠 전까지만 해도 봄비가 계속 내려 다평산의 다원은 안개에 뒤덮인 듯, 같은 차밭에 서 있어도 서로를 알아볼 수 없을 정도였다.

오늘은 입하였고 날은 활짝 개어 있었다. 그러나 산의 안개는 아직 걷히지 않은 상태였다. 아주 맑은 날이라면 망운루에서도 청풍애의 그 천 년 묵은 차나무가 위풍당당하게 서 있는 모습을 볼 수 있었을 것이다. 그러나 오늘 산허리에 안개가 깔려 있다 보니 아무것도 보이지 않았다.

다평산은 표면적으로는 용씨 가문 소유로, 시위들이 파수를 보고 있었다. 평소에는 산을 오르는 사람은 고사하고 지나가는 사람조차 거의 없었다.

새벽의 숲속, 들리는 것은 새소리뿐이었다. 새소리는 시끄럽게 느껴지는 동시에 숲속의 고요함을 돋보이게 했다. 그러나 곧 급박한 말발굽 소리가 이 고요함을 깨트렸다.

산문을 지키던 시위들이 바로 소리가 들리는 방향을 향해 칼을 뽑아 들었다. 얼마 지나지 않아 백리명천이 숲속에서 말을 타고 나는 듯이 달려왔다. 보랏빛 옷자락이며 먹빛 머리카락이 바람에 흩날리는 모습이 마치 그의 성격처럼 단호하고도 시원스러워 보였다.

시위들의 우두머리가 앞으로 나서서 외쳤다.

"누구냐! 감히 다평산에 멋대로 들어오다니! 어서 멈춰라!"

백리명천의 입가에 냉소가 떠올랐다. 그는 멈출 생각이 없었을 뿐 아니라 오히려 사납게 말을 채찍질했다.

시위들은 재빨리 양옆으로 흩어져 왼쪽 무리는 백리명천의 말을, 오른쪽 무리는 백리명천을 공격했다!

백리명천의 왼손이며 몸의 절반 정도는 이미 굳어 있었고, 심지어 고개를 돌리는 것조차 꽤 힘을 들여야 했다. 그는 고삐도 잡지 않고 왼손은 그대로 늘어뜨린 채 오른손으로는 채찍을 들고 있었다.

시위들이 함께 공격해 오는 것을 본 백리명천 입매에 사악한 미소가 어리는가 싶더니, 빠르게 질주하는 말 위에서 그가 갑자기 날아올랐다. 그리고 오른쪽을 향해 사납게 채찍을 휘둘렀다.

채찍 한번에 오른쪽 시위들의 칼이 전부 바닥에 떨어졌다. 백리명천이 앞쪽으로 착지하며 몸을 돌린 순간, 그가 타고 있던 말은 왼쪽 시위들에 의해 이미 네 다리가 끊어진 상태였다.

"좋아, 다리에는 다리로 갚아야겠지!"

그가 사납게 채찍을 휘두르자 시위들이 잇달아 피했고, 단 한 명도 채찍에 맞지 않았다! 그리고 이 순간 오른쪽에 있던 무리도 다시 칼을 집어 들었다!

좌우 양쪽의 시위들이 즉시 한 무리로 뭉쳤다. 우두머리는 한눈에 백리명천의 몸에 문제가 있음을 알아보고는 큰 소리로 웃으며 외쳤다.

"어디서 왔는지 모르지만, 몸도 성치 않으면서 감히 다평산에 들어오다니! 어서 이름을 대라! 그럼 이 어르신이 시신은 온전히 남겨 줄 테니까!"

백리명천이 희미하게 미소 짓더니 시위들은 상대하지 않고 대문을 향해 걸어갔다. 그 순간, 시위들 모두 두 무릎을 꿇었다. 마치 수많은 개미에게 깨물리고 있는 것처럼 두 다리에 통증이 느껴졌기 때문이다.

곧 백리명천의 등 뒤에서 고통스러운 비명과 용서를 구하는 소리가 들려왔다. 백리명천은 그런 그들은 돌아보지도 않고, 경공으로 나는 듯이 산을 오르기 시작했다!

비록 비연, 군구신과 약속했지만 그들을 다시 만날 생각은 없었다. 백리명천에게는 반나절의 시간밖에 없으니 당연히 지름길을 통해야 했고, 가는 길 내내 만나는 이들을 죽여야 했다! 이 길은 수희를 통해 알게 된 길이었다.

그는 차나무 사이를 달리며, 길을 막는 시위들에게 독이 묻은 채찍을 깔끔하고도 잔인하게 휘둘렀다. 혈루의 힘은 사용하지 않았다. 보통의 시위들은 그 정도만으로도 쉽고 조용하게 해결할 수 있었다.

백리명천은 그렇게 망운루에 다다르기까지, 만나는 모든 이를 죽였다. 한 사람을 만나면 한 사람을, 한 무리를 만나면 한 무리를.

마침내 망운루에 도착한 그는 잠시 발을 멈추고 망운루를 흘깃 본 다음, 다시 청풍애를 향해 달리기 시작했다.

백리명천으로서는 혁소해와 려금의 관계를 짐작할 수 있을 리 만무했다. 또한 군구신이 모든 것을 알고 있다는 사실도 알 수 없었다. 그는 혁소해와 기욱이 그와 군구신의 약속을 알고 있을 거라고는 꿈에도 생각지 못했고, 동시에 군구신과 비연이 혁소해와 기욱이 이곳에 숨어 있는 것을 모르리라 생각했다!

그는 인어족 병사들이 려금과 군자택을 교월차장으로 데려가도록 안배했고, 지금은 혁소해와 기욱을 사로잡아 비연과 군구신에게 남겨 줄 작정이었다.

표면적으로 보자면 그가 예전에 한 일은 모두 비연에게 빚을 갚기 위해 한 일이었지만, 지금 그가 하려는 모든 일은 고 영감이 베풀어 준 애정에 보답하기 위한 것이었다!

사실 그의 모든 행동이 대체 무엇 때문이었는지는 그가 가장 잘 알고 있었다. 다만 인정하고 싶지 않았을 뿐. 지금도 그는 묵인하고 있었지만, 그렇다고 해서 입 밖에 내고 싶지는 않았다!

이 세상에 장렬한 사랑이 어디 그리 많은가! 또 꾹 참고 인내하며 곁을 떠나지 않고 지키는 일이 어디 그리 많을 것인가.

어떤 이는 사랑을 하면서도 평생 깨닫지 못한다. 어떤 이는 깨달은 후에도 평생 그 사실을 인정하지 않는다. 또 어떤 이는 인정하더라도 평생 말하지 않는다. 그리고 어떤 이는 말하더라도 평생 만나지 못한다! 그리고, 그리고…… 어떤 이에게는 원한으로 가득 찬 불완전한 심장에 사랑을 담을 수 있다는 것만으로도…… 이미 행운이라고 할 수 있었다!

과연 수희의 말대로 망운루를 지나자 시위들이 보이지 않았다. 백리명천은 별다른 의심 없이 안개 속을 지나 산 정상에 올랐다. 그리고 이때, 안개도 걷히고 있었다. 산 아래를 내려다보면 망운루를 볼 수 있었다. 그러나 지금 그는 아래를 내려다볼 마음이 없었다. 청풍애에 익숙한 그림자가 둘 보였으니까.

그 두 사람은 바로 혁소해와 기욱이었다. 청풍애는 거대한 노대처럼 산꼭대기에 가로로 튀어나와 있었는데, 절벽 끝에 차나무 한 그루와 돌로 만든 탁자가 있었다. 기욱과 혁소해는 그 탁자에 마주 앉아 차를 마시며 담소를 나누고 있었고, 그들 곁에는 찻잎을 따는 여자 몇 명이 서 있었다.

백리명천의 가늘고 긴 눈이 더 가늘어졌다. 그는 멀리 그들을 바라보며 마치 사냥꾼처럼 눈을 빛냈다.

"마침내 너희 둘만 남았군!"

그는 채찍을 버리고, 등에 지고 있던 장검을 뽑았다.

비록 몸의 절반이 굳은 상태라 한 손만 쓸 수 있는 데다 혁소해의 무공이 고강하기는 했지만, 혈루의 힘을 지닌 백리명천

입장에서는 꺼릴 것이 없었다. 그는 한 손으로도 충분히 혁소해와 기욱을 상대할 자신이 있었다!

그는 장검을 쥔 채 청풍애로 달려갔다. 검 끝이 바닥에 끌리며 풀밭이며 바위에 기나긴 흔적을 남기는 동시에 쟁강쟁강 소리를 냈다.

혁소해와 기욱이 돌아보았다. 그들은 이미 꿍꿍이를 갖고 백리명천을 기다린 지 오래였다. 두 사람은 일부러 놀라는 척하며 동시에 몸을 일으켰다. 혁소해가 기욱에게 눈짓하자 기욱이 바로 앞으로 한 걸음 나서더니 의아한 얼굴로 물었다.

"백리명천, 자, 자네…… 여기는 어찌 온 건가? 자, 자네, 무엇 하려는 건가?"

# 그래, 너, 혁소해

기욱의 질문을 받은 백리명천은 아무런 대답도 하지 않았다. 대신 그의 입매가 희미하게 곡선을 그리며 모든 이를 매혹시킬 만한 사악한 미소를 떠올렸다.

백리명천이 가까이 다가올수록 기욱은 겁먹은 표정으로 뒷걸음질을 쳤다. 그것은 연기였지만, 사실 어느 정도는 진심이기도 했다. 어쨌든 백리명천은 군구신의 건명력에 대응할 만한 혈루의 힘을 지니고 있지 않은가? 기욱은 말할 것도 없고 혁소해조차 속으로는 두려움을 품고 있었다. 그리고 두려워할수록 경계심이 커 그만큼 비열한 함정을 파 놓은 참이었다!

기욱이 혁소해 뒤로 몸을 숨기자 혁소해가 나지막한 목소리로 외쳤다.

"당황하지 마라!"

기욱은 지금 당장이라도 멀리 도망가고 싶었지만, 혁소해의 말을 듣자 바로 자신이 실수했음을 깨달았다. 그는 재빨리 굳어 있는 백리명천의 왼팔을 바라보며 물었다.

"백리명천, 그 손은 왜 그런가……?"

백리명천은 무척이나 영리한 사람이었다!

그의 팔이 이상한 건 보통 시위들조차 눈치챌 정도인데, 기욱은 알아보지 못하는 듯 보였다. 백리명천은 의심이 들었으나, 지금 기욱이 팔을 지적하자 얼마간 의구심이 풀렸다.

이때 혁소해가 재빨리 검을 뽑아 백리명천을 겨눴다. 그는 일부러 의심스럽다는 듯 물었다.

"보아하니 팔뿐 아니라 목도 좀 이상해 보이는데! 삼전하, 듣자 하니 축운궁주에게 충성을 바쳤다며? 축운궁주가 패했다는 소식은 들었지만, 삼전하도 몸에 문제가 생긴 모양이지? 하하! 이 늙은이로서는 삼전하가 무엇을 하러 여기 왔는지 알 수 없지만, 한마디는 꼭 해 줘야겠군! 원한에는 상대가 있고, 빚에는 빚쟁이가 있는 법이지! 삼전하와 빚을 해결할 사람은 고비연이야, 우리 두 사람이 아니라!"

백리명천은 사람들과 이야기하는 것을 무척 좋아했지만 혁소해, 기욱과 쓸데없는 대화를 나눌 생각은 없었다. 그가 지금까지도 손을 쓰지 않고 있는 이유는 바로 마음속에 의구심이 남아 있었기 때문이다. 그러나 혁소해의 이 말을 듣자 그는 그 이상 의심하지 않게 되었다.

백리명천이 웃으며 말했다.

"본 황자의 몸에 문제가 생겼다 해도 너희 두 사람 정도야 문제없지. 본 황자가 손을 쓰는 것이 좋을까, 아니면 너희 두 사람이 무기를 내려놓고 투항하는 것이 좋을까? 선택해 보지 그래?"

기욱이 일부러 발끈한 척 외쳤다.

"백리명천! 너무 기고만장하게 굴지 마라! 여기는 우리 기씨 가문의 땅이니까!"

혁소해도 말했다.

"백리명천, 만진국도 패배했을 뿐 아니라 너 때문에 죽거나 다친 인어족도 부지기수지! 지금 너는 상갓집 개에 지나지 않는다. 그런데 대체 무슨 낯짝으로 그렇게 의기양양하게 구느냐? 이 늙은이야말로 너에게 선택의 기회를 주겠다. 첫째, 이 늙은이의 검에 죽거나, 둘째, 무릎을 꿇고 세 번 개 소리를 내며 짖거나! 두 번째를 택한다면 이 늙은이가 너를 한 번은 봐주겠다!"

이 말을 듣자 백리명천이 눈을 가늘게 뜨고 외쳤다.

"죽고 싶은 모양이군!"

혁소해는 백리명천을 자극하기 위해 다시 말했다.

"왜, 개 소리를 낼 줄 모르나? 보아하니 넌 상갓집 개가 아니라, 상갓집 개만도 못한 신세로군!"

백리명천은 그 이상 쓸데없는 소리를 하지 않고 바로 장검을 휘둘러 혁소해를 찔러 갔다! 그러나 혁소해는 자리에서 한 발짝도 움직이지 않고 장검을 쥔 채 백리명천을 기다리는 듯한 자세를 취했다!

백리명천의 두 눈이 일직선에 가깝게 가늘어지더니 공포스러울 정도의 살기를 뿜어냈다! 그로서는 혁소해가 피하건 피하지 않건 상관없었다.

혁소해가 피하면 일검에 그를 베어 죽여 버리면 그만이다. 혁소해가 피하지 않는다면 근거리에서 공격할 수 있으니 한 초식이면 쓰러지게 할 수 있다!

백리명천이 흉흉한 기세로 가까이 오자 혁소해의 표정도 점점 더 엄숙해졌고, 두 손 역시 검자루를 더욱 꽉 잡고 있었다.

기욱은 긴장한 나머지 얼굴마저 팽팽히 굳어 있을 정도였다. 성패는 이 순간에 달려 있었다!

마침내 백리명천의 검이 사납게 혁소해의 머리를 내리쳤다. 혁소해는 검을 들어 백리명천의 검을 막는 듯하더니 위기일발의 순간, 장검을 던지고 몸을 돌려 기욱을 끌고 우측으로 피했다.

이것은!

이 순간, 백리명천은 바로 함정이 있음을 직감했다. 그리고 혁소해와 기욱이 자신을 기다리고 있었으며, 수희가 이미 들켰다는 사실을 깨달았다!

그는 재빨리 발걸음을 멈췄으나, 그와 동시에 갑자기 허공을 밟으며 바로 아래로 떨어져 내리기 시작했다!

의외의 일이었으나 백리명천의 반응은 매우 빨랐다. 그는 망설임 없이 혈루의 힘을 소환해 장검을 모질게 던졌다.

백리명천이 허공을 밟고 있어 혈루의 힘을 3할밖에 부릴 수 없었지만, 그 3할만으로도 충분했다. 그의 장검이 혁소해가 버린 장검에 사납게 부딪쳐 그 장검의 공격을 막아 냈을 뿐 아니라, 방향을 바꿔 검 두 자루가 전부 혁소해와 기욱을 향해 날아가기 시작했다!

이렇게 백리명천은 함정에 빠졌고 검 두 자루는 우측으로 날아갔다. 시간이 이 순간 그대로 멈춰 버리기라도 한 양 모든 것이 천천히 진행되는 것처럼 느껴졌다. 그러나 사실 이 모든 일이 단 한순간에 벌어진 일이었다. 그리고 곧 운명은 결정되었다!

백리명천은 거대한 그물에 싸인 채 절벽에 있던 구멍을 통해 공중에 매달려 있게 되었다. 발아래는 만 장 깊이의 심연이었다. 잠복해 있던 궁수들이 모두 나와 구멍 주위를 포위하고, 백리명천에게 화살을 조준했다!

혁소해와 기욱은 한옆으로 쓰러져 있었다. 혁소해는 단지 찰과상이었고, 기욱은 날아온 검에 오른쪽 어깨를 베여 피가 흐르고 있었다!

혁소해가 몸을 일으키다가, 기욱이 상처 입은 것을 보더니 놀라서 얼굴이 창백해졌다. 그는 백리명천조차 살펴보지 않고 재빨리 기욱에게 다가가려 했다. 그러나 한 걸음 내딛는 순간, 갑자기 두 다리에서 힘이 풀리며 그대로 무릎을 꿇고 말았다! 그제야 그는 자신이 중독되었다는 것을 깨달았다!

그는 자신이 중독된 것조차 신경 쓰지 않고 소리쳤다.

"욱아! 욱아, 어찌 된 게냐? 내 말이 들리느냐? 욱아!"

기욱은 중상을 입었을 뿐 아니라 중독된 상태였다. 그는 간신히 고개를 들어 혁소해를 한번 바라본 후 그대로 정신을 잃었다.

이때 멀리 몸을 숨기고 있던 시녀들이 다급하게 달려왔다. 누군가는 기욱의 상처를 싸맸고 누군가는 혁소해를 부축했다.

백리명천은 구멍 속에 매달린 채 원한으로 이를 갈고 있었다! 방금 그가 함정을 발견한 순간 처음으로 했던 생각은 수희가 들켰다는 것이었다. 그러나 지금 다시 생각해 보니 뭔가 이상하다는 생각이 들었다.

수희가 믿을 만하지는 않아도 이렇게 쉽게 들킬 성격은 아니었다. 게다가 그는 이미 수희가 혁소해의 심복을 매수하려는 것을 제지하지 않았던가! 수희는 대체 어떻게 들킨 것일까?

곧 그의 눈에 분노가 스쳐 갔다! 그는 수희가 들킨 것이 아니라 아예 처음부터 혁소해의 손바닥 위에 있었다는 것을 깨달았다! 수희에게 매수되었다는 자들은 분명 일부러 그녀에게 접근했던 것일 게다!

백리명천은 위의 상황을 볼 수 없었고, 혁소해가 계속 기욱을 부르는 목소리만 들을 수 있었다. 백리명천은 참지 못하고 소리쳤다.

"좋아! 너, 혁소해, 꽤 대단하구나!"

혁소해는 기욱의 상처 때문에 백리명천에게 신경 쓸 여유가 없었다.

기욱의 피가 멈추지 않는 것을 보고 혁소해는 곁의 시녀에게 소리쳤다.

"어서 약을 찾아와라, 어서! 욱아에게 무슨 일이라도 생기면 내 너희들을 전부 다 같이 묻어 버릴 테니까!"

욱아?

백리명천은 문득 이상하다는 생각이 들었다. 혁씨 가문과 기씨 가문 사이에 교류가 있었다 하나 그렇게까지 친밀하지는 않았다. 게다가 혁소해는 평소 기욱을 성과 이름을 붙여서 부르지 않았던가? 그런데 이렇게 중요한 순간에 그를 '욱아'라고 부른다……?

상황을 모르는 사람이 듣는다면 조부가 손주를 부르는 것이라 여길 것이다! 저 두 사람 사이에 설마 아무도 모르는 비밀이 있는 걸까?

백리명천은 지금 상황에서는 발버둥도 칠 수 없으니, 일단 조용히 사태를 관망하기 시작했다…….

## 뜻밖에도 그들이 왔다

기욱은 정신을 잃었고 혁소해 혼자 계속 떠들고 있었다. 그 냉정하고 야심 많던 혁소해가 그야말로 정신이 나간 듯 기욱을 부르다, 곁에 있는 하인들에게 어서 의원을 불러오라고 재촉하다 했다.

백리명천은 들으면 들을수록 혁소해가 기욱을 꼭 친손주 대하듯 한다는 느낌을 받았다. 그는 기욱, 저 폐물 같은 존재가 혁소해에게 대체 무슨 쓸모가 있는지 고민하기 시작했다.

그사이 위에서는 기욱의 상처 지혈에 성공한 모양이었지만, 시녀들은 의원을 찾아오지는 못하고 있었다.

혁소해는 처음에는 두 다리가 저릿하니 수많은 벌레에게 물리는 것처럼 아프다고만 느꼈다. 하지만 지금은 두 다리가 마비되었을 뿐 아니라 벌레들이 그의 뼛속까지 갉아먹는 듯 극심한 고통을 느끼고 있었다. 정신을 잃고 있는 기욱은 오히려 고통을 덜 느낄 터였고, 깨어 있는 혁소해는 이제 참을 수 없는 지경이 되고 말았다.

기욱에게 생명의 위험은 없다는 것을 확인한 혁소해가 시녀에게 냉랭하게 외쳤다.

"어서, 나를 부축해라!"

그는 물론 백리명천에게 해독약을 요구할 생각이었다. 그러나 이게 웬일일까. 시녀의 도움을 받아 간신히 일어서는 순간 통증이며 마비가 순식간에 온몸으로 퍼져 나갔다. 혁소해는 깜짝 놀라 그대로 엉덩방아를 찧었다.

그 소리를 들은 백리명천이 하하, 소리 내어 웃기 시작했다.

"혁소해, 본 황자는 그대에게 앉아 있기를 권하겠다! 넌 아마 평생 다시는 일어서지 못할걸?"

혁소해는 경악했으나 곧 백리명천의 말을 믿지 않고 노성을 질렀다.

"그렇게 허풍 떨지 않는 게 좋을 거다! 어서 해독약을 내놔라! 아니면 바로 너를 죽여 버릴 테니!"

그 말을 들은 순간 백리명천의 웃음소리가 더욱 커졌다.

"혁소해, 보아하니 너는 정말 영원히 개처럼 땅을 기어 다니고 싶은 모양이군!"

혁소해는 크게 노한 나머지 시녀를 밀어내고, 앉은 채 두 손으로 땅을 짚어 구멍 입구로 갔다. 그는 아래를 내려다보며 화난 목소리로 외쳤다.

"백리명천, 죽을 때가 되어서도 여전히 입을 놀리고 있군? 마지막으로 묻겠다. 해독약을 내놓을 것이냐?"

백리명천은 무척이나 고개를 들어 혁소해의 지금 얼굴을 보고 싶었지만, 목이 굳은 데다 온몸이 갇힌 셈이니 그렇게 할 수 없었다. 백리명천은 눈앞에 펼쳐진 다평산의 풍경을 바라보며 키득거렸다.

"주지 않으면, 어쩔 건데?"

"너!"

혁소해가 경고의 말을 날리려는 순간, 백리명천이 여전히 키득거리며 그를 폭발시킬 말을 먼저 던졌다.

"내가 주지 않으면 너희 둘은 평생 두 다리로 설 수 없을 뿐 아니라, 세 번째 다리도…… 다시는 서지 않을걸?"

세 번째 다리?

곁에 있던 시녀들은 무슨 이야기인지 알아듣지 못한 눈치였지만, 혁소해와 시위들, 즉 남자들은 그 말의 의미를 모를 수가 없었다. 남자의 세 번째 다리라면 바로 남자의 목숨 같은 존재 아닌가!

혁소해는 화가 나서 온몸이 다 꼬일 지경이었다.

"백리명천, 죽고 싶은 게로구나. 너……."

백리명천이 그의 말을 끊었다.

"너야 늙을 만큼 늙었으니 별문제 아니겠지. 하지만 기욱은 다를 텐데. 기욱이 정말 서지 못한다면……. 기씨 가문은 그대로 대가 끊기겠군!"

이 말을 들은 혁소해는 더욱 분노하여 날카로운 목소리로 외쳤다.

"백리명천, 해독약을 내놓지 않으면 내가 네 대부터 끊을 거다!"

백리명천은 비록 몹시 아팠지만 억지로, 천천히 고개를 들어 위쪽의 혁소해를 바라보았다. 혁소해의 눈에서는 분노가 활활 타오르고 있었지만…… 그 외에 초조함도 발견할 수 있었다.

"킥!"

백리명천이 조소하며 말했다.

"늙은이, 축운궁주에게 잘 보이겠다고 제 친손주마저 죽이더니. 지금 와서는 기씨 가문의 제사상이나 걱정하고 있다니! 혹시 기욱이 기씨 가문의 자손이 아니라, 너희 혁씨 가문의 후예이거나 한 건 아니냐?"

혁소해는 멍한 표정이 되었다. 그리고 그제야 자신이 백리명천의 덫에 빠졌음을 깨달았다!

그는 백리명천의 질문에는 대답하지 않고 화제를 돌렸다.

"백리명천, 정말 해독약을 내놓지 않을 생각이냐? 그럼 이 늙은이도 말해 주지. 수희와 한우아를 구할 생각은 꿈도 꾸지 마라! 그리고 잠시 후에는 려금과 군자택도 내 수중에 떨어질 거다. 너에게는 아무 패도 없단 말이다! 네가 대세를 뒤집을 수 있을 것 같으냐? 어서 순순히 해독약을 내놔라. 그럼 내가 네 목숨 정도는 살려 줄 테니까. 아니라면 내가 먼저 너를 죽이고, 다시 의원을 찾아도 늦지 않을 것이다!"

사실 백리명천은 자신이 함정에 빠졌다는 것을 깨달았을 때 이런 결과를 예상했다! 수희가 들켰다는 것은 자신의 최근 행적이 모두 들켰다는 의미였다. 혁소해가 사람을 보내 군자택과 려금을 데려가지 않았다면 그게 더 이상한 일일 것이다.

그러나 마음속으로 짐작하고 있던 것과 사실을 직접 확인하는 것은 다른 법이다. 항상 웃음기를 머금고 있던 백리명천의 두 눈동자도 점차 어두워졌다.

그는 려금에게서 군자택을 빼앗기 위해, 또 비연과 군구신에게서 려금을 빼앗기 위해 하마터면 목숨까지 잃을 뻔했다. 게다가 최근 남쪽으로 내려오는 내내 그는 이 결정을 내리기 위해 무수한 불면의 밤을 보냈다. 빌어먹을, 저 죽일 놈의 혁소해. 혁소해가 그의 모든 계획을 망가뜨렸다! 제기랄!

백리명천은 얼굴을 굳힌 채 천천히 고개를 숙였다. 그리고 그와 동시에 주먹을 쥐고 몰래 힘을 모으기 시작했다!

그는 비록 갇혀 있는 상태였지만 혈루의 힘을 부를 수 있었다. 설사 그 대가가 지금 그의 몸을 지탱해 주고 있는 이 그물이 찢어지는 것이라 해도. 아니, 심지어 이 구멍이, 이 절벽이 무너져 그가 저 심연 속으로 떨어지는 것이라 해도 그는 계속 힘을 모으고 있었다.

이 순간 그는 무척 충동적이었다. 당장이라도 혁소해의 따귀를 갈기고 함께 죽을 수 없어 안타까울 지경이었다!

혁소해는 혈루에 대해 잘 알지 못했다.

그는 백리명천의 이상한 모습을 눈치채지 못하고 여전히 의기양양하게 외쳤다.

"잘 생각해 보도록 해라!"

이때 백리명천의 전신에 흩어져 있던 혈루의 힘이 천천히 그의 손으로 모이고 있었다. 백리명천이 고개를 들려는 순간, 그렇다, 바로 그 순간, 그는 갑자기 산허리 망운루에 누군가가 있는 것을 발견했다. 그것도 적지 않은 이들이!

거리가 멀어 사람들의 모습을 정확히는 볼 수 없었지만 대강의 모습은 알아볼 수 있었다.

비연과 군구신이었다! 절대 잘못 보았을 리 없었다!

그들이 뜻밖에도 벌써 도착한 것이다!

오후에 만나기로 약속했는데…….

백리명천의 분노는 순식간에 사라지고 말았다.

그는 분명 그들을 더 이상 만나지 않기로 마음먹었었다. 그러나 이 순간 그의 머릿속은 대체 어떻게 저들을 이곳으로 유인할까 하는 생각으로 가득 차 있었다!

그는 재빨리 혁소해를 바라보았다. 순간적으로 목이 아픈 나머지 그는 하마터면 비명을 지를 뻔했다.

혁소해와 시위들은 모두 백리명천에게 신경 쓰느라 망운루 쪽을 바라보는 사람은 없었다. 특히 혁소해는 다리 통증을 참을 수 없을 지경이었다.

백리명천이 고개를 들자 혁소해가 다시 한번 재촉했다.

"이 늙은이의 인내심에는 한계가 있다. 해독약을 내놓지 않을 것이냐?"

백리명천의 눈가에 교활한 빛이 스쳐 갔다.

"그 독약에는 해독약이 없다! 하지만 안마로 완화시키는 방법은 있지! 본 황자를 위로 끌어 올려 주면 방법을 알려 주마!"

물론 혁소해는 상대하기 그리 쉬운 사람이 아니었다. 그가 특별히 이런 함정을 판 것은 바로 백리명천의 혈루를 통제하기 위해서였다. 혁소해는 일단 백리명천을 위로 올리면 그물로는 그를 가둬 둘 수 없다는 것 정도는 알고 있었다.

"이 늙은이에게 사기를 칠 생각일랑 마라! 너에게 1각[1]의 시간을 주지. 해독약에 대해 솔직하게 털어놓지 않으면 반드시 너를 죽여 버릴 테다!"

혁소해의 이 말은 진심이었다.

그는 비록 남몰래 군구신과 결탁하기는 했지만 사실 군구신과 실제로 만날 생각은 없었다! 그는 내분을 일으킬 목적으로 이미 군구신과 비연 사이를 이간질할 사람을 안배해 둔 상태였다.

게다가 지금 그와 기욱이 중독된 이상 결코 군구신을 만날 수 없었다. 그는 다른 의원을 찾아 해독을 부탁하는 모험을 할지언정, 자신이 세운 계획 전체가 백리명천 때문에 망가지게 둘 수는 없었다!

혁소해는 그 이상 백리명천을 상대하지 않고 옆으로 비켜 기다리기 시작했다. 그리고 산 아래를 내려다보았다. 망운루는 텅 비어 있었다.

비연과 군구신, 그리고 상관 부인 일행은 이미 망운루를 떠나 산 정상으로 향하고 있었다…….

---

1  15분.

# 그들 각자의 심사

백리명천은 군구신 일행이 왔다는 것을 알고 있었지만 혁소해는 모르고 있었다.

혁소해는 백리명천에게 1각의 시간을 주었다. 물론 백리명천은 이 기회를 잘 이용하여, 군구신 일행이 도착할 때까지 시간을 끌어 볼 작정이었다.

"이렇게 하지. 본 황자가 안마법을 알려 줄 테니 스스로 시험해 보는 거야. 만약 두 다리가 좀 편해졌다 싶으면, 그때 본 황자를 끌어 올려 주어도 늦지 않겠지!"

혁소해가 바라는 것은 바로 백리명천의 목숨인데, 어찌 그를 위로 끌어 올려 주겠는가. 그러나 혁소해는 승낙하는 척 말했다.

"좋다. 해독만 된다면 너를 놓아주마. 절대 식언은 하지 않는다!"

백리명천의 눈에 비웃음이 스쳐 갔다.

"좋다. 그럼 약속한 거다!"

백리명천이 사용한 독의 해독은 사실 약으로만 가능했다. 안마로 완화하는 방법 같은 것은 속임수일 뿐이었다!

그는 통증을 완화하는 안마법을 꾸며 내어 열심히 설명하기 시작했다.

혁소해는 처음에는 시녀를 불러 백리명천이 말하는 대로 자신의 다리를 주무르게 했다. 그러나 백리명천이 말하는 것을 한 번만 듣고 시녀가 다 기억할 수는 없었다. 시녀는 몇 번 주무른 후 어떻게 해야 할지 몰라 당황했고, 혁소해는 백리명천에게 천천히 말하라고 했다.

백리명천이 한 가지 동작을 이야기하면 시녀가 그 동작을 따라 했다. 혁소해는 기욱을 잊지 않고, 다른 시녀를 불러 기욱의 두 다리도 안마하게 했다.

1각이 지나도 백리명천은 계속 이야기하고 있었고 시녀는 여전히 다리를 주무르고 있었다. 혁소해는 정말로 통증이 점차 줄어드는 기분이 들어 경계심도 다소간 줄어들었다. 그러나 어서 이 자리를 떠나야겠다는 생각에 조급한 상황이었다. 그는 하늘을 흘깃 본 후 물었다.

"앞으로 얼마나 더 남았지?"

백리명천은 발아래 아름다운 풍경을 보며 사악할 정도로 매력적인 미소를 지었다.

"얼마 안 남았어. 동작이…… 열세 개 남았군."

혁소해가 속으로 기뻐하며 외쳤다.

"어서 계속해!"

백리명천은 동작을 하나하나 설명했고, 시녀도 그대로 따라 했다. 동작 열 개가 바로 지나갔다. 혁소해는 통증이 사라지고, 심지어 마비된 감각조차 줄어드는 것처럼 느꼈다. 그는 제 두 다리를 보고 다시 기욱을 바라본 다음, 속으로 기뻐하며 물었다.

"곧 끝나나?"

"곧!"

백리명천의 대답에 혁소해가 웃기 시작했다.

"역시, 삼전하는 신용을 지키는 사람이군!"

백리명천이 작은 소리로 웃으며 대답했다.

"아니, 그렇지 않다!"

혁소해가 놀라며 그 말이 무슨 의미인지 물으려 했을 때였다. 백리명천이 큰 소리로 웃으며 반쯤 농담하는 듯한 어조로 말했다.

"본 황자는 목숨을 아까워할 뿐이지! 지금 본 황자의 목숨이 네 수중에 있는데, 성실하지 않을 도리가 있나?"

혁소해가 안도의 한숨을 내쉬며 말했다.

"안심해도 좋다. 반드시 목숨은 살려 줄 테니까."

말을 마친 혁소해는 눈빛을 차갑게 빛내며 시위에게 '죽이라'는 동작을 해 보였다. 그 뜻을 알아차린 시위가 소리 없이 장검을 뽑아 언제라도 그물을 끊을 준비를 했다.

그때 백리명천의 두 눈은 천천히 가늘어지고 있었다. 그는 변함없는 말투로 마지막 동작 세 개를 설명했다. 본래 조용하던 절벽은 더욱 고요해졌고, 긴장된 분위기도 점차 고조되었다.

혁소해와 시위들 모두 그물의 끈을 보며, 백리명천이 말을 끝내는 순간을 기다리고 있었다. 그의 생명을 끝내기 위해!

갑자기!

비할 데 없이 날카로운 파공음이 들려왔다. 찰나의 순간 모두 깜짝 놀라 무의식적으로 고개를 들었다. 화살 한 대가 빠르게 날아오더니, 검을 쥐고 있던 시위에게 명중했다.

너무나 갑자기 벌어진 일이었기에 모두 정신을 차리지 못하고 있었다!

화살은 시위의 미간에 명중했고, 순식간에 피가 솟구쳐 올랐다. 장검이 땅에 떨어지고 사람은 그대로 쿵 소리를 내며 뒤로 쓰러졌다.

화살을 쏜 사람은 바로 비연이었다.

비연과 군구신은 원래 비연이 먼저 나서서 백리명천을 상대하고, 군구신은 곁에 매복해 있기로 약속했었다. 그러나 그들이 다평산 문 앞에 도착했을 때, 중독되어 정신을 잃은 시위들을 발견했다. 다평산에 변고가 생겼음을 직감한 그들은 시위들을 이끌고 바로 산 위로 올라온 것이다.

그런데 이게 웬일일까. 그들은 산으로 오르는 길 내내 독에 혼미해진 시위들을 적잖이 발견했다. 그들의 앞길을 막는 시위는 단 한 명도 없었다. 그렇게 전투의 흔적을 따라 움직이다 보니 망운루에 도착했다.

그곳에서 그들은 청풍애에 사람이 있는 것을 발견했으나 구체적인 상황까지는 알 수 없었다. 그들은 바로 청풍애로 가기로 했다. 그리고 청풍애에 접근하는 와중에 공중에 매달려 있는 사람이 바로 백리명천이라는 것을 알 수 있었다!

비연은 일단 백리명천을 구해야 했다. 그렇지 않으면 어디가서 택아를 구할 수 있을지 알 수 없으니까!

그렇게 화살에 맞은 시위가 땅에 쓰러지고 나서야 모두가 겨우 반응했다. 혁소해는 비연과 군구신 일행을 보고 당황했다! 그는 군구신이 이렇게 일찍 오리라고는 생각지 못했던 것이다!

그는 원래 군구신에게 비둘기를 보낼 생각이었고, 심지어 군구신과 비연 사이를 이간질할 사람도 준비해 두었다. 그러나 지금으로서는 계획을 바꾸는 수밖에 없었다! 백리명천만은 반드시 죽여 후환을 없애야 했다!

혁소해가 날카롭게 외쳤다.

"저들을 막아!"

시위들이 즉시 모두 앞으로 달려가 일자로 늘어섰다. 혁소해와 기욱은 그들 뒤에서 보호받는 형태였다. 혁소해는 직접 검을 뽑아 사나운 기세로 그물을 끊으려 했다!

그와 동시에 비연과 군구신이 약속이나 한 듯 움직였다. 비연이 두 번째 화살을 쏘았고, 군구신은 나는 듯 앞으로 달려 나왔다. 사람도 빠르고 검도 빠르니, 몸은 마치 환영처럼 움직이고, 검망이 번득이는 곳마다 시위들이 땅에 쓰러졌다.

눈 깜빡할 사이에 그물 앞에 착지한 군구신이 무표정한 얼굴로 몸을 살짝 비켜 비연이 쏜 화살을 피하는 동시에, 앞에서 날아오는 검을 발로 차 냈다. 그리고 발을 천천히 거둬들이더니 한 걸음 한 걸음 구멍 가까이 다가가 백리명천을 내려다보았다!

모든 것을 손바닥 들여다보듯 알고 있는 군구신이 이리 일찍 온 것은 비연과 의논했기 때문이 아니라 바로 백리명천 때문이었다!

군구신으로서는 백리명천 수중에 있는 인질들이 혁소해에게 넘어가거나, 백리명천이 혁소해와 협력하는 것을 용납할 수 없었다.

그러나 군구신은 절벽 위의 장면을 본 후, 백리명천이 려금과 군자택을 데려오지 않은 것을 보고 실망했다.

백리명천은 군구신이 지금 자신을 보고 있다는 것을 잘 알고 있었지만, 여전히 발아래 차밭을 내려다보며 미동도 하지 않았다.

그는 어쩔 수 없이 그들이 올 때까지 시간을 끌었지만, 사실 그들을 만나고 싶은 생각은 전혀 없었다. 게다가 이 순간 그는 그들을 상대할 여유도 없었다. 혈루의 부작용이 다시 발작하고 있었기 때문이다.

굳어 있는 상반신에서 왼쪽 다리로 한기가 퍼져 나가고 있었다. 그와 함께 고통도 심해졌다. 뼈를 스미는 듯한 한기, 뼈를 찌르는 듯한 고통, 그야말로 더 살고 싶지 않은 괴로움이었다.

그는 원래 혁소해와 기욱을 사로잡은 후 꽁꽁 묶어 망운루에 데려다 놓고 떠날 예정이었다. 이렇게 낭패한 몰골로 비연 일행을 만나리라고는 생각지 못했다. 그리고 혈루의 부작용이 이렇게 빠르게 시작되리라고는 더더욱 생각지 못했다!

그는 이미 몸의 절반은 쓰지 못하는 것이나 마찬가지였다. 만약 왼쪽 다리마저 쓸 수 없게 된다면 그는 어떤 존재가 될까? 겨우 목숨만 부지하며…… 죽을 날을 기다리는 폐인?

백리명천의 일생은 겉보기에는 풍류 공자의 그것이었지만,

실제로는 그 이상 비참할 수 없는 그런 삶이었다! 죽는다면, 더는 비참할 일이 없으리라!

어차피 죽을 목숨이라면 차라리 통쾌하게 죽어 버리는 것이 마지막 존엄이나마 지키는 길이 아닐까? 어쨌든 그는 해야 할 일은 다 한 셈이니, 이제 걸리는 것은 없었다.

백리명천은 고통을 참으며 오른손을 왼쪽 소매에 넣어, 숨겨 두었던 비수를 꺼냈다. 단 한 번이면, 한 번만 그으면 된다. 그 물이 끊어지면 이 가소로운 인생도 끝나는 것이다!

그는 비수를 꽉 쥔 채 아주아주 작은 목소리로 중얼거렸다.

"우리 연아, 어째서 아무 말도 하지 않는 거야? 본 황자는 네 목소리가 듣고 싶은데. 그럼…… 다음 생에도 기억할 수 있을지 모르니까……."

## 군구신, 당신 미쳤어?

백리명천이 고통을 참으며 조용히 기다렸다.

군구신은 백리명천의 이상한 점을 눈치채지 못하고, 구멍 입구에 있는 그물 끈을 밟은 채 혁소해를 바라보았다. 그리고 입을 떼려는 순간, 혁소해가 먼저 선수를 쳤다.

"정왕 전하, 오랜만입니다. 결국은 오셨군요!"

군구신이 냉랭하게 대답했다.

"오랜만이군!"

비연은 구멍에서 꽤 멀리 떨어져 있었고, 그녀와 군구신 사이에는 많은 시위들이 있었다. 그녀는 혁소해와 군구신의 말투가 이상하다고 생각했으나 어디가 이상한지 정확하게 파악하지 못했다. 게다가 혁소해와 기욱이 왜 여기에 있는지와 같은 문제보다는 택아의 상황을 알고 싶어 초조할 지경이었다.

비연이 마침내 입을 열어, 길을 막는 시위에게 날카롭게 외쳤다.

"죽고 싶지 않다면 본 공주의 길을 막지 마라!"

진묵과 시위들이 곧 앞으로 나섰다.

비연의 목소리를 들은 순간, 고통으로 얼굴을 굳히고 있던 백리명천이 웃기 시작했다. 인정하지 않을 수 없었다. 그는 '본 왕비'라는 말보다는 '본 공주'라는 말이 훨씬 좋았다!

백리명천이 작게 속삭였다.

"정말 사납다니까."

그는 웃으며 수중의 비수를 꺼내 그물을 찢으려 했다. 바로 그 순간 혁소해가 말했다.

"정왕 전하, 약조한 바에 따라 천택 황제를 우리가 모시고 있습니다. 이제 전하께서 약속을 지키실 차례입니다!"

뭐라고?

백리명천의 손이 그대로 멈췄다. 그리고 모든 고통을 잊은 채 재빨리 고개를 돌렸다.

이 순간, 비연도 놀라고 있었다. 그녀 뒤의 상관 부인 일행도 모두 경악한 표정으로, 혁소해가 대체 무슨 말을 하는지 이해하지 못하고 있었다!

혁소해는 다른 이들도 자신과 같으리라는 생각에, 군구신 역시 신용을 지키지 않을까 봐 걱정하고 있었다. 그는 임시로 꾀를 내어 일부러 한마디 덧붙였다.

"려금이 말했습니다. 전하께서 약속을 지키신다면《운현수경》은 전하의 것입니다. 현공대륙과 운공대륙도 군씨 가문의 것이 될 것입니다! 전하께서는 이 순간 이후에는 더 이상 대진 공주의 치마 아래 굴종하실 필요 없습니다!"

이건…….

가장 먼저 상황을 이해한 사람은 비연이었다. 그녀는 도저히 믿을 수 없다는 눈빛으로 군구신을 바라보았다. 그리고 상관 부인 일행도 곧 모두 군구신을 바라보았다. 그리고 혁소해 일행도 똑같이 군구신을 바라보고 있었다!

절벽 위에 있는 모두가 조용한 가운데 바람 소리만이 끊이지 않고 들려왔다.

혁소해를 바라보는 군구신의 눈빛이 차갑고 또한 차가웠다. 그가 의연하게 몸을 돌리더니 비연 쪽을 바라보았다. 그리고 곧 비연의 시선을 피해 냉랭한 목소리로 명령했다.

"망중, 사람을 내주어라!"

누구를 내주겠다는 의미지?

모두 당황하는 가운데, 망중과 어깨를 나란히 하고 있던 진묵이 즉시 뒤로 물러났다. 망중이 바로 검을 뽑아 진묵을 겨눴다. 그와 동시에 군구신의 시위들이 모두 검을 뽑아 비연과 상관 부인을 포위했다.

진묵이 비연 앞을 지키며 계속 뒤로 물러났다. 군구신이…… 내주겠다는 사람은 바로 비연이었다! 상관 부인이 분노하여 외쳤다.

"군구신, 이게 무슨 뜻이냐? 미치기라도 한 건가? 지금 자신이 무슨 짓을 하는지 알기나 해?"

그녀는 어제 매우 불안했다. 그러나 군구신이 이런 일을 할 거라고는 생각한 적 없었다. 군구신이 려금, 혁소해와 결탁해 그들을 배반하다니! 이걸 어떻게 믿을 수 있을까? 그녀는 지금 이 모든 것이 악몽이 분명하다고 생각했다!

군구신은 상관 부인을 상대하지 않을 뿐 아니라 여전히 비연의 시선을 피하고 있었다. 그가 눈짓하자 시위들이 바로 다가와 혁소해와 기욱을 부축해 일으켰다. 그리고 혁소해의 수하들을 대신해 절벽을 점령함과 동시에 백리명천의 목숨이 달린 그물을 지키기 시작했다!

혁소해의 시위들은 분분하게 흩어져 혁소해 곁으로 물러났다.

군구신이 한 걸음 한 걸음 비연에게 다가왔다. 그의 얼굴은…… 마치 비연을 천 리 밖으로 몰아내는 것처럼 차가워 보였다.

상관 부인은 마침내 이 모든 것이 악몽이 아니라 잔인한 현실이라는 사실을 인지했다. 그녀는 다급하게 활을 꺼내 공중에 세 발의 화살을 쏘았다. 폭죽이 공중에서 펑, 펑, 펑, 터지는 소리가 숲 전체에 울렸다.

상관 부인의 이 행동은 바로 주변에 매복해 있는 시위들에게 구원을 청하는 것이었다. 그러나 누가 알았을까?

군구신이 차갑게 말했다.

"부질없는 짓을!"

상관 부인은 영리한 사람이었고, 바로 군구신의 말뜻을 알아차렸다. 군구신은 그녀의 매복 계획을 전부 알고 있을 뿐 아니라, 자신의 수하들도 그 매복에 협조하게 했다. 그러니…… 그녀가 매복시켜 놓은 이들은 이미 군구신의 수하들에 의해 처리되었을 것이다!

상관 부인은 평생 다른 이를 음모에 빠트리면 빠트렸지, 굳게 믿고 있던 이에게 자신이 이런 식으로 당해 본 적은 없었다. 그녀는 분노로 부들부들 떨며 외쳤다.

"배은망덕한 놈! 이런 식으로 음모를 꾸미며 여자를 괴롭히다니, 아주 대단한 능력이구나!"

군구신이 미동도 없이 말했다.

"순순히 협조하실 것인지, 아니면 본 왕이 직접 손을 써야 할 것인지?"

상관 부인이 차가운 목소리로 외쳤다.

"이렇게 된 이상 모두 함께 죽도록 하지!"

그녀는 비연을 잡아끌면서 자신이 데려온 시위들 뒤로 물러섰다. 그녀는 모두 함께 죽자고 했지만, 사실 진묵 일행이 군구신의 발을 잡으면 비연을 데리고 도망칠 심산이었다!

도망은 군구신을 상대하는 데 있어 가장 우둔한 방법일 테지만 지금은 선택의 여지가 없었다!

"연아, 정신 차려! 독, 독을 준비하고. 가자!"

상관 부인은 나지막하게 말하고 비연을 끌고 도망치기 시작했다. 그와 동시에 진묵이 먼저 움직이기 시작했고, 시위들도 각기 다른 방향에서 군구신을 포위해 공격했다.

군구신은 미동도 없이 차가운 눈으로 상관 부인과 비연을 바라보다가, 진묵의 검이 가까이 다가오자 건명보검을 뽑아 날카롭게 휘둘렀다.

그는 건명력을 사용하지 않고 그저 건명검술의 검법만을 사용했을 뿐이었다. 그러나 한 번 휘두르는 것만으로도 그의 검망은 시위들 모두에게 상처를 입히기에 충분했다. 진묵은 재빨리 물러났지만, 가슴 쪽 옷이 찢어져 있었다.

진묵은 군구신의 영술을 너무나 잘 알고 있어 잠시도 지체하지 않고 외쳤다.

"가라!"

시위들이 다시 군구신을 포위했고, 진묵이 가장 먼저 달려 나갔다. 그러나 이번에는 군구신이 검에 정을 남겨 두지 않았다.

그의 몸이 환영처럼 움직이는가 싶더니 검이 빠른 속도로 번쩍였다. 군구신이 진묵 앞에 섰을 때, 시위들은 모두 검에 당한 채 땅에 쓰러져 있었다. 그리고 군구신의 건명보검은 진묵의 어깨를 찌르고 있었다!

이 순간 상관 부인에게 끌려 함께 뛰고 있던 비연이 갑자기 발걸음을 멈추더니 상관 부인의 손에서 벗어나려 했다!

그녀는 진묵의 뒷모습을 보고 고개를 젓더니 한 걸음 한 걸음 돌아가기 시작했다!

상관 부인이 재빨리 그 앞을 막아섰다.

"연아, 지금은 멋대로 굴 때가 아니야. 가자!"

비연은 상관 부인을 밀어내고 계속 앞으로 나아갔다!

상관 부인이 나지막하게 말했다.

"려금은 결코 진심으로 군구신과 협력하는 게 아닐 거야. 그러니 군구신이 《운현수경》을 파해하는 데 진묵만 한 사람을 찾을 수 없을 테지. 군구신은 진묵을 그리 쉽게 죽이지 못해! 진묵이 시간을 끌고 있으니 우리는 어서 가야 해! 어서, 독을 준비하고. 그게 우리에게 남은 유일한 희망이니까!"

비연이 말없이 상관 부인을 밀어냈다.

군구신의 시선은 시종일관 비연에게서 떠나지 않고 있었다. 그는 건명보검을 쥔 채 여전히 진묵을 제대로 보지도 않고 나지막한 목소리로 말했다.

"본 왕에게 충성하여 《운현수경》을 파해하겠다면 목숨은 살려 주겠다."

# 꿈도 꾸지 마라

군구신의 시선은 진묵에게로 향하고 있지 않았지만, 진묵은 군구신을 응시하고 있었다. 그는 입가에 피를 머금은 채, 평소 표정을 거의 드러내지 않는 얼굴에 적의를 담고 말했다.

"군구신, 꿈도 꾸지 마라!"

"그래?"

군구신이 불시에 건명보검을 뽑았다. 찰나의 순간, 진묵의 상처에서 선혈이 솟구치더니 군구신의 눈보다 흰 옷에 튀었다. 그러나 군구신은 미동도 없이, 지극히 냉담한 표정이었다.

지금도 그의 눈은 여전히 진묵을 보고 있지 않았다. 다만 한 걸음 옆으로 비켰을 뿐.

건명검은 결코 보통의 검이 아니었다. 진묵은 제대로 서 있지도 못하고 천천히 몸이 기울기 시작하더니 곧 쿵 소리를 내며 군구신의 발아래 쓰러졌다.

"진묵!"

비연이 비명을 지르며 상관 부인을 밀어내고 맹렬한 기세로 달려왔다!

그러나 겨우 숨만 몰아쉬던 진묵이 어디서 그런 힘이 났는지, 갑자기 군구신의 다리를 끌어안더니 외쳤다.

"주인님, 도망쳐! 어서!"

군구신이 차가운 목소리로 말했다.

"놔라."

진묵은 놓기는커녕 더더욱 강하게 끌어안으며 외쳤다.

"주인님, 도망쳐! 어서 가!"

군구신의 두 눈에 언제부터인지 붉은 실핏줄이 가득 올라와 있었다. 그의 냉랭한 표정 때문일까? 붉어진 그의 눈에 슬픈 빛이라고는 전혀 없어 보였다. 아니, 그보다는 유달리 잔인하고…… 잔인해 보였다.

그가 건명보검을 들어 진묵의 등을 찌르려는 자세를 취했다. 그 모습을 본 비연이 바로 발걸음을 멈추더니 소리쳤다.

"안 돼! 군구신, 내가 당신을 미워하게 만들지 마!"

군구신은 결코 손을 멈출 뜻이 없었다. 그가 사납게 진묵의 등을 찌르는 순간, 비연이 빠른 속도로 화살을 쏘았다. 그 순간 진묵이 손을 놓더니 품에서 비수를 꺼내 군구신의 발등을 찍었다.

진묵이 연기를 하고 있었다! 그는 결코 죽어 가고 있던 것이 아니었다! 여전히 힘을 숨기고 있었다. 군구신의 다리를 안고 늘어지기 위해서가 아니라, 군구신의 발에 상처를 입혀 영술을 쓰지 못하게 하려고!

비수는 군구신의 발을 그대로 꿰뚫었다. 군구신이 갑자기 미간을 찌푸리며 고개를 살짝 틀었다. 화살이 바람 소리를 내며 그의 귓가를 스쳐 갔다.

진묵은 군구신을 땅에 못 박아 놓기라도 하겠다는 듯 두 손으로 비수를 잡은 채 소리쳤다.

"주인님, 도망쳐! 제발, 제발! 이번 한 번만 내 말을 들어 줘!"

군구신의 발등에서는 선혈이 흘러내리고 있었다. 진묵의 어깨 상처 역시, 그가 힘을 과도하게 썼기 때문에 계속 피가 흐르고 있었다.

군구신은 전혀 망설이는 빛 없이 다른 다리로 사납게 진묵을 절벽 쪽으로 걷어찼다. 그 모습을 본 비연은 그대로 심장이 멈춰 버리는 것 같았다.

그러나 다행히도 절벽 근처에 있던 상관 부인이 재빨리 정신을 차리고 쫓아갔다. 그리고 진묵이 절벽 아래로 떨어지려는 아슬아슬한 순간, 다행히도 그를 잡을 수 있었다.

이 순간 진묵은 정말로 겨우 숨만 붙어 있는 상태였다. 그러나 그는 여전히 비연을 바라보며 중얼거리고 있었다.

"어서 도망쳐!"

비연의 심장은 지금도 떨리고 있었다.

그녀가 어떻게 도망칠 수 있을까? 군구신이 자신에게 다가오는 것을 보며 비연은 바로 결정을 내렸다. 그녀는 활을 들어 군구신을 향해 화살을 계속 쏘아 대며 외쳤다.

"정 이모, 진묵을 데려가요! 어서!"

군구신은 처음에는 몸을 살짝 틀어 화살을 피했으나, 잠시 후에는 발걸음을 옮기며 피할 뿐 아니라 숨도 쉬지 않았다!

그는 비연을 너무나 잘 알고 있었다. 그녀가 나중에 쏘기 시작한 화살에는 독이 묻어 있었다!

그는 비록 발에 상처를 입었지만 고통을 참고 있었다. 비록 속도가 그리 빠르지는 않았지만, 여전히 비연의 화살을 가볍게 피할 수 있었다.

그가 점점 비연에게 가까이 왔다. 비연에게는 화살을 제외하면 다른 방법이 없었다! 지금 그녀에게 봉황력이 있었다 해도 아마 군구신에게 대적할 수는 없었을 것이다!

그녀는 계속 화살을 쏘며 진묵과 상관 부인이 있는 방향으로 뒷걸음질을 쳤다. 이것이 얼마나 우둔한 행동인지 모르는 것은 아니었지만, 그래도 이렇게 할 수밖에 없었다!

그때 산허리에서 먹이를 찾고 있던 대설이 달려왔다. 그는 이미 설랑의 몸으로 돌아와 있었다.

대설은 주인의 소환을 받고 바로 달려왔으나, 눈앞의 장면을 보고 둥근 눈을 휘둥그렇게 뜬 채 미동도 하지 않았다. 대설은 그저 두 사람이 싸우는 모양이라고 생각했다. 거참, 아주 사납게도 싸우네……! 그는 두 사람의 싸움에 끼어들지 않겠다고 마음먹고 고개를 돌렸다.

그때 비연이 분노한 목소리로 외쳤다.

"대설, 군구신을 막아!"

대설은 다시 한번 깜짝 놀랐다. 그는 겁먹은 표정으로 몸을 돌렸고, 군구신이 자신을 향해 건명보검을 휘두르는 것을 발견했다! 그 순간 대설은 살의를 감지했고, 마침내 상황의 심각성을 알아차렸다!

대설은 경악했다. 그는 눈앞의 장면을 보면서도 여전히 이 일을 그저 '다툼'이라 인식하고 있었다. 그가 아는 한 이 두 사람은 절대, 절대절대절대 적이 될 수 없는 사이였으니까! 그러나 저 살기등등한 건명보검은…….

심장이 떨리기 시작했지만 대설은 억지로 참아 내며 군구신을 향해 분노의 포효를 했다.

"우우…….."

그러나 대설이 군구신에게 덤벼들려는 순간, 비연이 의식을 사용해 그에게 상관 부인과 진묵을 데리고 피할 것을 명령했다!

대설은 즉시 비연의 뜻을 알아차렸다! 그녀가 방금 입 밖에 내었던 명령은 그저 군구신을 속이기 위한 것이었다!

대설은 그러고 싶지 않았지만, 주인의 명령을 어길 수는 없었다!

그는 갑자기 몸을 돌려 상관 부인과 진묵에게로 달려갔다. 그리고 비연은 두 팔을 벌린 채 군구신을 차가운 눈으로 바라보았다.

"고남신, 내가 죽기 전에는 저들에게 검을 휘두를 수 없을 거야!"

고남신!

하나의 이름은 하나의 신분을 대표하는 법!

군구신의 마음이 살짝 아련해 왔다. 그는 그녀가 자신에게 화살을 쏘기 시작했을 때, 그녀가 이 이상 그를 고남신이라 여기지 않으리라고…… 그저 군구신이라 여기리라고 생각했다.

군구신의 그 깊은 눈동자가 더욱 붉어져 있었다. 그의 눈빛이 점차 차가워지며 그 붉은 빛은 점점 더 잔인한 빛을 발했다.

그는 마침내 비연의 분노한 눈빛을 피하지 않고 그녀의 두 눈을 직시했다.

그가 차갑게 물었다.

"본 왕이 너를 죽이지 못하리라 생각하는 건가?"

비연의 분노는 하늘을 뒤덮을 듯 타오르고 있었다.

"본 공주는 믿지 않는다!"

군구신은 건명보검을 꽉 쥐었다. 건명보검이 그의 기분을 느낀 듯 소리 내며 떨기 시작했다. 그러나 비연은 두려워하기는커녕 오히려 앞으로 걸어 나오며 분노한 목소리로 외쳤다.

"죽여라! 군구신, 본 공주가 정말로 눈이 멀어 너 같은 남자를 마음에 담았다! 네가 정말 본 공주를 배반한다면, 본 공주는 아마도 너를 경멸하지 않을 수는 있겠지! 그러나 지금 네가 하는 모든 행동은 본 공주가 정말로 경멸하지 않을 수 없다! 본 공주가 외로이 홀로 있을 때 하늘이 무너져 내린다 해도, 본 공주는 두려움 없이 하늘을 떠받칠 것이다! 하물며…… 우리는 두 사람인데! 대체 왜 이러는 거지? 일부러 위악적인 행동을 하고, 일부러 나를 당신에게서 멀리 떼어 놓으려 하고? 왜 내가 당신을 미워하게 만들려고 하는 거지? 홀로 모든 것을 감당하면 그렇게 대단한 것 같아? 대체 누구를 돕겠다고 이러는 거야? 응? 당신, 어떻게 이렇게 이기적일 수 있어! 이렇게 이기적인 당신은 거부하겠어!"

그렇다!

비연은 오늘 이 지경에 이르러서도 군구신이 그녀를 배신하리라고는 믿지 않고 있었다. 그러나 그녀는 고집을 부리는 동시에 분노하고 있었다! 오늘 그의 모든 행동은 그녀를 완전히 격노하게 했다!

비연이 계속 외치려는데 군구신이 그녀의 말을 잘랐다.

"그만! 헌원연, 사실 본 왕은 예전에 이미 손을 쓸 수 있었다! 본 왕이 무엇 때문에 지금까지 기다렸는지 모르겠다는 건가?"

비연이 차가운 목소리로 외쳤다.

"듣고 싶지 않아!"

비연이 계속 앞으로 걸어 나왔다. 군구신의 검 끝을 향해. 그러나 그녀가 가까이 다가가기도 전에 군구신이 앞으로 나오더니, 검 끝을 살짝 비껴 검날을 비연의 어깨 위에 얹었다!

군구신이 말했다.

"본 왕은 택아를 구한 후 모든 것을 설명하겠다고 했다! 지금 바로 모든 것을 말해 주지!"

# 남경, 그의 목적

모든 것을 설명하겠다고?

이 상황에서 설명할 것이 뭐가 있다는 걸까? 사람을 더더욱 괴롭게 만들 거짓말 외에 과연 무슨 말을 할 수 있다고?

비연이 외쳤다.

"말할 필요 없어! 당신이 무슨 말을 하건 나는 믿지 않을 테니까!"

그러자 군구신이 뜻밖에도 시선을 돌리고 망중을 포함해 시위들에게 명령했다.

"상관 부인을 제지해라!"

이때 상관 부인은 진묵을 대설의 등에 태운 다음이었다. 그녀는 본래 비연을 버리고 갈 생각이 없었지만, 군구신의 이 말을 들은 순간 검을 뽑으며 외쳤다.

"정왕, 비연이 이리 말하는 이상 나는 비연을 믿겠다! 나를 제지할 필요 없다! 오늘 나는 이 자리에서 떠나지 않을 테니까! 능력이 있다면 나를 죽여 보든가!"

그러나 이게 웬일일까, 군구신이 냉랭하게 말했다.

"당신을 죽이라고? 당신을 죽인다면 본 왕이 무엇으로 상관보와 거래를 할 수 있지?"

이 말을 듣는 순간 상관 부인이 경악했다.

"군구신, 그 말은…… 무슨 뜻이지?"

상관 부인은 자신이 군구신에게 지도를 보여 주었다는 사실을 기억해 냈다. 다평산의 지형을 그린 지도뿐 아니라, 남경에서 자신이 영향을 끼칠 수 있는 범위의 지도까지!

가장 두려운 일은, 예전에 군구신의 수하들과 함께 백리명천 수색 작업을 벌일 때, 그녀는 군구신에게 보내는 서신에서 남경의 상황을 상세하게 설명했다는 점이었다. 그러니 군구신은 상관보의 영역을 제외하면 남경을 제 손바닥 들여다보듯 잘 알고 있을 것이다. 그가 백초국과 만진국에서 병사들을 징발하기만 하면 쉽게 점령 가능할 정도로!

상관 부인은 마침내 모든 것을 깨닫고 분노한 목소리로 외쳤다.

"하하! 그래, 예전부터 연아를 배신할 생각이었군! 그리 오래 참은 것도 다 남경을 손에 넣기 위해서였고 말이야!"

군구신이 차갑게 말했다.

"그렇다! 본 왕은 예전부터 손을 쓸 생각이었지."

그는 다시 비연에게로 시선을 돌리더니 계속 말했다.

"본 왕도 이 연극을 좀 더 이어 갈 생각이었지만, 안타깝게도 너와 사랑하는 척 연기하는 것이 점점 힘들어지더군!"

비연은 멍한 표정으로 그를 바라보았다.

상관 부인이 분노하여, 장검을 휘두르며 달려 나왔다.

"내 오늘 이 짐승을 죽여 버리겠다!"

그러나 군구신 가까이 가기도 전에 망중을 포함한 시위가 잇달아 그녀를 포위했다! 상관 부인의 무공은 상당히 훌륭한 편이었지만, 홀로 다수를 상대한다면 승산이 없을 수밖에 없었다.

비연이 창백한 안색으로 군구신을 노려보며 여전히 고집을 부렸다.

"나는 믿지 않아. 믿을 수 없어!"

그녀는 군구신이 제 목에 검날을 들이대고 있다는 것도 잊고, 몸을 돌려 상관 부인을 구하러 가려 했다. 그러나 그녀가 몸을 돌리는 순간 군구신이 그녀를 사납게 잡아챘다!

"이거 놔!"

비연이 분노하여 비명을 지르며 발버둥을 쳤지만, 모두 헛수고였다.

상관 부인은 점차 수세에 몰려 뒤로 물러나고 있었다. 그때 대설이 진묵을 업은 채 달려들어 순식간에 시위 여럿에게 몸을 부딪치고 앞발로 망중을 치려 했다. 망중이 경악하여 재빨리 뒤로 물러났고, 다른 시위들도 그 이상 앞으로 나오지 못했다.

그 모습을 본 비연이 소리쳤다.

"정 이모! 어서 도망쳐요!"

군구신이 남경을 원한다는 사실을 몰랐을 때는 상관 부인도 비연에게 맞서 고집을 부렸다. 그러나 지금은 비연이 고집을 부리는 것이 그저 우둔하게만 보였다!

어쨌든 지금 상황을 보면, 군구신은 분명 비연을 이용하려 들 테니 그녀를 죽이지는 않을 것이다. 상관 부인은 먼저 도망치는 수밖에 없었다. 그러지 않는다면 남경은 끝이나 마찬가지니까! 그녀가 가지 않는다면 누가 헌원예, 고칠소, 그리고 상관 보에게 연락을 취한단 말인가?

"연아, 더 이상 바보같이 굴지 마라!"

상관 부인이 대설의 등으로 날아올랐다. 대설이 비연을 바라보더니 곧 산 아래를 향해 달리기 시작했다!

군구신이 마음을 단단히 먹고 비연을 망중에게로 매섭게 밀쳐냈다.

"잘 지키도록!"

그리고 건명보검을 휘두르기 시작했다. 비연은 그가 건명력을 소환해 대설을 공격하려는 것을 보고 경악하여 비명을 질렀다.

"안 돼!"

군구신은 그런 그녀에게 신경도 쓰지 않고 검에 건명력을 모으고 있었다. 이제 언제라도 공격할 수 있는 상태가 되었다.

그러나 바로 이 순간, 망중은 두 손에 갑자기 찌르듯 통증이 오며 힘이 들어가지 않는 것을 느꼈다. 비연이 독을 쓴 것이다!

비연이 망중에게서 벗어나 군구신에게 달려갔다! 그녀는 고개를 들고 군구신을 차가운 눈으로 노려보았다!

군구신이 차가운 목소리로 외쳤다.

"여봐라!"

시위들이 오기도 전에 비연이 갑자기 군구신의 심장을 향해 금침을 하나 쏘았다. 군구신이 바로 검을 거둬들이더니 몸을 비끼며 숨을 참았다!

금침이 바닥에 떨어지는 순간, 군구신이 맹렬하게 피를 토해냈다. 그는 중독되지는 않았지만 검을 너무 빠르게 거둬들이다 보니 건명력에 상처를 입었다.

이때 대설의 그림자는 이미 숲속으로 사라진 상황이었다. 도망치는 데 성공한 것이다.

시위들은 감히 비연에게 가까이 오지 못하고 그저 그녀를 포위하고 있었다. 군구신은 그저 작은 부상을 입었을 뿐이었다. 그는 몸을 일으키더니 대설을 쫓지 않고 한 걸음 한 걸음 비연에게로 다가왔다.

비연의 손에는 암기가 남아 있었다. 그러나 그녀는 암기를 쓸 생각도, 도망칠 생각도 없었다. 그녀는 여전히 고집스럽게 자신의 판단을 믿고 있었고, 이제부터 지켜볼 생각이었다. 그가 대체 어떤 행동까지 할 수 있는지!

그녀는 분노한 눈으로 군구신을 바라보았으나, 군구신은 무표정한 얼굴로 그녀의 시선을 받아 냈다.

그가 갑자기 비연의 오른손을 잡아끌더니 그녀가 소매 속에 감추고 있는 암기를 빼앗았다. 그는 정말로 그녀를 너무도 잘 알고 있었다. 굳이 수색할 필요 없이, 그는 그녀의 몸에 있는 모든 독약을 찾아냈다.

그가 물었다.

"망중의 해독약은?"

"작은 갈색 병. 두 알."

비연의 즉답에도 군구신은 바로 알약을 꺼내지 않고, 미간을 찌푸리며 그녀를 바라보았다. 그러자 비연이 입가에 조소를 떠올리며 말했다.

"해독약이 맞으니 의심할 필요 없어! 나는 당신처럼 독선적인 사람도 아니고, 무고한 사람에게 상처 입히는 사람도 아니니까!"

군구신이 희미하게 미소 지으며 갈색 병을 망중에게 건넸다. 그 약을 두 알 먹은 망중은 정말로 얼마 지나지 않아 힘을 회복할 수 있었다.

군구신은 길게 이야기하지 않고 비연의 현한보검을 망중에게 건네며 말했다.

"포박해라!"

망중이 비연의 시선을 피하며 공손하게 대답했다.

"예, 전하!"

군구신의 얼굴은 아무런 감정도 욕망도 없는 듯 차갑기만 했다. 그가 백리명천 쪽으로 다가가기 시작했다.

이 순간, 백리명천은 여전히 고개를 들고 있었다. 언제나 교활한 웃음기가 떠올라 있던 눈은 놀라울 정도로 어두워져 있었다! 혈루의 부작용은 이미 끝난 후였으나 그는 그것조차 느끼지 못하고 있었다. 그의 신경은 온통 절벽 위로 쏠려 있었다.

군구신은 구멍 가까이 오지 않고, 혁소해와 기욱을 흘깃 본 다음 시위들에게 차갑게 말했다.

"끌어 올려라!"

이 말을 듣고 나서야 백리명천은 손 안의 비수를 소매 속에 감췄다. 그는 깊이 숨을 들이마신 후 아무 반항도, 아무 말도 하지 않았다. 지금 군구신에게 반항한들 헛수고라는 사실을 잘 알고 있었기 때문이다. 그는 시위가 자신을 천천히 절벽 위로 끌어 올리도록 내버려 두었다.

시위가 그를 절벽 위로 끌어 올린 다음 바로 묶기 시작했다. 백리명천은 차가운 눈으로 군구신을 바라보고, 다시 비연을 바라본 다음 고개를 숙였다.

군구신은 한눈에 백리명천의 몸이 이상하다는 것을 알아채고 냉소했다.

"본 왕은 소 숙부가 대체 어떻게 너를 사로잡았는지 궁금했는데, 몸에 문제가 있었군!"

혁소해는 군구신이 비연을 대하는 것을 보고 이제는 군구신을 의심하지 않았다. 하지만 군구신이 자신의 마음을 눈치챌까 두려워 재빨리 외쳤다.

"정왕 전하, 저것이 바로 혈루의 부작용입니다! 하하! 려금이 저자를 속이지 않았는데, 안타깝게도 저자는 믿지 않았지요! 지금 저자는 우리에게 아무 쓸모가 없습니다. 그러니 당장 죽여 후환을 없애는 것이 좋을 것 같습니다!"

# 그렇게 쉽게 속일 수는 없지

방금까지만 해도 백리명천은 구차하게 삶을 이어 나가는 것을 거부하고 죽음을 기다리고 있었다. 그러나 이 순간, 그는 아무리 굴욕적인 삶이라 해도 계속 살아남을 작정이었다!

그는 예전부터 비연을 좋아했다. 다만 그 사실을 너무 늦게 알았고…… 그 사실을 인정하는 것은 더욱 늦었다.

백리명천은 홀로 상상해 본 적 있었다. 만약 그가 좀 더 일찍 자신의 마음을 깨달았다면, 누군가를 좋아한다는 것이 어떤 것인지 좀 더 일찍 알았더라면……. 그렇다면 모든 것이 달라지지 않았을까?

그러나 그는 달라진 모든 것이 어떤 모습일지는 상상할 수 없었다! 사부인 고 영감조차 그에게 한 여자를 좋아한다는 것이 어떤 느낌인지, 또 어떤 행동을 해야 하는지는 가르쳐 주지 않았다.

백리명천은 그저 그녀가 자신의 마음을 모른다는 사실을 달갑게 받아들이고, 또 그녀가 자신을 좋아하지 않는다는 사실도 달갑게 받아들이고……. 심지어 그녀가 자신을 미워한다는 사실까지도 달갑게 받아들인 채, 그래, 달갑게 이 모든 감정을 깊이 숨긴 채 이 세계를 떠날 작정이었다.

그러나!

그는 절대로 그녀가 이런 모욕을 받도록 내버려 둘 수 없었다! 아무리 구차한 삶이라 해도, 아무리 낭패한 꼴이 되더라도 그는 살아남아야 했다!

그에게는 아직 패가 남아 있었다. 혁소해와 기욱의 두 다리가 바로 그의 패였다.

혁소해는 지금 두 다리가 아프지 않으니 별일 없다고 생각하고 있겠지? 곧 그 생각이 바뀌게 될 것이다!

백리명천은 노한 눈으로 혁소해를 바라보며 입술을 떼려 했다. 그러나 그때, 군구신이 혁소해에게 차가운 목소리로 대답했다.

"백리명천은 급할 것 없지. 그보다 먼저 대답해라. 택아와 려금은 지금 어디에 있지?"

혁소해는 계획에 없던 일이 너무 많이 생겨 불안했다. 그러나 이 중요한 순간에 잔꾀를 부릴 생각은 전혀 없었다.

"곧 산 아래에 도착할 것입니다. 정왕 전하, 일단 산 아래로 내려가시지요!"

군구신이 고개를 끄덕였다.

혁소해의 두 다리는 이제 아프지 않았다. 그는 재빨리 기욱을 직접 부축하려 했다. 그러나 이게 웬일인가. 그가 한 걸음 제대로 떼기도 전에 발바닥에 찌르는 듯한 고통이 밀려왔다. 마치 누군가가 그의 발바닥에 못을 박고 있는 것 같았다.

혁소해는 바로 어찌 된 일인지 깨닫고 외쳤다.

"백리명천, 이 비열한!"

백리명천의 입가에 조소가 떠올랐다.

"그래? 계속 알고 있는 줄 알았는데?"

혁소해는 기가 막혀 죽을 지경이었다. 어쨌든 그는 제대로 서 있을 수도 없는 상황이 되어 그대로 주저앉았다. 시위가 재빨리 도와주지 않았다면 아마 그와 기욱 모두 한 덩어리가 되어 쓰러졌을 것이다.

백리명천이 큰 소리로 웃기 시작했다.

"혁소해, 너희……. 하하하, 대가 끊기기만을 기다리고 있으라고!"

예전이었다면 비연은 이 말을 듣는 순간 혁소해와 기욱이 무슨 독에 중독되었는지 궁금해했을 것이다. 그러나 지금 그녀는 아무것에도 관심을 보이지 않았다.

그녀는 망중에게 잡힌 순간부터 지금까지 군구신에게서 시선을 떼지 않고 있었다. 그녀의 시선에 담긴 것이 영원한 이별인지, 아니면 절망인지는 지금 그 누구도 분간해 낼 수 없었다.

혁소해는 화가 나기도 하고 황당하기도 하여 군구신에게 구해 달라는 시선을 보냈다.

군구신은 당연히 혁소해를 신뢰하지 않고 있었다. 게다가 그는 혁소해가 대체 어떻게 백리명천에게서 려금과 택아를 구해 냈는지 매우 궁금하던 차였다.

그는 혁소해의 시선을 무시하고 시위들에게 외쳤다.

"출발!"

이 말을 들은 혁소해는 불안해졌다. 그러나 감히 경거망동

할 수 없으니, 그저 상황을 보아 그때그때 대응하는 수밖에 없었다.

혁소해가 군구신에게 말했다.

"서쪽으로 내려가시면, 산기슭에 차장이 하나 있습니다."

군구신이 고개를 끄덕이더니 직접 백리명천을 압송하기 시작했다. 망중이 비연을 감시했고, 혁소해의 시위들이 재빨리 혁소해와 기욱을 부축했다.

일행이 산기슭의 초봉차장에 도착했을 때는 이미 저녁 무렵이었다. 이곳은 분명 혁소해의 영역이었다. 문 앞에는 이미 시위 여럿이 파수를 보고 있었다.

군구신이 발걸음을 멈추더니 혁소해에게 물었다.

"사람은?"

그는 당연히 택아와 려금에 관해 묻고 있었다. 그러나 혁소해가 제 패를 이리 쉽게 내놓을 리 만무했다.

혁소해가 시간을 끌며 말했다.

"아직 좀 있어야만 합니다. 전하께서는 일단 들어가시지요! 이 늙은이와 기욱이 중독된 상태니, 어서 해독해야만 합니다!"

이 말은 위협은 아니었으나, 거래를 하겠다는 뜻이 명백했다. 군구신은 바로 혁소해의 생각을 알아차리고, 대답 없이 먼저 안으로 성큼성큼 들어갔다.

군구신은 직접 차장을 한 바퀴 돌아본 후, 지키기 쉬운 건물을 골라 방을 두 곳 청소하게 했다. 그리고 백리명천과 비연을 각각 구금했다.

그가 막 문을 나서려는 순간, 비연이 외쳤다.

"나도 택아를 만나야겠어!"

군구신은 그녀가 이런 요구를 할 거라는 사실을 예상하고 있었기에 듣고도 듣지 못한 척했다.

그가 문 앞에 도착했을 때 하소만이 다가왔다. 하소만은 그들과 함께 다평산에 오르지 않고 대신 다른 일을 처리하고 있었다.

하소만이 군구신의 귓가에 나지막한 목소리로 속삭이자, 군구신이 하소만으로 하여금 비연을 감시하게 했다.

군구신이 차를 마시는 대청으로 돌아가 보니 기욱은 긴 의자에 누워 있고 혁소해도 여전히 앉아 있었다. 혁소해는 기욱을 제대로 눕힐 여유도 없이 계속 군구신을 기다리고 있었다.

군구신이 상석에 앉았다. 이 순간, 그의 머릿속에 팽팽하던 현이 다소나마 풀어지는 것 같았다. 그는 탁한 숨을 내쉰 후 눈을 감고 가볍게 미간을 찌푸렸다.

혁소해는 속으로 조금 불안하던 차였는데, 군구신의 이런 모습을 보자 더더욱 당황스러웠다. 그는 화를 가라앉히기 위해 노력하고 있었지만 군구신이 계속 눈을 뜨지 않자 결국은 다급해지고 말았다.

"정왕 전하, 저와 기욱의 독은 이 이상은 시간을 끌 수 없습니다!"

그러나 군구신은 그의 말을 들었는지 말았는지, 여전히 가볍게 미간을 찌푸린 채 대답하지 않았다.

혁소해가 눈썹을 치켜세우며 다시 외쳤다.

"고비연이 약에 정통하다지요. 독도 잘 안다고 들었습니다! 그, 고비연에게 보이는 것은 어떻겠습니까?"

혁소해의 이 말은 군구신에게, 백리명천을 협박할 수 없다면 비연을 핍박하라는 뜻이었다. 마침내 군구신이 눈을 들어 그를 바라보았다.

"그것도 방법이군!"

그 말에 혁소해가 순간 안도의 한숨을 내쉬었다.

"그럼……."

혁소해가 막 입을 열려는 순간, 군구신이 망중을 바라보며 말했다.

"가서 안배를 끝내도록! 쓸모없는 사람은 깨끗하게 처리하고! 그리고 수하들을 데려와 이 장원을 깨끗하게 청소해라. 본 왕이 여기 며칠 더 머물러야겠다."

망중이 바로 명을 받들어 나갔고, 혁소해는 잠시 멈칫하다가 곧 경악했다. 군구신은 지금 혁소해의 수하들을 처리하고, 자신의 사람으로 이 차장을 채우려 하고 있었다!

혁소해는 하루 종일 여러 가지로 신경을 쓴 데다 두 다리도 고통스러운 상황이었다. 그는 이미 평소의 인내심을 잃은 상태였다. 결국 대뜸 본론부터 꺼내고 말았다.

"군구신, 그건 대체 무슨 뜻이지?"

군구신은 그의 말에 대답하지 않고 반문했다.

"본 왕이 원하는 사람들은?"

그는 혁소해의 허튼소리를 믿지 않았다. 그가 오늘 한 걸음만 늦었어도 혁소해는 아마 사라져 버렸을 것이다! 그런데도 지금까지 인내한 것은 비연과 백리명천 앞에서 혁소해와 말다툼을 벌이고 싶지 않았기 때문이었다.

혁소해가 냉소하기 시작했다.

"하하! 보아하니 이 늙은이와 정왕 전하는 친우가 되기 힘들 것 같소이다. 정말 유감이군! 이 늙은이는 정왕 전하를 속인 적 없고, 그저 려금의 명령대로 일을 처리했을 뿐 무엇을 좌우할 능력은 없지! 자, 정왕 전하께서 이 늙은이와 기욱의 독을 해독해 주신다면 려금이 숨어 있는 곳을 알려 드리고, 동생을 구하는 것도 도와 드리지."

혁소해는 이미 주판알을 튕겨 본 다음이었다. 그는 군자택을 내주는 대신 려금은 자신의 패로 남겨 둘 생각이었다. 그러나 안타깝게도 군구신은 그렇게 쉽게 속일 수 있는 사람이 아니었다!

군구신이 조소 띤 얼굴로 물었다.

"혁소해, 아직 모르는 모양이군. 여회가…… 죽은 것을!"

이 말을 들은 순간 혁소해의 안색이 변했다!

군구신은 하소만을 시켜 여회를 처리하게 했다. 하지만 안타깝게도 하소만이 여회의 입을 통해 알아낸 것은 려금이 백리명천에 의해 중상을 입었다는 것, 혁소해가 수희를 통해 백리명천을 함정에 빠트렸다는 것뿐이었다.

려금이 중상을 입은 상황에서, 혁소해와 같이 야심만만한 자가 무슨 이유로 려금의 명령을 듣겠는가?

몸을 일으킨 군구신이 기욱 곁으로 한 걸음 한 걸음 다가가더니, 그의 목을 잡고 말했다.

"혁소해, 본 왕의 추측이 틀리지 않았다면 너는 혁씨가 아니라 기씨겠지. 본 왕은 백리명천이 너에게 무슨 짓을 했는지 모르겠지만, 네가 계속 사람을 내놓지 않는다면, 본 왕이 너희 기씨 가문의 대를 철저히 끊어 줄 것이다!"

## 혁소해의 신분

　백리명천은 기욱이 혁씨 가문의 자식이 아닐까 의심했지만, 군구신은 손에 쥔 실마리를 통해 혁소해가 사실 기씨 가문 사람인데 소 숙부로 사칭하고 있다고 의심하고 있었다.

　혁소해는 경악한 표정으로 군구신을 바라보며 한참 동안 아무 말도 하지 못했다.

　군구신은 기분이 극도로 좋지 않은 상태라 인내심이 바닥나 있었다. 그는 혁소해의 대답을 기다리지 않고 기욱의 목을 조르기 시작했다.

　혁소해가 경악하여 외쳤다.

　"그만! 그만!"

　군구신은 그제야 손을 놓고 얼음처럼 차가운 눈으로 그를 노려보았다.

　혁소해는 평생 수많은 이들을 만나고 겪어 왔다. 그러나 이 순간 군구신의 눈과 같이 무정하고 차가운 눈은 처음이었다. 경악한 혁소해는 생각했다. 지금 만약 자신이 한 걸음 물러나지 않는다면, 기욱은 곧 죽고 말 것이다!

　혁소해는 재빨리 바깥을 향해 소리쳤다.

　"여봐라! 여기!"

　밖에 발이 묶여 있던 시위가 들어오려 했으나 문 앞을 지키던 시위에게 제지당했다. 그러자 혁소해가 큰 소리로 외쳤다.

"어서, 어서 사람을 데려와! 어서!"

시위가 재빨리 떠나는 것을 확인한 혁소해는 고개를 돌려 군구신에게 다급하게 말했다.

"정왕 전하, 황상과 려금은 근처에 있습니다. 곧 올 테니, 제발 기욱을 놓아주십시오!"

군구신은 기욱의 목을 조르던 손을 놓고 혁소해에게 다가왔다. 혁소해는 불안한 마음에 무의식적으로 뒷걸음질 치려 했으나, 두 다리가 아파 꼼짝도 할 수 없었다.

군구신이 그의 앞에 발걸음을 멈추고 몸을 굽혔다. 혁소해의 두 손은 그나마 자유로웠지만, 멍한 나머지 손을 움직일 수도 없었다. 군구신이 가까이 오자 그는 계속 뒤로 몸을 젖히게 되었다.

군구신은 직접 혁소해의 얼굴을 살펴보았다. 그의 얼굴에는 아무 이상도 없어 보였다. 화장을 한 것도, 가면을 쓴 것도 아니었다. 군구신은 답답한 마음이 들었다.

방금 혁소해의 반응을 보면 그의 추측이 아마 옳을 것이다. 그러나 이 얼굴은…… 대체 어떻게 된 일일까? 혈연관계가 없는 상황에서, 기씨 가문의 사람이 어떻게 혁씨 가문의 사람과 똑같이 생길 수 있단 말인가!

군구신이 차갑게 물었다.

"너는 대체 기씨 가문의 누구냐?"

혁소해는 본래 불안해하고 있었지만, 이 말을 듣는 순간 군

구신이 그저 자신을 의심하고 있을 뿐 아직 비밀을 알지 못한
다는 사실을 알아차렸다. 그는 저도 모르게 안도의 한숨을 내
쉬며 말했다.

"정왕 전하, 저는…… 저는……. 기씨 가문은 전하와는 큰
원한이 없지 않습니까?"

군구신은 몸을 꼿꼿이 세운 채 차가운 눈으로 혁소해를 바라
보며 대답하지 않았다.

혁소해는 잠시 기다리다가 한마디 덧붙였다.

"기씨 가문이 군씨 황족을 배신한 것은 형세에 밀려 어쩔
수 없었던 것뿐입니다. 마, 만약 그때 고비연이 중간에서 이간
질만 하지 않았다면, 그리고 그런 식으로 기씨 가문을 핍박하
지 않았다면 기씨도…… 기씨도 만진국에게 투항하는 일은 없
었을 겁니다. 게다가 군씨 황족이 천염국을 세울 때 기씨 가문
도…… 공로가 꽤 컸고……."

혁소해는 속으로 찔리는 구석이 있는지 계속 우물쭈물했다.
군구신이 불쾌하다는 듯 물었다.

"대체 하고 싶은 말이 무엇이냐?"

혁소해가 기욱을 흘깃 보더니 말했다.

"정왕 전하, 이 늙은이가…… 감히 청을 올리겠습니다. 기씨
가문이 천염국에 공로가 있음을 생각하셔서 과거의 잘못은 묻
지 마시고, 이 늙은이와 기욱을 한 번만 봐주십시오! 전하께서
이 늙은이와 기욱의 독을 해독하고 놓아주신다면, 이 늙은이도
전하께 신분을 말씀드리겠습니다……."

군구신이 두 눈을 가늘게 떴다. 아무리 봐도 혁소해의 이 제안에는 아무 관심도 없는 것 같았다.

혁소해가 다급하게 다시 말했다.

"제 신분뿐 아니라 빙해의 비밀도 알려 드리겠습니다! 지살과는 무관한 비밀입니다! 축운궁주와 려금도 알지 못하는 비밀! 아마…… 고운원도 알지 못하는 비밀일 것입니다!"

군구신은 무표정하게 혁소해에게 손을 뻗었다. 그가 살짝 힘을 쓰자 그의 손바닥에 마름모꼴 빙정이 떠올랐다. 손가락 한마디 크기의 투명한 빙정은 한기를 내뿜고 있었다.

혁소해가 눈을 휘둥그렇게 뜬 채 멍한 표정을 지었다.

"이건……."

군구신이 말했다.

"빙해에서 전투가 있었던 그때, 기씨, 혁씨, 소씨, 세 가문이 원하던 것이 바로 이것 아니었나? 빙해 안에 있다는 불로불사의 힘도 바로 이것이겠지?"

혁소해가 경악한 얼굴로 말했다.

"이, 이건……. 이게 어떻게 전하께……?"

혁소해는 아주 잘 기억하고 있었다. 그때 그들 세 가문은 한운석이 봉황력을 발휘하도록 핍박해 빙해의 빙핵을 꺼내려 했고, 결과적으로 빙해가 녹았다. 이 빙정은 분명 빙핵 속에 숨겨져 있었다.

그러나 후에 비연이 10품 봉황력을 발휘하면서 지살의 힘을 철저하게 분출시켰고, 그 후 대체 무슨 일이 있었는지는 알 수 없었지만 빙해는 원래의 모습으로 되돌아오며 독에 감염되었다.

군구신이 말했다.

"보아하니 말하려던 비밀이 이 빙정은 아닌 모양이군! 하지만 관계없다. 본 왕이 말해 줄 수 있으니까! 이 빙정은 이미 한참 전부터 빙해에 있지 않았다. 너희 기씨 가문이건, 아니면 혁씨와 소씨 가문이건, 그때 했던 모든 일이 그야말로 가소로운 짓이었지!"

혁소해는 믿을 수 없다는 듯 고개를 저었다.

군구신이 희미하게 웃기 시작했다. 살며시 올라간 그의 입끝에는 조소가 가득 담겨 있었다.

"려금이 불로불사에 관한 소문을 내자 너희 세 가문이 신이나서 뛰어들었지. 그렇게 려금에게 이용당해 이리 뛰고 저리뛰고 해 보니 어땠나? 그만한 가치가 있었나? 하하! 당시 기씨, 혁씨, 소씨 가문의 세력을 생각해 보면…… 만약 빙해의 변고만 아니었다면 아마도 세 가문이 현공대륙을 삼분했겠지. 어쩌면 운공대륙까지 차지했을지도!"

군구신이 혁소해에게 의미심장한 눈길을 보내며 덧붙였다.

"정말이지 너희 모두 어리석기 짝이 없군!"

평소였다면 혁소해는 군구신이 자신을 자극하고 있다는 사실을 알아챘을 것이다. 그러나 이미 지쳐 기진맥진한 데다 대세마저 기운 상황이었다. 혁소해는 군구신의 의도를 알아채지 못했을 뿐 아니라, 심지어 평소 과묵하던 군구신이 이상할 정도로 말이 많다는 것도 눈치채지 못했다.

그는 군구신의 입가에 떠오른 비웃음이 거슬린 나머지 깊이 생각하지 않고 외쳤다.

"혁소천과 소제성이야 시야가 좁은 이들이지만, 내가 그때 원한 건 단순히 빙정만이 아니었다!"

군구신이 기다렸던 것은 바로 이 말이었다!

그가 갑자기 소리 내어 웃기 시작하자 혁소해는 심장이 내려앉고 말았다. 자신이 해서는 안 될 말을 했음을 깨달은 것이다.

군구신은 기욱과 혁소해의 관계를 의심하기 시작한 후, 대체 그들이 어떤 관계일지 계속 고민하고 있었다.

군구신은 기씨 가문에 대해서는 꽤 잘 아는 편이었다. 게다가 기씨 가문의 직계와 방계 모든 노인을 조사했으나 혁소해와 비슷한 사람은 찾지 못했다. 그는 자연스럽게 혁소해가 기연결이 아닐까 의심하게 되었다!

그러나 모순적인 것은, 기연결은 당시 빙해의 전투에서 참혹한 죽음을 맞았다는 점이었다. 헌원예와 칠 숙부가 직접 목격한 바이니, 기연결의 시신이 산산조각이 난 것이 거짓일 수는 없었다.

군구신은 도저히 이해할 수 없어 이런 식으로 탐색해 보는 수밖에 없었다. 그리고 방금 혁소해가 보인 반응이 그의 의혹을 풀어 주었다.

"백리운봉이 이미 자백했다. 그때 려금이 일부러 소문을 퍼뜨렸을 뿐 아니라, 몰래 기씨 가문의 가주 기연결과 결탁했노라고. 세 가문의 가주가 함께 빙해를 도모할 때, 겉보기로는 혁씨 가문이 주도한 것 같았지만, 사실 너희 기씨 가문이 선동했다고 하더군!"

군구신이 깊은 눈빛으로 혁소해를 응시하며 일부러 느릿한 어조로 물었다.

"확실히 너는 시야가 좁은 인물은 아니야. 네가 바랐던 것은 단순히 빙정만이 아니라, 려금의 《운현수경》도 포함해서였겠지. 자, 본 왕의 추측이 옳지 않으냐, 기연결!"

군구신의 추측이 옳았다. 이 혁소해는 진짜 혁소해가 아니라 기연결이었다!

기연결은 눈을 휘둥그렇게 뜬 채 그대로 굳어 버린 것 같았다. 그의 친손주인 기욱도 그의 진짜 신분을 의심하지 않았는데, 군구신이 자신의 정체를 알아차리다니. 그로서는 감탄하지 않을 수 없었다!

기연결이 중얼거렸다.

"어, 어떻게 안 거지?"

군구신은 그의 의혹을 풀어 주지 않고 냉랭하게 말했다.

"네 얼굴은 대체 어떻게 된 건가?"

# 하소만이 진상을 알다

군구신이 일깨우지 않았다면, 기연결은 황망한 나머지 제 마지막 패마저 잊을 뻔했다.

그는 군구신을 바라보며 속으로 감탄하고 있었다. 수십 년 동안 이런저런 음모를 세워 오면서, 이렇게 낭패한 꼴로 군구신의 손에 떨어지는 날이 올 거라고는 생각한 적이 없었다!

려금에게 이용당하거나 축운궁주에게 속을 때에도, 이렇게 철저하게 패배감을 느낀 적은 없었다. 군구신이 방금 했던 말들은 한마디 한마디 모두 올가미였고, 그는 아무것도 눈치채지 못한 채 결국 모든 것을 고백하고 말았다!

그가 큰 소리로 웃으며 말했다.

"과연 군씨 가문의 적장자, 구려족의 후예로군! 이 늙은이, 진심으로 탄복했다! 군구신, 내가 말해 주려던 빙해의 비밀은 바로 나의 이 얼굴과 관련된 것이다. 이렇게 된 이상 나도 무서울 게 없지. 자, 네가 우리 조손 두 사람의 독을 해독하고 놓아주기만 한다면, 나도 너에게 비밀을 말해 주겠다. 그리하지 않을 거라면…… 우리를 죽이건 능지처참을 하건 네 마음대로 해라!"

군구신은 잠시 생각에 잠기더니 결국 고개를 끄덕였다.

"좋다!"

그러고는 시위에게 명령했다.

"가서 하소만에게 비연을 데려오라 해!"

비록 백리명천이 쓴 독이라 해도, 비연의 능력이라면 해독이 어렵지 않을 것이다. 계속 조마조마하던 기연결의 심장이 마침내 가라앉았다.

그러나 군구신은 쉴 시간을 주지 않고, 어떻게 수희를 이용해 백리명천을 함정에 빠트렸는지 기연결에게 물었다.

기연결은 숨김없이 모든 것을 말하고는 수희와 한우아가 어디 있는지 자백했다. 군구신은 바로 사람들을 보내 수희와 한우아를 찾아오게 했다.

얼마 지나지 않아 하소만과 시위 몇 명이 비연을 데려왔다. 문 안으로 들어온 비연은 기연결과 기욱은 제대로 보지도 않고, 차가운 눈으로 군구신을 노려보았다.

군구신은 자리에 앉은 채 명령하듯 말했다.

"해독해!"

비연은 한껏 경멸을 담아 미소 지으며 그 자리에서 미동도 하지 않았다.

군구신이 몸을 일으키더니 한 걸음 한 걸음 다가왔다. 그 잘생긴 얼굴은 방금보다 더 차갑게 변해 있었다.

그러나 비연은 지금까지 단 한순간도 그를 무서워한 적이 없었다. 그녀는 차가운 눈으로 그의 눈을 응시하며 기다렸다.

군구신이 갑자기 곁에 있던 하소만을 끌어당기더니 목을 조르며, 다른 한 손으로는 비연에게 서신을 한 통 건넸다. 바로 풍화도에서 온 서신이었다.

하소만은 당황한 표정이었지만 감히 미동도 할 엄두를 내지 못하고 물었다.

"저, 전하……. 전하, 왜 이러십니까? 전하?"

비연도 연유를 알 수 없어 재빨리 서신을 펼쳐 보았다.

서신을 다 읽고 나자, 안 그래도 창백하던 비연의 얼굴이 더더욱 하얗게 질렸다. 이제 그녀의 얼굴에 혈색이라고는 전혀 없어 보였다.

서신 속에는 수많은 비밀이 적혀 있었는데, 그중 하소만의 신분에 관한 이야기도 있었다! 비연은 너무나 놀라는 동시에 더더욱 분노하기 시작했다.

"당신, 이 서신을 받고도……! 당신……."

분노가 극에 달한 그녀는 서신을 군구신의 얼굴에 집어 던졌다.

"비열한! 수치도 모르는!"

서신은 군구신의 얼굴에 맞고 떨어졌다.

군구신의 얼굴은 여전히 차가웠다. 그는 하소만의 목을 더욱 꽉 눌렀고, 하소만은 이제 말조차 할 수 없는 상황이 되었다. 그 모습을 본 비연이 분노하여 외쳤다.

"하소만은 자신의 신분도 모르는 상태에서 계속 당신에게 충성했어. 그런데 꼭 그에게까지 그래야겠어?"

이 말을 들은 하소만은 즉시 뭔가 잘못 돌아가고 있다는 사실을 알아차렸다. 그는 발버둥 치고 싶었고, 묻고 싶었다. 그러나 어떻게 해도 몸을 꼼짝할 수조차 없었다.

군구신은 대답하지 않았다. 대신 위협 어린 그의 눈빛이 더 더욱 짙어져 갔다.

비연은 분노로 눈이 다 붉어진 상태였지만, 꾹 참고 눈물을 흘리지 않았다.

"고남신, 내려놔! 우리 사이의 일에 이 이상 무고한 사람은 끌어들이지 말자고. 당신이 하소만을 내려놓고 사실을 이야기 해 주기만 하면, 그게 어떤 상황이건 나는 전부 당신 뜻을 따를 테니까. 당신이 뭘 하고 싶건 내가 다 따르겠다고! 그러니 어서 내려놔!"

그러나 군구신은 미동도 하지 않고 손에 힘만 더할 뿐이었다.

비연은 다급한 나머지 앞으로 달려 나와 그의 팔을 잡아끌었 다. 그러나 안타깝게도 그녀의 힘으로는 그의 팔을 끌어 내릴 수 없었다.

그녀가 하소만을 안으려 했을 때, 군구신이 불시에 그녀를 밀었다. 창졸간의 일에 비연은 균형을 제대로 잡지 못하고 그 대로 나동그라지고 말았다.

군구신의 손이 살짝 굳었으나, 곧 원래의 모습을 회복했다. 그는 비연은 쳐다보지도 않고 천천히 하소만의 목을 쥔 손에서 힘을 풀더니 말했다.

"네 아버지가 누구인지 아느냐?"

하소만이 긴장한 표정으로 눈을 휘둥그렇게 떴다.

군구신이 희미하게 웃기 시작했다.

"네 아버지는……."

비연이 분노하여 외쳤다.

"닥쳐!"

이 상황에서 하소만이 진실을 알게 된다면 대체 어떤 반응을 보일까? 비연으로서는 상상하고 싶지도 않았다.

그러나 군구신은 비연은 바라보지도 않고 계속 말했다.

"네 아버지 이름은 백리율제, 과거 운공대륙 백리 군부의 소장군이었지. 현재 백리 군부의 가주고 말이다!"

하소만은 도무지 자신의 귀를 믿을 수 없었다.

"전하, 대, 대체…… 무슨 이야기를 하시는 겁니까? 저, 저는 모르겠습니다! 전하, 설마…… 설마 무슨 오해라도 있는 것은 아닌지요? 일단 저를 놓아주십시오, 너무 괴롭습니다."

"본 왕도 네 부친이 헌원 황족의 가장 충성스러운 개인 줄은 몰랐다! 하하, 백리 군부는 헌원 황족에게 있어 노비나 마찬가지인 존재들이지."

군구신이 손을 놓더니 계속 말했다.

"하지만 너희 인어족은 원래 구려족의 노비기도 했지. 말해라. 본 왕이 너를 남겨 두어야 할까?"

하소만이 비틀거리며 비연 곁에 주저앉았다. 모든 일이 너무 갑작스럽게 벌어졌기에 그로서는 도무지 소화해 낼 방법이 없었다.

하소만은 이게 대체 어찌 된 일인지 파악하기도 전에 먼저 눈시울을 붉혔다. 그는 군구신을 바라보며 '전하.'라고 중얼거린 후, 목이 메는 듯 그 이상 아무 말도 하지 못했다.

어떻게 이렇게 되어 버린 걸까?

여회가 위협했을 때, 하소만은 자신이 백리 군부 출신이 아닐까 의심했었다. 그러나 그는 계속 요행을 바라고 있었다. 자신이 대진국을 배신하고 려금에게 투신한 쪽이 아니기를, 그리고 대진국에게 충성을 바치던 쪽도 아니기를……. 자신의 부모가 그저 보통의 금인어족이기를 바랐던 것이다.

하소만의 선택은 천염국에 남는 것, 정왕 전하의 곁에 있는 것, 전하에게 은혜를 갚는 것이었다! 황상을 대신해 불평을 늘어놓으며!

그런데 자신이 백리 군부의 후계자라니! 이건 너무…… 너무하지 않은가!

그러나 가장 너무한 것은, 사람의 마음을 가장 아프게 하는 것은, 정왕 전하가 그에게 모든 사실을 속였을 뿐 아니라 지금 그를 이용해 비연을 위협하고 있다는 사실이었다!

하소만은 상황을 파악할수록 점점 더 괴로워졌다. 그는 비연을 바라보았고 다시 군구신을 바라보았다. 눈물이 흐르기 시작했다.

군구신의 눈에 단호한 빛이 스쳐 가는가 싶더니, 비연과 하소만의 시선을 피해 성큼성큼 걸어 다시 자리에 앉았다. 그리고 차가운 목소리로 명령했다.

"여봐라, 하소만을 끌고 나가 매질을 해라!"

비연이 다급하게 두 팔을 벌리고 하소만 앞으로 나섰다.

"해독하지 않겠다는 것은 나잖아! 능력이 되면 나에게 똑같이 해 보시지? 아이 하나를 괴롭혀서 뭐 어쩌겠다는 거야?"

이 말을 들은 순간 하소만의 가슴이 그야말로 꽉 막혀 왔다. 그의 머릿속에 예전 천염국 감옥에서의 일이 떠올랐다.

그때 그와 비연은 함께 감옥으로 들어갔고, 비연은 그를 지키려고 일부러 회녕 공주에게 도전해 고문을 받았다. 그녀는 심지어 제대로 서 있지도 못하는 상황이 되어서도 그를 제 뒤로 숨겨 주려 했었다. 지금 비연이 고집을 부리는 모습은 그때와 똑같았다!

하소만이 중얼거렸다.

"비연, 나는 너를 배반했는데……. 어째서 이러는 거야!"

# 하마터면 믿을 뻔했잖아

비연은 하소만 앞을 막아선 채 군구신을 노려보았다.

비연이 차가운 목소리로 말했다.

"알지 못하는 자는 죄가 없는 법이야. 너는 그의 사람이니, 그에게 충성을 다하는 것이 옳지! 다만 너는 우리 대진국 사람이기도 하고, 네 부친은 우리 헌원 황족을 배반한 적이 없으니, 내가 반드시 그에게 설명해야 하는 거야!"

하소만은 부끄럽기도 하고 절망스럽기도 했다. 그리고 그의 마음속에는 여전히 자신이 오래 좇아온 주인이 이런 식으로 자신을 대하는 걸 믿을 수 없다는…… 그런 생각도 있었다.

하소만이 중얼거렸다.

"비연, 나를 지켜 줄 필요 없어! 난 이런 일을 당해도 마땅하니까! 내가 계속…… 주인님께 너를 배반하라고 했어. 내 이기심 때문에, 혁소해의 수하와 결탁해서! 난 이렇게 당해도 싸! 다 내 탓이야! 다 내 탓이야……."

비연이 그의 말을 잘랐다.

"네 탓이 아니야! 다른 사람 탓도 아니고. 내가 탓할 사람은 단 한 사람뿐이지. 나는 심지어 그를 미워하기 시작한걸!"

이 말을 들은 군구신이 웃기 시작했다. 차갑게 올라간 입꼬리 아래 숨겨진 고통은…… 곧 사라져 보이지 않게 되었다.

군구신이 냉소하며 말했다.

"본 왕 이야기인가? 마음대로 말하고, 마음대로 미워하도록! 여봐라, 뭘 하는 거냐! 비연을 끌어내고, 하소만을 끌고 나가지 않고!"

비연은 있는 힘을 다해 하소만을 끌어안는 동시에 봉황력을 소환하려 해 보았다. 그러나 분노의 정점에 달해 있음에도 불구하고 봉황력은 여전히 소환할 수 없었다.

독약도 무기도 없으니, 그녀로서는 훈련이 잘된 남자 시위들을 당해 낼 방법이 없었다. 그녀는 곧 시위들에게 잡혔고, 하소만은 밖으로 끌려 나갔다.

비연이 분노한 눈으로 군구신을 바라보며 외쳤다.

"군구신, 마지막으로 말하겠어! 당신이 무엇 때문에 이러는지는 모르겠지만, 어서 이 우둔한 행동을 그만둬! 아니면⋯⋯. 나는 영원히 당신을 용서하지 못할 거야! 영원히!"

군구신이 희미하게 웃으며 말했다.

"본 왕은 너의 용서를 바라지 않는다. 네가 혁소해와 기욱의 독을 해독해 주기만 한다면 본 왕이 바로 멈춰 주지. 그러지 않겠다면, 본 왕은 고칠소 일행이 시신을 수습하러 오기를 기다릴 수밖에!"

비연이 주먹을 쥐며 외쳤다.

"당신⋯⋯!"

군구신은 그녀를 상대하지 않고 문밖을 바라보았다. 곧 '퍽', '퍽' 하는 소리가 들려왔다. 시위들이 하소만에게 매질을 시작한 것이다!

소리로 듣건대 결코 약한 매질이 아니었다. 그러나 하소만의 비명은 들려오지 않았다. 참고 있는 게 분명했다.

비연의 손톱이 손바닥을 파고들었다. 화가 난 나머지 온몸이 부들부들 떨리고 있었다!

고요한 방 안에 매질 소리만이 유난히도 또렷하게 들려왔다. 그 소리는 바로 비연의 심장을 치고 있는 것 같았다!

그러나 그녀는 정말로 기욱 일행을 구하고 싶지 않았다. 아니, 그들을 가장 고통스럽게 죽이고 싶었다. 그들은 그녀의 원수가 아닌가. 그녀가 대체 어떻게 그들을 구한단 말인가?

하지만 그들을 구하지 않는다면 하소만은…… 하소만은 어떻게 될까? 계속 저렇게 맞다가는 하소만이 목숨을 잃을 수도 있다.

이 순간 맞고 있는 것이 그녀였다면 그녀는 끝까지 버텼을 것이다. 그가 정말로 그녀의 목숨을 빼앗아 갈 수 있는지 지켜보면서.

그러나 이 순간 맞고 있는 것은 하소만이었다! 비연은 아무것도 확신할 수 없었다. 군구신은 얼마 전 진묵에게도 심하게 손을 쓰지 않았던가.

비연은 기욱 일행을 바라보았다. 그들을 보는 순간 그녀의 마음속에 원한이 가득 찼다. 군구신은 결코 그녀를 설득하지 못할 것이다!

그러나 바로 그 순간, 문밖에서 고통에 찬 비명이 들려왔다.

하소만이 마침내 참지 못하고 비명을 내지르기 시작한 것이다.
한 번, 또 한 번, 그리고 어느 순간 그 참혹한 비명이 멈췄다!

비연이 경악해 외쳤다.

"하소만! 하소만!"

그러나 군구신은 안색 한번 바꾸지 않고 냉랭하게 물었다.

"무슨 일인가?"

시위가 급히 들어와 보고했다.

"전하, 하소만이 피를 토하며 정신을 잃었습니다."

비연이 군구신을 바라보았다. 그러나 그녀가 입을 열기도 전에 군구신이 냉랭하게 말했다.

"계속해!"

"고남신!"

비연은 거의 울부짖고 있었다.

"그만! 그만하란 말이야!"

군구신은 무표정한 얼굴로 그녀를 제대로 쳐다보지도 않았다. 물론 대답도 없었다. 비연은 마침내 굴복하고 말았다. 그녀는 심호흡 후에 말했다.

"해독할 테니까!"

그때야 군구신이 고개를 돌렸다. 그가 그녀를 흘깃 보더니 시위에게 손짓했다. 시위는 그제야 비연을 놓아주었다.

비연은 바로 문밖으로 달려갔지만, 문을 지키던 시위들에게 제지당했다.

그녀는 도망치려는 것이 아니었다.

그저 하소만을 보고 싶었던 것뿐.

하소만은 긴 의자 위에 엎드려 있었는데, 머리가 축 늘어진 것이 정신을 잃은 듯했다. 그의 등은 온통 피범벅이었다.

비연은 눈이 붉어진 채 외쳤다.

"비켜! 어서 비키란 말이야! 일단 하소만을 치료해야 하니까!"

그러나 시위들은 군구신의 명령 없이는 감히 움직이려 들지 않았다.

비연이 군구신을 돌아보며 외쳤다.

"먼저 하소만을 구하게 해 줘!"

군구신은 손가락을 튕기더니 기연결 일행을 가리켰다.

"먼저 구해야 할 자들은 저들이겠지. 계속 쓸데없는 말을 한다면, 본 왕은 계속 때리라고 할 수밖에 없다."

비연은 고개를 저었다. 이 순간, 그녀는 하마터면 믿을 뻔했다. 그가 정말로 그녀를 배반했노라고! 그녀는 하마터면 그에게, 어째서 이렇게 변해 버렸느냐고 물을 뻔했다!

그러나 그녀는 모든 충동을 억누르고, 마지막의 마지막까지 참아 내며 기연결에게로 다가갔다. 그리고 그 앞에 쪼그리고 앉아, 기연결의 다리 하나를 들고 조용히 검사해 본 다음에야 차가운 목소리로 물었다.

"중독 후의 증상은?"

기연결은 군구신이 헌원 황족을 배반했다는 것은 믿고 있었지만, 비연에게 어떤 감정을 남겨 두고 있는지는 확신할 수 없었다. 그는 이 이상 귀찮은 일을 피하려고, 솔직하게 대답한 후 별다른 말은 하지 않았다.

이야기를 들은 비연은 아무 말도 하지 않고 다시 기욱의 다리를 살펴보았다. 이때 기욱이 깨어났다.

기욱은 비연을 본 다음 다시 기연결과 군구신을 바라보았다. 그는 상황을 파악하지 못한 상태였기에 자신이 군구신과 비연의 손에 떨어졌다고 생각했다. 그는 경악하여 재빨리 몸을 웅크리며 다급하게 말했다.

"소 숙부, 이게 어찌 된 일입니까?"

기연결이 재빨리 그에게 눈짓하며 말했다.

"두려워할 것 없다. 정왕 전하께서 계시니, 고비연도 우리를 해독해 주지 않을 도리가 없을 거다! 백리명천은 이미 전하에 의해 감금된 상태고!"

이 말을 들은 기욱은 저간의 상황을 파악하고 크게 안도의 한숨을 내쉬더니, 곧 활짝 웃었다.

"정왕 전하께서는 역시 대단하십니다!"

그는 재빨리 다리를 비연의 얼굴 앞으로 들이밀고 재촉했다.

"빨리 보지 않고 뭐 해!"

비연은 눈을 내리깐 채 계속 다리를 검사하며 물었다.

"이렇게 하면 아픈가?"

기욱이 불쾌하다는 듯 말했다.

"아파, 좀 살살 눌러!"

비연이 다시 물었다.

"어떻게 아픈데? 찌르듯이? 아니면 마비되는 듯이?"

기욱이 고함쳤다.

"두 가지 다야! 살살 누르라니까!"

비연은 살살 누르기는커녕 오히려 더 힘을 주어 누르며 물었다.

"이렇게 하면?"

기욱은 너무 아픈 나머지 다른 다리로 비연을 사납게 걷어찼다. 창졸간의 일이라 비연은 그대로 나동그라지고 말았다.

비연은 분노한 눈으로 그를 바라보았다. 눈빛으로 살인할 수 있다면, 그녀는 당장 그를 죽여 버렸을 것이다!

그러나 본래 화가 나 있던 기욱은 그런 비연을 보자 큰 소리로 웃기 시작했다.

"왜, 기분이 나쁘기라도 한 모양이지? 고비연, 아, 아니지. 본 소야가 너를 헌원연이라 불러야 맞겠지? 자, 너는 아주 난폭하잖아? 어디, 지금도 난폭하게 굴 수 있는지 본 소야가 보고 싶은걸. 본 소야에게 시집오지 않겠다고 외칠 때는 꽤 기세가 좋았는데, 그 기세는 지금 어디 갔지? 하하, 기개라고는 전혀 없는 것 같고! 너희 헌원 황족의 원한마저 모두 잊어버린 건가?"

## 만약 눈물이 흘러내린다면

기욱은 오랫동안 참고만 지내다가 겨우 잘난 척할 기회를 잡은 셈이라 이 기회를 놓칠 수 없었다. 게다가 그는 기연결이 군구신과 진정한 협력 관계에 이르지 못했다는 사실을 알지 못하고 있었다.

기연결이 계속 눈짓을 보내는 것을 보지 못한 그가 도전하듯 비연을 바라보며, 손가락을 까닥거리며 명령하듯 말했다.

"자, 이리 오라고. 어서 계속해! 본 소야를 잘 살펴보란 말이다! 그리고 겸사겸사 본 소야의 다리를 안마하도록 해!"

비연은 미동도 하지 않은 채 차가운 눈빛으로 그를 노려보았다.

기욱이 큰 소리로 웃기 시작했다.

"하하! 헌원연, 너 원래 아주 난폭하잖아! 얼마나 난폭한지 한번 보자니까? 네가 원래 이런 폐물인지 알고 있었지! 바로 네 부황, 모후와 똑같이 폐물이야……."

갑자기 비연이 몸을 던지다시피 하더니 주먹으로 사납게 기욱의 얼굴을 내리쳤다. 기욱은 창졸간의 일이라 그대로 얻어맞아 얼굴이 돌아가고 말았다.

비연은 거기서 멈추지 않고 두 손으로 기욱의 왼쪽 다리를 높이 들어 올리더니, 사납게 바닥에 내팽개쳤다. 중독된 상황이 아니라고 해도 이렇게 내팽개쳐지면 아플 수밖에 없을 정도였다. 중독까지 된 기욱은 고통으로 방 안 전체가 떠나가라 비명을 질렀다.

비연이 다시 기욱의 오른 다리를 높이 들었다.

이때 모든 이들이 정신을 차렸다. 기연결이 제지하려 했지만, 제 몸이 움직여지지 않는 것을 깨닫고 다급하게 소리쳤다.

"멈춰! 멈추란 말이다!"

군구신의 명령 없이는 시위 중 아무도 움직이려 하지 않았다. 기연결은 군구신을 바라보며 외쳤다.

"정왕 전하! 어서! 어서 제지해 주시오!"

기연결이 고함을 지르는 동안, 비연은 이미 사납게 기욱의 오른 다리를 내팽개쳤다.

왼쪽 다리도 아픈데 오른쪽 다리마저 이렇게 내팽개쳐지니, 그야말로 엎친 데 덮친 격이었다. 기욱은 식은땀을 흘리며 하마터면 혼절할 뻔했다.

기욱이 엄마니 아빠니 부르며 우는 것을 보고 곁에 있던 시위들 모두 터져 나오는 웃음을 참느라 애를 먹었다.

군구신은 안타까운 눈빛으로 계속 비연만을 보고 있었다. 그러나 비연은 화가 머리끝까지 난 나머지 그런 그의 눈빛을 알아채지 못했다.

혁소해는 군구신의 눈빛을 보았으나, 그저 부부의 정이 조금 남아 있을 뿐이겠거니 생각하고 계속 소리쳤다.

"정왕 전하! 전하, 어서 제지해 주시오!"

비연이 기욱을 바닥에서 잡아끌려고 했을 때, 군구신이 마침내 입을 열었다.

"그만!"

그가 입을 여는 순간 시위들이 바로 다가와 비연을 제지했다. 비연은 숨을 몰아쉬며 시위들이 자신을 끌어내도록 내버려두었다. 그러나 여전히 기욱을 노려보며, 언제라도 죽일 듯한 기세로 외쳤다.

"너 기다려! 기다리라고!"

기욱은 아프기도 하고 놀라기도 해서 그야말로 후회막급이었다. 그는 비연의 목소리가 들리지 않는 것처럼 그녀의 시선을 피했다. 더는 그녀를 자극하고 싶지 않았다. 대신 군구신을 바라보았는데, 이 순간 군구신은 이미 모든 감정을 지우고 얼굴을 차갑게 굳히고 있었다.

기욱은 원래 군구신을 두려워하는 마음이 있었는데, 이런 얼굴마저 보게 되니 또 시선을 피하는 수밖에 없었다. 그는 기연결을 바라보며 구원을 청하는 시선을 던졌다.

기연결은 마음이 아팠으나, 동시에 자꾸만 일을 망치는 이 친손주를 야단치고 싶기도 했다. 그러나 사람들 앞에서 야단을 치기는 모양새가 좋지 않으니, 그저 기욱을 흘깃 보고는 계속 군구신에게 간청했다.

"정왕 전하, 저와 기욱의 독을…… 어서……."

기연결의 말이 끝나기도 전에 군구신이 그의 말을 자르고 비연에게 물었다.

"고비연, 다 되었나?"

비연은 여전히 기욱을 노려보기만 할 뿐 군구신은 쳐다보지도 않았다. 그러나 곧 손을 내밀더니 약왕정에서 해독약을 소환했다.

그녀는 해독약 하나를 기연결에게 준 다음, 나머지 하나를 기욱의 얼굴에 사납게 내팽개쳤다!

이때 모두가 두 해독약이 똑같지 않다는 것을 눈치챘다. 기연결이 의심스러운 표정을 짓는 가운데 기욱이 먼저 입을 열었다.

"우리, 같은 독에 중독되었는데 어째서 해독약이 다른 거지? 헌원연, 이, 이거 독약이지? 그렇지?"

비연은 대답하지 않았다.

기욱은 기연결을 바라보았고, 기연결은 군구신에게 묻는 듯한 시선을 던지는 수밖에 없었다.

군구신이 말했다.

"고비연, 본 왕의 말을 잊지 말도록! 하소만의 목숨은 너에게 달려 있다."

비연은 여전히 기욱을 노려보며 조소했다.

"겨우 그 정도 담력이란 말이지? 배짱이 있으면 먹지 말고 버텨 보든가!"

기욱이 분노하여 외쳤다.

"너!"

비연의 입가에 어린 조소가 더욱 짙어졌다.

"그거, 해독약 맞아. 믿건 말건 네 마음이지만!"

기욱이 다시 기연결을 바라보는 순간, 기연결이 참지 못하고 물었다.

"내 약과 기욱의 약이 분명 다른데, 대체 누구를 속이고 있는 것이냐?"

비연이 눈썹을 치켜세우며 냉소했다.

"마지막으로 말하는데, 모두 해독약이다. 믿건 믿지 않건 그건 그쪽 마음이지!"

기연결이 다시 군구신을 바라보았으나, 군구신은 그 이상 그들을 상대할 마음이 없었다. 그는 눈을 내리깐 채 차를 마시며 인내심을 발휘하고 있다는 듯한 표정을 지었다.

기연결은 속으로 저울질을 해 본 후, 단숨에 해독약을 먹었다.

기욱은 그 모습을 보면서도 여전히 망설이고 있었다. 기연결은 어쩔 수 없이 기욱에게 속삭였다.

"정왕 전하께서 고비연을 믿으시니, 우리도 믿지 않을 이유가 없다!"

기욱은 여전히 망설이고 있었다. 그는 한참 후에야 겨우 필사적인 동작으로 해독약을 삼켰다.

비연이 입꼬리를 들어 올리며 조소했다.

"개도 너보다는 배짱이 있겠다! 기씨 가문에 너 같은 자식밖에 없다는 건…… 아주 재미있는걸!"

기욱이 경고하듯 비연을 가리켰다.

기연결은 이 말을 듣고 분노하면서도 속으로는 인정하지 않을 수 없었다. 기욱 정도의 인물이 후계자라는 것은 기씨 가문이 실패한 것이나 마찬가지였다. 기연결은 속이 쓰려 어쩔 줄을 몰랐다!

비연의 약은 곧 효력을 발휘했다. 차 반 잔 마실 시간이 지나자 기연결과 기욱은 회복되었다. 두 사람은 몸을 일으켜 본 후, 문제없이 걸을 수 있다는 것까지 확인했다.

기욱은 몇 걸음 걸어 보더니 불시에 비연에게로 달려들었다. 그러나 이미 그런 상황을 예측한 군구신의 눈짓 한번에, 그들에게서 가장 가까이에 있던 시위들이 바로 기욱을 제지했다.

군구신이 몸을 일으켰다.

"보아하니 려금이 바로 도착하지는 않을 것 같군. 혁 노인, 본 왕과 함께 한잔하도록 하지. 본 왕은 오늘 기분이 아주 좋으니, 마땅히 축하해야 하지 않겠나?"

기연결은 마음에 짚이는 것이 있어 재빨리 말했다.

"오늘 전하께서 기뻐하심은 이 늙은이의 기쁨이나 마찬가지니, 마땅히 축하를 올려야지요! 하하, 가시지요!"

기연결이 기욱에게 따라오라고 눈짓한 뒤 군구신과 함께 밖으로 나갔다.

비연은 그 자리에 그대로 서 있었다. 눈에는 이미 눈물이 핑돌고 있었지만 그녀는 꾹 참았다.

문가에 도착한 군구신이 발걸음을 멈췄다. 그리고 뒤를 돌아본 순간, 눈물이 맺힌 비연의 두 눈동자와 눈이 마주쳤다.

군구신이 잠시 멈칫했고, 그 모습을 본 비연의 마음에 고통이 퍼져 나갔다. 그녀는 고개를 높이 들고 눈을 크게 뜬 채 있는 힘을 다해 눈물을 참았다!

그녀는 자신이 얼마 버티지 못하리라는 것을 알고 있었으나, 버틸 수 있는 만큼은 고집스럽게 버티고 있었다. 눈물을, 미움을! 눈물이 흘러내리는 순간, 그녀는 그를 미워하기 시작할 것이다.

군구신은 바로 몸을 돌렸다. 그는 분명 당황하고 있었다. 그리도 오랜 세월이 지났건만, 그는 여전히 어린 시절과 같았다. 그녀가 우는 것을 보면 마음이 어지러워 견딜 수 없었다.

그는 심호흡을 한 후에야 겨우 냉정을 유지할 수 있었다. 다행히 목소리만은 여전히 얼음처럼 차갑게 들렸다.

"여봐라, 비연과 하소만을 연금해 두도록! 본 왕의 허락 없이는 그 누구도 저들에게 가까이 갈 수 없다!"

말을 마친 그는 하소만을 흘깃 바라본 후 바로 성큼성큼 그 자리를 떠났다.

군구신은 기연결과 기욱을 데리고 다른 다실로 들어갔다. 기욱은 정말로 축하주라도 마시는 줄 알고 들떠 있었다. 그러나 군구신은 자리에 앉자마자 냉랭한 목소리로 말했다.

"기연결, 네 비밀을 들어 보아야겠다!"

기연결?

기욱은 그대로 경악하고 말았다…….

## 기연결의 비밀

기연결?

조부의 이름을 들은 기욱은 자신의 귀를 의심할 수밖에 없었다. 군구신이 잘못 불렀다고는 생각할 수 없어, 자신이 잘못 들었다고 생각한 것이다.

군구신이 잘못 부른 것이라면…… 혁소해가 지적할 것이다.

그러나 기욱은 곧 혁소해, 아니 기연결이 애달픈 눈빛으로 자신을 바라보고 있는 것을 발견했다.

이것은…….

기욱은 입까지 올라온 말을 전부 그대로 삼켰다. 그는 영문 모르고 긴장하다가, 무의식적으로 기연결의 시선을 피했다.

언제나 날카롭던 기연결의 눈빛이 순식간에 다정하게 변했다. 아니, 심지어 눈시울마저 붉히고 있었다. 그가 울음기 섞인 목소리로 불렀다.

"욱아."

기욱이 재빨리 고개를 들고 멍한 표정으로 중얼거렸다.

"당신……."

기연결은 젖은 눈으로 연신 고개를 끄덕였다.

"욱아, 내 너를 속이지 않았다! 할아비를 만날 수 있게 해 주겠다고 내가 그랬지? 나는 너를 속이지 않았어……!"

기욱은 도무지 이해할 수 없었다.

"아니야……. 이, 이게 어떻게 가능한 거지? 대체……."

그는 다급한 나머지 순간적으로 소리쳤다.

"이게 대체 어찌 된 일이냐고! 나, 나를 속일 생각은 하지 마!"

기연결이 다가와 손을 내밀었으나, 기욱이 경계하는 얼굴로 재빨리 피했다. 기연결의 손은 그대로 허공에 머물러 있었다.

기연결이 다시 울음기 섞인 목소리로 말하기 시작했다.

"욱아, 무서워 마라. 할아비가 있는 한 이 집안 누구도 너를 건드리지 못한다. 이 할아비가 허락하지 않아요. 우리 약속했잖니. 네가 열심히 연공을 하기만 하면, 네가 뭘 하고 싶건 할아비는 다 네 뜻을 따르겠다고. 장래 기씨 가문의 가주는 네가 될 것이다. 할아비가 네 아비 말고 너에게 줄 테니까!"

이 말을 들은 순간 기욱이 눈을 휘둥그렇게 떴다.

"그……. 저……."

어린 시절, 기욱이 실수하여 부모님의 질책을 받거나 벌을 받을 때면 할아버지가 그를 지켜 주었다. 할아버지는 언제나 부모님을 내보내고, 그의 머리를 쓰다듬고 귀를 조물조물 만지며 이런 말을 해 주곤 했다!

그와 할아버지 사이에는 아주 많은 비밀이 있었다. 그중에는 다른 이들이 알 만한 것도 있었지만, 가주의 자리를 부친이 아닌 자신에게 주겠다던 약속만은 결코 다른 사람들이 알 수 없는 것이었다!

설마, 혁소해가 정말 할아버지란 말인가? 하지만 할아버지가 어떻게 혁소해로 변한 거지?

기연결의 손이 다시 뻗어 오는가 싶더니 가볍게 기욱의 머리를 쓰다듬기 시작했다. 마치 10여 년 전 그때처럼.

기연결은 기욱의 귀도 잠시 조물조물 만졌다. 기욱의 눈가가 붉어지기 시작했다. 마침내 믿게 된 것이다. 그는 기연결의 손을 잡고 울먹이며 한참 동안 아무 말도 하지 못했다. 기연결 역시 그를 안은 채 울기 시작했다.

정말로 감동적인 장면이었다!

그러나 곁에 앉아 있는 군구신의 눈빛은 점점 더 차가워지고 있었다.

그는 원수들이 마음을 나누는 이 희극을 계속 관람할 생각이 없었다. 하지만 그는 침착하게 계속 기다리고 있었다. 그의 마음속에 아무리 많은 분노와 증오가 남아 있다 해도, 이렇게 중요한 순간에 드러낼 수는 없었다. 그는 진실을 알아야만 했다!

그때 망중이 들어와 군구신의 귓가에 대고 속삭였다.

"전하, 황상과 려금 모두 도착했습니다. 처리할 인물은 모두 처리했습니다."

군구신이 고개를 끄덕이며 여전히 기연결 일행을 응시했다.

기연결과 기욱의 따사로운 분위기는 그리 오래가지 않았다.

"할아버지, 얼굴은……."

기욱은 본래 조부가 얼굴을 바꿨으리라 생각했지만, 곧 뭔가 이상하다는 것을 깨달았다. 할아버지는 키가 혁소해보다 머리 하나는 더 컸던 것이다.

그때 군구신이 평온한 어조로 입을 열었다.

"기 노인, 이제 솔직하게 털어놓을 때 아닌가?"

평소였다면 기연결은 분명 경계심을 품었을 것이다. 그와 기욱은 열세였고, 일단 패를 다 내보이고 나면 군구신이 언제라도 마음을 바꿀 수 있을 테니까.

그러나 군구신이 미동도 없이 기욱이 비연을 걷어차는 것을 그대로 지켜만 보았기 때문에 기연결은 어느 정도 경계심을 풀고 있었다.

그가 탄식 소리를 내더니 말했다.

"저는 분명 그때 빙해에서 죽었습니다. 그러나 저는 마치 한숨 자고 일어난 것 같았지요. 깨어나 보니 이미 혁소해가 되어 있었고, 혁소해가 알고 있는 모든 것을 알게 되었습니다."

이 말을 들은 순간 군구신과 기욱 모두 경악했다.

기연결이 계속 말을 이었다.

"제가 조사한 바에 따르면 그때 혁소해도 본래 죽었어야 했습니다! 저는 지금도 이게 대체 어찌 된 일인지 알지 못합니다만…… 고비연의 신분을 알게 되면서 저도 얼마간은 이해하게 되었습니다. 다만, 감히 결론을 내릴 수 없을 뿐입니다!"

기욱은 여전히 구름 속을 헤매는 기분이었지만 군구신은 알 것도 같았다.

군구신이 물었다.

"무엇을 이해했다는 거지?"

기연이 재빨리 자리에 앉더니 말했다.

"전하, '영혼을 바꾸어 다시 태어난다'는 이야기를 들어 보셨습니까?"

군구신은 바로 비연의 일을 떠올렸지만 침착하게 고개를 저었다.

기연결은 저도 모르게 목소리를 낮춰 말하기 시작했다.

"제가 어렸을 때 상고 시대부터 내려오는 전설을 들은 적 있습니다. 이 세상에 죽은 사람이 다시 태어날 수 있게 하는 어떤 힘이 있다는, 그런 이야기였지요. 다만 이 방법은 영혼을 바꾸어 타인의 명을 앗는 것이니……. 몸이 사라지는 순간 그 영혼이, 역시 죽어 가는 타인의 몸으로 옮겨 가는 것입니다. 그리되면 다시 살아날 수 있지요! 저는 바로 혁소해의 몸으로 옮겨 와 다시 살아난 것입니다."

기욱은 원래 눈시울을 붉히고 있었지만, 이 말을 들을 순간 등줄기가 쭈뼛해 오는 듯한 기분으로 혁소해를 다시 바라보았다!

군구신이 갑자기 미간을 찌푸렸다. 비연 덕분에 그는 이미 이러한 사연을 짐작하고 있었다. 그러니 그가 미간을 찌푸린 것은 놀라서가 아니라, 뭔가 이상한 점을 깨달았기 때문이었다!

그러나 그러한 사정을 기연결이 알 수 있을 리 만무했다. 군구신의 표정이 바뀌는 것을 보고도 그저 너무 놀란 모양이라 생각할 뿐이었다.

기연결은 잠시 머뭇거리다가, 비연에게 앙갚음을 할 작정으로 다시 말하기 시작했다.

"정왕 전하, 고비연도 아주 이상합니다! 고비연이 대체 어떻게 갑자기 고씨 가문 적녀의 신분을 얻게 되었겠습니까? 저는 고비연의 진짜 신분을 알게 된 후 계속 조사해 왔습니다. 그러나 아무리 찾아도 고씨 가문의 진짜 적녀, 진짜 고비연을 찾을 수 없었습니다. 진짜 고비연은 가짜 고비연에 의해 죽임을 당했거나…… 아니면 또 다른 무엇이 있을까요? 가짜 고비연은 지금도 전하를 속이고 있는 것이 아니겠습니까? 만약 정말로 속이고 있다면, 진심으로 전하께 축하를 올려야겠습니다. 다행히도 전하께서 가짜 고비연과 선을 그으셨으니……. 만약 그러지 않으셨다면…….”

여기까지 말한 기연결은 군구신 스스로 생각할 시간을 주기 위해 그 이상 말을 잇지 않았다.

그러나 군구신은 미간을 찌푸리며 물었다.

“그렇다면 빙해에는 지살뿐 아니라, 사람을 다시 살게 하는 힘도 숨어 있다는 건가?”

기연결이 확언했다.

“그렇습니다! 바로 그것이 빙해 최대의 비밀이지요!”

군구신이 생각에 잠긴 듯 고개를 끄덕였다.

“그랬던 거군. 과연 놀라운 일이야.”

그리고 몸을 일으키더니 기연결에게 말했다.

“이 몇 년 동안 이런 비밀을 지키느라 아주 힘들었겠군. 친손주를 만나도 알은척도 하지 못하고 말이야.”

기연결은 군구신이 자신을 동정하고 있다는 생각에 가볍게 탄식했다.

"아, 욱아는 아직 어리고 경험도 적습니다. 경솔하고 충동적일 수밖에 없지요. 마음이 곧다 보니 생각하는 그대로 말하고, 또 그러다 보니 쉽게 자극당해 분노하기도 하고……. 그러니 이리 큰일을 쉽게 알려 줄 수는 없지 않았겠습니까."

군구신은 이해한다는 듯 고개를 끄덕였다. 그러자 기연결이 재빨리 뒤로 두 걸음 물러나더니 몸을 굽히고, 두 손 모아 읍하며 말했다.

"정왕 전하, 저희 기씨 가문은 다시 태어나 군씨 황족에게 계속 충성을 바치고 싶습니다. 충직하고 성실하게, 나라를 위해 온몸이 부서지도록 일할 것입니다! 만약 저희에게 두 마음이 있다면, 하늘이 저희에게 벼락을 내리실 것입니다!"

군구신은 기연결을 잠시 바라보다가 다시 고개를 끄덕였다.

기연결이 몹시 기뻐하며 재빨리 감사 인사를 올리더니, 뻣뻣하게 그대로 서 있는 기욱을 잡아당기며 말했다.

"욱아, 어서 전하께 감사를 올리지 않고 무엇 하느냐!"

기욱은 계속 조부가 다시 살아난 일만 생각하고 있다가, 그 말을 듣고서야 겨우 정신을 차렸다. 그는 별다른 생각 없이 군구신 앞으로 다가가, 기연결처럼 몸을 굽혀 읍하며 말했다.

"정왕 전하, 감사합니다!"

"만약 두 마음이 있다면, 하늘이 벼락을 내리실 것이라 했겠다. 좋아, 아주 좋군!"

군구신의 안색은 이미 어두워져 있다 못해 악랄해 보이까지 했다. 그가 불시에 다리를 들더니, 사납게 기욱을 걷어찼다……

## 뜻밖에도 이런 결말이라니

군구신의 발길질 한번에 기욱이 그대로 뒤로 날아갔다.

기욱은 뒤에 있던 탁자를 부순 후에도 계속 뒤로 날아가, 벽에 부닥친 다음 무겁게 땅으로 떨어졌다. 군구신이 조금만 더 세게 찼다면, 기욱은 벽을 뚫고 날아갔을지도 모른다!

기욱은 땅에 엎드린 채 미동도 하지 않았다. 기연결은 대체 어찌 된 상황인지 파악하지 못하고 어리둥절한 표정으로 서 있었다. 그가 겨우 정신을 차렸을 때는 시위들이 이미 방 안으로 들어와 검을 겨누며 포위하고 있었다.

기연결이 바로 검을 뽑아 들더니 노성을 질렀다.

"군구신, 네가 감히 나를 희롱해!"

그러나 그가 검을 뽑는 순간, 군구신 역시 검을 뽑았다. 그는 기연결은 쳐다도 보지 않고 그의 곁을 나는 듯 스쳐 가더니 기욱 앞에 착지했다.

쿵!

기연결은 멍한 표정으로 천천히 고개를 숙였다. 검을 들고 있던 제 오른팔이 잘려 나가 바닥에 떨어져 있는 것이 보였다.

기연결은 안색이 변해 천천히 제 오른 어깨를 바라보았다. 그러나 보이는 것은 피범벅이 된 상처뿐이었다!

"악……!"

기연결이 비명을 지르며 재빨리 군구신에게 달려들려 했지만, 시위들 검이 곧 그를 가로막았다. 여섯 자루의 검이 모두 그 한 사람을 겨누니, 기연결은 꼼짝할 수 없는 처지가 되었다!

그가 분노하여 외쳤다.

"군구신, 이 신의라고는 없는 비열한 인간! 내 너를 저주하겠다! 너는 결코 편안한 죽음을 맞지 못할 것이다! 결코!"

군구신은 그들을 등진 채 차가운 눈으로 발아래 기욱을 바라보았다. 기연결의 저주 따위는 귀에도 들리지 않는다는 태도였다.

저주의 말이 쓸모가 있다면, 이 세상에 시비를 가릴 수 없는 일이 대체 왜 그리도 많겠는가. 또 서로 목숨을 걸고 다투는 일이 왜 그리도 많겠는가.

선혈은 기욱의 옷을 먼저 적시고, 다시 기욱의 몸 아래로 천천히 흘러나오고 있었다. 군구신이 선혈을 피해 자리를 옮기며 한 발로 기욱의 등을 밟았다.

기욱은 고개를 들고 싶었지만 이렇게 밟히니 머리가 올라가지 않았다. 그리고 복부가 너무나, 너무나 아팠다. 기욱은 제 무슨 뼈가 부러진 것인지도 알지 못했으나, 아무튼 그 뼈가 그의 배를 뚫어 버린 것은 확실했다. 선혈이 계속 흘러나왔고, 그의 안색은 종이처럼 창백해졌다. 기욱은 공포에 질려, 얼굴을 땅에 붙인 채 천천히 눈을 들어 기연결을 바라보았다. 그의 손이 구원을 청하듯 바르작거리고 있었다!

기연결은 그제야 제 손주가 치명상을 입었음을 알았다. 그의 분노는 순식간에 모두 사라졌다. 그는 황망했고 두려웠다. 다급한 나머지 이제 말도 제대로 나오지 않았다.

"정왕 전하! 전하! 제, 제발! 제발, 방금 욱아가 잘못했습니다! 욱아의 잘못입니다! 욱아가 어려서, 뭘 몰라서, 아는 것이 적어서! 제발, 제발 관대하게, 제발 욱아를! 제가 욱아의 모든 잘못을 대신 짊어질 터이니!"

검이 목을 겨누고 있어 꼼짝도 할 수 없는 처지가 아니었다면, 기연결은 분명 바로 무릎을 꿇고 군구신에게 머리를 조아렸을 것이다.

그는 이제야 깨닫고 있었다. 군구신은 결코 진정으로 비연을 배반한 것이 아니었다! 그렇지 않다면 군구신이 이렇게 사나운 기세로 기욱을 걸어찼을 리 없다!

군구신이 아무 말도 하지 않자 기연결이 다시 서둘러 말했다.

"제가, 이 늙은이가 왕비마마께 사죄하겠습니다! 왕비마마 앞에 무릎을 꿇겠습니다! 정왕 전하, 제발 욱아를 살려 주십시오! 저에게 무슨 일을 시키시건 저는 상관없으니!"

군구신이 마침내 냉소하며 기연결을 돌아보았다.

"사죄하겠다고?"

기연결은 잠시 멈칫하더니 곧 자신이 또 잘못했음을 깨달았다! 군구신은 비연마저 속이고 있는 것이 분명했다! 그가 재빨리 말했다.

"무엇이건 전하의 처분에 따르겠습니다. 부디 욱아를 살려 주십시오!"

그러나 군구신은 기욱을 놓아주기는커녕 오히려 더 힘주어 밟으며 마치 생각에 잠긴 듯 중얼거렸다.

"어려서 뭘 모른다? 어려서 아는 것이 없다? 그럼 혹시 알고 있나? 빙해에서 전투가 벌어지던 그때, 연아가 겨우 몇 살이었는지? 그리고 본 왕이 현공대륙에서 어떻게 살아왔는지는 알고 있나?"

기연결이 우물쭈물했다. 스스로도 자신이 댄 이유가 너무하다 싶었는지, 얼굴마저 창백해져 있었다.

군구신은 말을 하면 할수록 분노가 치밀어 오르고 있었다.

"혹시 헌원예가 제위에 등극하여 운공대륙을 가까스로 태평하게 지켜 낼 때 몇 살이었는지 알고 있나? 만약 빙해가 녹아 대진국 북강이 물바다로 변했다면, 대체 얼마나 많은 아이가 죽임을 당했을지는 알고 있나?"

말을 마친 그는 갑자기 건명보검을 들더니 사납게 바닥을 찔렀다. 바로 기연결에게 향하고 있던 기욱의 손등을!

기연결은 기욱의 손을 보며 아무 말도 하지 못하고 있었다. 군구신의 질문에 근본적으로 답을 할 수 없었을 뿐 아니라 군구신의 분노를 자극하고 싶지도 않았다. 그에게 배짱이랄 것이 좀 있었다면 '모든 것은 승리한 자의 뜻대로'라며 예전에 죽었을 것이고, 지금 이렇게 낭패한 꼴까지 보지 않았을 것이다. 그러나 안타깝게도 그에게는 그만한 배짱이 없었다!

거대한 다실은 바늘 떨어지는 소리도 들릴 만큼 고요했다. 그 적막함을 울리는 것은 고통에 찬 기욱의 신음 소리뿐이었다. 그는 겨우 숨만 내쉬고 있었지만, 여전히 온 힘을 다해 기연결에게 구원을 청하고 있었다.

그런 기욱을 보며 기연결은 마음이 아파 죽을 지경이었다. 눈은 이미 붉어진 채 눈물을 머금고 있었지만, 그 눈물은 오래도록 떨어져 내리지 않고 있었다. 아마 그것은 그가 스스로를 위해 마지막까지 지키고자 했던 존엄일 것이다!

마침내 그가 깨달은 듯 천천히 고개를 들었다.

"군구신, 대체 원하는 것이 무엇이냐?"

그렇다. 그는 여전히 마지막 희망을 안고 있었다. 군구신이 일검에 그들 두 사람을 죽이지 않은 것은…… 어쩌면…… 어쩌면 그들에게 아직 기회가 남아 있는 것인지도 모른다!

군구신이 큰 소리로 웃기 시작했다.

"기연결, 려금이 그때 너를 선택한 이유를 알 것 같군! 네가 백리명천보다는 훨씬 영리하니까! 본 왕이 일찍 도착하지 않았다면, 아마 오늘의 승리자는 너였겠지!"

이 말을 들은 기연결은 더더욱 희망을 품었다.

군구신은 긴장한 기연결을 보며 말했다.

"자, 본 왕이 너희 조손에게 기회를 주겠다. 너희들 중 한 사람이 죽을 때까지 싸워라. 남은 자는 살려 주겠다!"

이 말을 들은 기연결은 마침내 확실하게 깨닫고 말았다. 군구신은 절대로 그들을 놓아줄 생각이 없다!

그리고 기연결은 드디어 완벽하게 절망했다. 조부와 손자가 서로 죽이고자 싸운다면 기욱에게도 자신에게도, 그리고 기씨 가문의 조상들에게 있어서도 최대의 수치였다. 그는 절대 그런 수치를 당할 수는 없었다!

기연결이 기욱을 바라보며 큰 소리로 외쳤다.

"욱아, 무서워 마라! 죽는 한이 있다 해도 이 할아비는 결코 너를 버리지 않는다. 우리…… 다음 생에도 할아비와 손주로 태어나자꾸나!"

그러고는 군구신을 향해 분노한 목소리로 외쳤다.

"죽이건 말건 네 마음대로 해라!"

군구신은 말없이 앞에 있던 시위들에게 손짓해 물러나게 했다. 그리고 허리를 굽히더니, 직접 기욱의 손에 암기 하나를 쥐여 주고는 기연결을 조준하게 했다.

"이걸 누르기만 하면, 저자는 죽고 너는 산다! 자아……."

기연결은 경악했다. 그러나 그가 한마디 내뱉기도 전에 기욱이 암기의 기관을 눌렀다.

찰나의 순간, 길쭉한 금침이 기연결의 미간을 향해 날아갔다. 기연결은 멍한 표정으로 두 눈을 휘둥그렇게 떴다. 동시에 그의 미간에서 선혈이 흘러내리기 시작했다.

그는 두 번의 생을 살았다. 머리가 좋을 뿐 아니라 포부도 있었고, 모든 일에 용의주도하게 계획을 세우는 성격이었다. 그런 그가 이렇게 죽게 될 줄이야!

그는 뜻밖에도 그가 가장 사랑한, 절대로 내려놓지 못했던 손주의 손에 죽게 되었다! 그러니 어찌 편안히 눈을 감을 수 있을까?

기연결은 천천히 왼손을 들어 기욱을 가리켰다.

"너, 너…… 이 녀석……."

그 말이 끝나기도 전에 그의 몸이 흔들리더니 그대로 바닥에 쓰러졌다. 기연결이 죽은 것이다.

기욱이 있는 힘을 다해 눈을 뜨고 그 모습을 바라보았다. 그런 그에게서는 슬픈 빛이라고는 전혀 보이지 않았다. 마침내 기욱이 말했다.

"내, 내가……. 제가 그를 죽였습니다, 제가…… 제가 죽였어요!"

기욱에게는 이미 힘이 거의 남아 있지 않았다. 그의 목소리도 아주 작았지만, 고요한 다실 안 모든 이들이 그가 하는 말을 정확하게 들을 수 있었다.

군구신이 무표정한 얼굴로 몸을 일으키더니, 건명보검을 뽑아낸 후 차가운 목소리로 명령했다.

"죽여라. 그리고 시신을 끌어내 늑대 떼에게 먹이도록!"

그 말을 들은 기욱이, 어디서 생겼는지 모를 힘으로 사납게 고개를 들더니 소리쳤다.

"군……!"

그러나 군구신의 이름을 끝까지 부르기도 전에, 기욱의 숨은 끊어지고 말았다!

군구신은 그에게 시선도 주지 않은 채 손을 들어 시위들에게 시신들을 끌어내라 명령한 다음 다른 시위들도 모두 물렸다. 망중이 곁에서 시중을 들려 했지만 군구신이 말했다.

"밖에서 파수를 보도록!"

망중은 마음에 짚이는 것이 있어 재빨리 밖으로 나갔다.

곧 다실 안에 군구신 한 사람만이 남았다. 그는 주먹을 쥐었으나 어떻게 해도 분노를 가라앉힐 수 없었다. 결국 그는 주먹으로 탁자를 내려친 후 분노한 목소리로 외쳤다.

"고운원, 나와! 나와서 어서 해명하란 말이다!"

# 건명력의 진실

고운원이 지금 여기에 있을까?

사실 신농곡에서 진양성까지, 그리고 진양성에서 남경에 이르기까지 고운원은 항상 곁에 있었다. 그리고 방금도 그는 군구신이 어떻게 기욱으로 하여금 기연결을 죽이게 하는지 직접 지켜보았다.

고요한 가운데 병풍 뒤에서 고운원이 걸어 나왔다. 그러나 고개를 숙이고 있어 표정이 명확하게 보이지 않았다.

군구신은 인기척을 느끼자마자 몸을 돌렸다. 그의 분노는 하늘을 찌를 듯했다.

번개같이 고운원 앞으로 자리를 옮긴 군구신이 그의 목을 조르며 한 단어 한 단어 분노를 담아 말했다.

"기연결이 영혼을 바꿔 다시 살아났다고 말한 것, 들었겠지?"

"들었지."

군구신은 본래도 분노하고 있었으나 담담한 고운원의 태도에 더욱 격노하여 외쳤다.

"그러니 그때 우연이 아니었던 거겠지! 바로 당신이 일부러 한 짓이었잖아! 대체 왜 그랬지?"

그날 신농곡 북산에서 고운원은 건명검술의 비밀을 솔직하게 말해 주었다. 진실은 군구신이 부친과 추측했던 것과 별 차이가 없었다.

건명검술의 두 번째 경지인 '무아유검'은 확실히 주화입마를 통해 이룰 수 있었다. 그러나 진정한 '무아유검'의 경지는 지금의 그처럼 자유롭게 건명력을 통제하는 것이 아니었다. 진정한 '무아유검'의 '무아'란 곧 죽음을 의미했다.

려금은 다른 생각이 있긴 했지만, 이 일에 관련해서는 거짓말을 하지 않은 것이다. 검을 얻은 자가 '무아유검'의 경지에 너무 오래 머물러 있으면 결국 주화입마에 빠져 자신의 검에 목숨을 잃게 되어 있었다. 목숨을 지키기 위해서는 마지막 주화입마가 오기 전에 세 번째 경지인 '무아무검'에 들어가야 했다.

그러나 세 번째 경지로 들어선다면 검을 얻은 자는 자신을 보전할 수 없었다. 소위 '무아무검', 인검합일의 경지라는 것은 스스로를 희생하여 자신을 검에 묻는, 즉 진정으로 건명보검과 하나가 되는 것이었다.

바꿔 말하자면, 일단 건명보검과 계약하여 수행을 시작하면 남은 길은 두 가지뿐이었다. 주화입마에 빠져 죽거나, 아니면 검과 하나가 되어 죽거나!

보검은 힘을 위해 영혼이 필요했다. 영혼을 얻어야만 건명력의 극치를 발휘할 수 있기 때문이다!

그렇게 되면 건명력은 천살과 지살을 억제하는 것만이 아니라 아예 훼멸해 버리고, 북해와 빙해에 도사리고 있는 위험을 철저하게 사라지게 할 수 있었다. 그럼 모든 전설은 전해지지 않을 것이고, 세상 그 누구도 두 바다를 이용해 무언가를 얻을 생각을 하지 못하게 될 것이다!

'무아유검'에서 '무아무검', 인검합일에 이르는 길은 불에 뛰어들어 열반에 이르는 것이었다. 봉황을 불로 삼고, 검을 얻은 자를 용광로로 삼아 다시 한번 건명보검을 주조해 내야 했다.

이 세상에서 봉황을 불로 삼을 수 있는 사람은 단 한 사람, 비연뿐이었다. 그녀는 봉황력을 지니고 있을 뿐 아니라 고운원과도 계약했으니까.

고운원은 지금도 약왕정을 완성하지 않고 있었다. 약왕정이 완벽하게 주조되기까지는 단 한 걸음만 남아 있을 뿐이었다. 충분한 양의 적령석이 있으면 하늘의 불을 약왕정으로 불러들일 수 있었다.

하늘의 불은 약왕정의 신화를 9품까지 연성할 수 있을 것이다. 9품 신화는 봉황력을 봉황의 불, 즉 봉황화로 연성할 것이고, 그 순간 약왕정은 진정으로 완성될 것이다.

천 년 전, 현공대륙 제일의 약사였던 고운원은 전설 속 신농정을 완성하겠다는 필생의 염원을 품었다. 그러나 현공대륙을 두루 뒤졌음에도 불구하고, 신농곡 주변에 떠돌던 전설들 외에는 관련된 기록을 찾을 수 없었다.

마지막으로 그가 찾아낸 것이 바로 구려족이었다. 그는 려금의 오라버니인 구려족의 제9대 주조사와 친우가 되었고, 그 후에야 겨우 신농정의 진실을 알게 되었다. 신농정, 건명검, 그리고 봉황력의 관계를 알게 된 것이다.

북해에서 전투를 벌일 때 고운원이 비연에게 봉황력을 소환하도록 한 것은, 그리고 군구신이 건명력을 발휘하도록 한 것은 봉황력과 건명력이 서로를 배척하지 않고 융합하게 하기 위해서였다. 사실 그는 이미 군구신이 '인검합일'의 경지에 들어설 때를 준비하고 있었다!

군구신이 충분히 준비를 끝내기만 한다면, 비연이 약왕정의 신화를 승급시켜 봉황화를 연성해 내기만 한다면, 그리하여 봉황화로 군구신을 죽이면 군구신은 검과 하나가 되어 '인검합일'에 도달할 수 있었다.

이것이 바로 진실이었다!

고운원은 천 년 동안 계속 약왕정을 연성해 왔다. 그러나 그가 마지막 한 걸음을 남겨 두고 자신의 힘으로는 불가능하다는 사실을 깨달았을 때, 봉황력을 지닌 비연을 만났다.

고운원이 대답하지 않는 것을 보고 군구신은 그의 목을 조르며 노성을 질렀다.

"대답해!"

군구신은 약왕정과 건명보검의 진실을 믿고 있었다. 어쨌든 그도 부친과 함께 비슷한 추측을 했던 적이 있었다. 게다가 건명보검과 계약하고 지금까지 수련한 그가 진실과 거짓을 판단하지 못할 리 없었다.

그러나 비연의 영혼이 약왕정 안에 갇히고, 몸은 고씨 가문의 적녀에게 점령당한 일만은 도무지 이해할 수 없었다.

고운원은 북산에서 그에게, 지살의 힘 속에 '영혼을 바꾸어 목숨을 바꾸는' 신비한 힘이 숨어 있다고 설명했었다. 당시 그가 약왕정 안 공간을 열었는데, 우연히도 비연의 영혼이 약왕정 안 공간에 떨어졌다는 것이었다.

그러나 기연결은 어린 시절부터 이와 관련한 전설을 들은 적이 있다고 이야기했다. 그런데 고운원이 그 전설을 모를 수 있을까? 의심할 바 없이, 고운원은 비연이 다시 살아난 그 일과 관련해 군구신을 속이고 있었다!

"기연결의 몸이 용권풍에 갈가리 찢기는 그 순간 마침 혁소해가 죽었겠지. 그렇게 기연결은 영혼을 바꿔 다시 살아났고! 하지만 그때 비연의 몸은 사라진 것이 아니었어……."

여기까지 이야기한 군구신의 눈빛은 살의로 가득했다.

"고운원, 나도 이제 알겠다! 그때 연아는 아예 죽지 않았던 거야! 당신…… 당신이었지. 당신이 바로 비연의 영혼을 가둔 거였지! 일부러! 당신이!"

군구신의 분노는 어찌 표현할 수 없을 정도였다. 다른 사람이라면 이미 그에게 목이 졸려 죽었을 것이다. 그러나 고운원은 아주 평온해 보였다. 군구신은 그를 죽일 수 없다는 것을 깨닫고 갑자기 그를 옆으로 밀어 버렸다!

고운원이 몇 걸음 비틀거리더니 다시 균형을 잡고 섰다. 마침내 그가 고개를 들었다. 하늘에서 내려온 신선처럼 준수한 얼굴은 평소와 그다지 달라 보이지 않았다. 다만 눈에는 얼마간 낙담한 빛이 어려 있었다.

고운원과 같은 자가 어찌 그리 쉽게 낙담하겠는가? 그의 눈빛에 어린 낙담이 대단해 보이지 않는다고 해도, 그의 속마음은 그야말로 폭풍우가 몰아치고 있는 것이 분명했다. 다만 그는 여전히 침묵하고 있었다.

그의 침묵은 군구신의 분노에 기름을 끼얹는 것이나 마찬가지였다. 군구신이 주먹을 쥔 채 질문했다.

"어째서 그랬던 거지? 대체 또 어떤 비밀을 숨기고 있는 건가? 대체 또 무슨 음모를 꾸미고 있냐고! 당신을 대체 어떻게 믿으라는 거지?"

고운원이 눈을 들어 군구신을 바라보더니 하려던 말을 그대로 삼켰다.

군구신이 갑자기 쓴웃음을 짓더니 몸을 돌렸다.

"좋다! 지금 당장 연아에게 가겠어. 연아에게 약왕정을 승급시키라고 하겠다!"

마침내 고운원도 당황하고 말았다.

"잠깐만!"

군구신이 여전히 앞으로 걸어가자 고운원의 몸이 그림자처럼 움직이더니, 허공에서 나타난 것처럼 군구신 앞을 막아섰다. 군구신은 차가운 눈으로 그를 바라보았고, 고운원은 그의 시선을 피하지 않고 말했다.

"맞아. 내가 일부러 그랬다. 하지만 그 이상은 무슨 비밀도 음모도 없어. 그건 그저 단지……. 그저……."

여기까지 이야기한 고운원은 말을 멈추더니 한참 동안 입을 열지 않았다.

군구신이 차가운 목소리로 외쳤다.

"말해!"

"단지……."

고운원의 목소리는 뜻밖에도 울먹이는 것처럼 들렸다. 그는 고개를 돌려 허공을 보며 계속 말했다.

"그저 연아가 너무나…… 너무나 그녀를 닮아서. 나는 이 생에 약왕정을 주조하는 일 외에 그저…… 그녀를 언제까지나 지켜 주고 싶었지. 그러나 안타깝게도……."

고운원이 더 이야기하기도 전에 군구신이 외쳤다.

"그만!"

# 우리 고씨 집안의 남자

군구신이 냉소하며 고개를 저었다.

고운원이 다시 고개를 돌리더니 역시 웃었다. 어쩔 수 없다는 듯, 혹은 자조하듯.

"나에게 어떤 음모라도 있었다면 왜 너에게 빙정을 준 거라고 생각하지? 네가 '무아유검'의 경지에 이른 지 이미 몇 달이나 지났으니, 너도 이상한 점을 느끼고 있을 텐데. 내 말이 진실인지 거짓인지는 너 스스로 알 수 있겠지."

군구신의 입가에 어린 조소가 더더욱 짙어졌다.

고운원이 다시 말했다.

"내가 숨겼던 일은 전반적인 흐름과는 무관한 일이야. 내가 말하건 말하지 않건, 무슨 차이가 있다는 거지?"

이 말을 들은 군구신이 불시에 주먹을 휘둘러 고운원의 얼굴을 사납게 내리쳤다. 고운원은 일부러 피하지 않은 것인지 아니면 예상하지 못했는지, 그대로 맞고 바닥에 넘어지고 말았다. 그가 한쪽 무릎을 꿇은 채 고개를 숙였다.

군구신의 분노는 어찌 표현할 수 없을 정도였다.

"전반적인 흐름과는 무관해? 무슨 차이가 있냐고? 당신이 연아를 10년 동안이나 가둬 두었잖아! 그 10년 동안 우리가 연아를 찾기 위해 대체 어떤 대가를 치렀는지 알아? 그리고 연아가 그동안 얼마나 괴롭고 힘들었는지…….”

여기까지 이야기했을 때 군구신의 목소리에도 울음기가 배어들었다.

“알아……? 내가 연아를 얼마나 그리워했는지? 내가…… 연아를 다시는 찾지 못할까 봐 얼마나 무서웠는지?”

군구신은 고운원을 잡아 일으켜 다시 주먹으로 한 대 때린 다음 조롱하듯 말했다.

“고씨 가문의 적녀가 연아와 똑같이 생겼지. 하하! 고운원, 당신은 감히 제 혈연은 건드릴 엄두가 나지 않아 연아를 이용할 계략을 꾸몄지!”

고운원이 다시 바닥에 쓰러졌다. 그러나 이번에는 재빨리 고개를 들더니 몸을 일으켰다. 그의 입가는 이미 파랗게 멍이 들어 있었고 선혈마저 흐르고 있었다.

고운원도 분노한 목소리로 외쳤다.

“군구신, 입을 깨끗하게 놀리도록 해! 나는 연아에게 그 어떤 규범에 어긋나는 일도 한 적이 없으니까! 분수에 맞지 않는 생각은 단 한 번도 한 적이 없어! 나는 그저…….”

군구신이 그의 말을 자르고 노한 소리로 외쳤다.

“그저? 그저 뭐지? 그저 당신 이기심 때문에 우리의 10년을 갈취했다고? 10년이야! 나에게는 이미 연아와…… 이미 연아와의 시간이 얼마 남지 않았어! 그걸 알면서! 그러면서 당신을 믿으라고? 당신을 어떻게 믿으라는 거지? 전반적인 흐름과는 무관? 하!”

고운원이 말했다.

"설사 내가 그때 그녀를 곁에 두지 않고 오늘 그녀와 계약을 맺었다 해도, 너와 그녀는 결국 그 일을 피할 수 없었을 거야! 그녀가 부황과 모후를 구하려 하지 않는다고 해도, 너는 구려의 후예고 건명력의 주인이니 결국 두 갈래 길밖에는 남아 있지 않아. 주화입마에 빠져 죽거나, 아니면 검에 몸을 바치고 죽거나! 몽동은 이미 존재하지 않으니, 건명보검을 봉인할 수 있는 사람은 이제 없다. 나는 천 년 동안 약왕정을 주조하며 네가 나타나기를 기다리고 있었다! 네가 아무리 다른 말을 한다 해도, 달라지는 건 없다."

군구신이 분노한 목소리로 외쳤다.

"어째서 나인 거야! 어째서!"

신농곡 북산 정상에서 만났을 때, 고운원이 군구신에게 진실을 말해 주었다. 당시 군구신은 침묵을 지키며 원망의 말은 한 마디도 하지 않았다. 그는 모든 감정을 마음속에 억누른 채, 긴 시간을 들여서야 겨우 연아에게 냉혹하게 대할 마음을 먹을 수 있었다!

그러나 지금, 연아에게 냉혹하게 대한 지 겨우 두 달도 되지 않은 지금, 그는 이미 자신이 더 이상 버텨 내기 어렵다는 사실을 발견했다!

어째서!

어째서 그일까!

고운원이 쓰게 웃기 시작했다.

"우연으로 인해 운명이 틀어진 모양이지. 너희에게 인연은 있었을지 몰라도 이루어질 운명은 없는 것이다. 그때 네가 구려족의 후예라는 것을 알게 된 후 나는 일부러 연아가 기억을 회복하지 못하도록 막았다. 원래는…… 연아가 기욱의 약혼녀 신분이니 네 눈에 드는 일은 결코 없으리라 생각했지. 하하, 어떻게 알았겠어. 너희가 결국은…….."

고운원의 이 말에 군구신의 상처받은 마음이 더욱 고통스러워졌다. 만약 그가 기억을 되찾지 않고 군씨 가문 가주의 신분으로 운한각과 천하를 다투었다면……. 만약 그와 연아가 새로다시 만나는 일이 없었다면, 그래서 어린 시절의 일을 기억해내지 못했다면…… 지금 이렇게 연아가 자신을 미워하도록 핍박할 일도 없지 않았을까. 그렇다면 이렇게 고통스럽지 않을 수있었을까…….

인연은 있었으나 이루어질 운명은 없다고?

인연이 있는데…… 이루어질 운명이 없다니!

한 걸음 한 걸음 뒤로 물러난 군구신은 마침내 등이 벽에 닿았다. 그는 한참 동안 아무 말도 하지 않았다. 의심할 바 없이그는 결단을 내리는 중이었다.

고운원은 그대로 서서 연민 가득한 눈으로 그를 바라보았다. 한참 동안의 침묵 후, 고운원이 겨우 다시 입을 열었다.

"한 여자를 책임지는 동시에 후세가 태평하도록 지키다니, 고북월이 너를 우리 고씨 가문의 남자로 키운 것도 헛된 일이아니었다!"

군구신이 천천히 고개를 들었다. 그의 두 눈동자는 붉게 젖어 있었다. 분명 울고 있었던 것 같은 표정이었지만, 군구신은 웃고 있었다. 그는 계속 웃고 있었다. 어쩔 수 없다는 듯, 쓰디쓰게.

고운원이 말했다.

"내가 그녀를 사라지게 하고 빙정마저 너에게 주었는데도 믿지 못하겠다는 건가? 너에게 남은 시일은 길지 않다. 그리고 그전에 반드시……."

"믿어!"

군구신이 고운원의 말을 잘랐다.

"믿는다! 고운원, 대신 마지막으로 부탁이 있다."

고운원은 그제야 입가의 핏자국을 지우며 고개를 끄덕였다.

군구신이 말했다.

"내가 그녀를 속이는 것을 도와줘. 평생…… 그녀를 속여 줘. 영원히, 생이 끝나는 순간까지! 나 군구신은 대대손손 악명을 남기는 한이 있더라도, 그녀가 진실을 알지 못하기를 바라니까!"

사랑에서는 벗어날 수 없는 법, 하지만 미움이라면 벗어날 수 있을지도 모른다. 그녀가 평생 그를 미워하는 것이, 평생 양심의 가책을 느끼는 것보다는 훨씬 나을 것이다.

고운원은 잠시 멈칫하더니 곧 웃기 시작했다.

"좋다! 평생, 영원히, 생이 끝나는 순간까지 그녀를 속여 주지! 내가 그녀의 사부가 된 것은 바로 이것을 위해서였던 모양이다!"

고운원이 소매에서 작은 병을 꺼내 군구신에게 건넸다.

군구신이 받아 열어 보니 안에는 피비린내를 풍기는 약즙이 들어 있었다.

고운원이 말했다.

"그 안에 든 것은 내 피다. 몽족 유적의 영생결계를 열 수 있지. 만약 다시 북해에 갈 기회가 생기면 나 대신 그걸 몽하에게 전해 줘. 그리고 나와 몽동을 대신해 그녀에게 모든 것을 설명해 주고…… 몽동과 몽족 사람들을 위해 비석을 하나 세워 주었으면 좋겠군. 그때 몽동이 아니었다면 지금 북강은 아마 완전히 다른 풍경일 테니까."

군구신은 과거의 일을 알고 있었다. 과거 몽동은 북강도 천하도 책임지지 못했지만 몽하만은 지켜 냈다. 하늘의 달도 차고 이지러지는 법인데, 세상 어디 사람 사이의 일이 완벽할 수 있겠는가?

군구신이 병을 받아 들고 진지하게 물었다.

"당신은? 당신은 천하를 위하는 동시에 그녀를 지켰나?"

고운원은 군구신의 눈을 바라보며 어쩔 수 없다는 듯 쓴웃음을 지었다.

그러나 군구신의 질문에는 대답하지 않았다.

"기억하도록. 시간이 얼마 남지 않았다. 계속 너를 기다리고 있겠다."

말을 마친 고운원이 몸을 돌리더니 점차 희미하게 변해 갔다.

군구신은 고운원의 뒷모습이 사라질 때까지 멍하니 지켜보았다. 거대한 다실 안, 홀로 남은 군구신은 유달리 외로워 보였다.

그는 한참 동안 그대로 서 있었다. 마치 그날 신농곡 북산에서 그랬던 것처럼, 영혼이 빠져나간 듯한 표정으로.

시간이 그냥 멈춘다면 얼마나 좋을까!

그러나 안타깝게도 문 두드리는 소리가 곧 고요한 시간을 깨트렸다.

망중이 문밖에서 외치고 있었다.

"상관 부인이 공격해 왔습니다!"

군구신은 정신을 차리고 문가로 다가갔다.

그러나 문을 열지는 않고 문에 이마를 기댄 채 담담한 목소리로 말했다.

"우리도 공격 태세로 나간다. 어떤 대가라도 아끼지 마라!"

"예, 명을 받들겠습니다!"

망중이 떠난 후 군구신은 겨우 감정을 추스르고 얼굴을 씻은 후 택을 만나러 나갔다.

그리고 이 순간, 밤새도록 잠을 이루지 못한 비연은 하소만의 약을 갈아 주고 있었다. 다행히도 그들이 같은 곳에 갇혔기 때문에 비연이 어젯밤부터 약을 발라 줄 수 있었다. 그렇지 않았다면 아마 하소만은 앞으로 한 달은 침상 아래로 내려올 수 없었을 것이다.

고통에 하소만이 천천히 눈을 떴다. 그는 무의식적으로 엉덩이를 움직이다가 고통스러운 나머지 비명을 질렀고, 동시에 완전히 정신을 차렸다.

하소만이 비연을 바라보더니 제 엉덩이를 내려다보았다. 바지가 잘린 채 벗겨져 엉덩이가 그대로 드러난 것을 발견한 하소만은 순식간에 얼굴을 새빨갛게 물들이며 아무 말도 하지 못했다.

비연은 계속 하소만을 아이라고 생각했기에 이런 상황에서도 거리낄 것이 없었다. 게다가 그녀는 지금 그런 사소한 일에 구애받을 기분도 아니었다.

그녀는 다시 고약을 바른 다음 침상에서 내려왔다. 그리고 벽에 붙어 있는 긴 의자에 앉아 두 무릎을 끌어안은 채 몸을 웅크렸다. 밤새도록 그랬던 것처럼.

그 모습을 본 하소만이 양심의 가책을 느끼며 중얼거렸다.

"울어도 되는데……. 내가 어디서 들은 바로는, 울 수만 있으면…… 또 그렇게까지……."

비연이 고개를 들었다. 그녀의 두 눈은 무서울 정도로 붉게 부어 있었다.

비연은 몹시도 사나운 기세로 외쳤다.

"닥쳐!"

그녀는 울지 않을 것이다! 그 어떤 상황에서도 결코 눈물을 흘리지 않을 것이다!

하소만은 그제야 비연의 눈을 들여다보았고, 그만 가슴이 막혀 오는 듯한 기분을 느꼈다. 그러나 그는 그 이상 무슨 말이건 할 면목이 없었고, 결국 방 안은 고요해졌다.

그때였다.

비연의 등 뒤 벽에서 쿵쿵쿵 하는 소리가 들려왔다.

옆방 사람이 벽을 두드리고 있는 걸까?

대체 누구일까?

# 우리 연아, 괜찮아?


쿵쿵쿵.

비연은 처음에는 누군가가 벽을 두드리고 있다고 생각했다. 그러나 자세히 들어 보니 그보다는 벽을 뚫고 있는 소리 같았다. 그녀는 옆방에 대체 누가 있는지 알지 못해 일단 재빨리 몸을 돌려 보았다. 그리고 이 순간 하소만 역시 소리를 듣고 고개를 돌렸다.

비연과 하소만이 눈빛을 교환하고 아무 말도 하지 않았다. 소리가 점점 더 커지자 하소만이 참지 못하고, 아무래도 누가 벽을 뚫고 있는 것 같다고 손짓했다.

비연이 짚이는 것이 있어 쉿, 조용히 하라고 손짓했다. 하소만은 일단 고개를 끄덕였으나 곧 비연에게 제 쪽으로 오라고 손짓했다. 비연이 움직이지 않자 하소만이 제 알궁둥이를 가리켜 보였다.

비연은 그제야 하소만의 뜻을 이해하고 그에게 다가갔다. 그리고 얼굴을 굳히더니, 이불을 끌어다가 사납게 하소만의 엉덩이를 가려 주었다.

하소만은 고통으로 헉, 차가운 숨을 들이마시면서 재빨리 제 입을 막았다. 평소였다면 그는 분명 한바탕 욕을 퍼부었을 것이다. 그러나 지금은 비연을 원망하는 말조차 할 수 없었다.

통증이 가신 후 하소만은 가련하게 비연을 바라보았다. 비연은 긴 의자로 돌아가 앉지 않고, 한옆에 서서 의자 뒷벽을 노려보고 있었다. 하소만도 벽을 바라보았다.

쿵쿵, 쿵쿵쿵!

소리는 끊임없이 들려왔다. 조금 전보다 소리가 좀 더 커지기는 했지만 아주 큰 소리는 아니었다. 그들이 고요한 방 안에 있던 것이 아니라면 아마 이 소리를 듣지 못하고 지나쳤을지도 모른다.

갑자기 비수 하나가 벽을 뚫고 불쑥 튀어나왔다. 비연과 하소만은 깜짝 놀랐다.

비연이 재빨리 벽으로 다가가 비수 오른쪽으로 세 걸음 정도 떨어진 자리에 섰다. 그때, 그 비수가 갑자기 다시 들어가더니 곧 또 한 번 불쑥 튀어나왔다. 이렇게 몇 번을 반복하니 벽에 작은 구멍 하나가 났다.

비연이 서 있는 위치는 그 작은 구멍에서는 보이지 않는 자리였다. 그녀는 침상 위 하소만에게 아무 말도 하지 말라 손짓해 보이고는 자신 역시 숨을 죽였다. 그러나 이번에는 비수가 튀어나오는 대신 백리명천의 목소리가 들려왔다.

"우리 연아, 너 거기 있는 거 아니까 나와. 숨지 말고."

백리명천은 벽 너머에 앉아, 작은 구멍을 통해 비연의 방을 살펴보고 있었다.

그는 원래 옆방에 누가 있는지 몰랐다가 하소만의 목소리를 들었다. 그리고 잠시 귀를 기울인 그는 몰래 벽을 뚫기 시작한 것이다.

비연은 백리명천에게 여전히 적의가 가득한 상태였다. 그녀는 그 자리에서 꼼짝도 하지 않고 냉랭한 목소리로 물었다.

"뭘 하려는 건데?"

백리명천이 재촉했다.

"나와 봐, 어서!"

비연이 불쾌한 목소리로 말했다.

"쓸데없는 말은 하지 말고, 할 말 있으면 해. 할 말 없으면 꺼지고! 그리고 무슨 빚이니 뭐니 하는 소리는 하지 마. 말했지만, 나는 단 한 번도 너에게 빚을 진 적 없으니까."

그러나 백리명천은 조금 다급한 듯 화난 목소리로 말했다.

"쓸데없는 소리라니! 일단 좀 나와 보라니까!"

백리명천은 한참 동안 벽을 뚫었다. 밖에 있는 시위들에게 발각당할까 봐 너무 빠르게 할 수도, 힘을 많이 쓸 수도 없었다. 그는 조심스럽게, 또 초조하게, 걱정스러운 마음으로 벽을 뚫을 수밖에 없었다. 그러나 비연은 그의 그런 마음을 전혀 알지 못했다.

그의 분노를 느낀 비연은 어이가 없어, 곁에 있던 휘장을 찢어 그 구멍을 막았다. 그리고 다시 의자 하나를 그 곁으로 끌어와 앉았다. 여전히 두 무릎을 안고 웅크린 자세였다.

그녀는 꼼짝할 기력조차 없었고, 백리명천을 상대할 생각은 더더욱 없었다. 하지만 백리명천은 포기하지 않고 재빨리 비수로 그 천 뭉치를 파냈다. 이번에는 그의 목소리가 상당히 진지하게 변해 있었다.

"비연, 나오란 말이야! 널 보고 싶다고!"

비연은 상대하지 않았다.

백리명천이 계속 말했다.

"너랑 빚 이야기를 하려는 게 아니야. 좀 나와 봐. 나…… 너에게 할 말이 있어!"

비연은 여전히 그의 말을 듣지 못한 척 미동도 하지 않았다.

백리명천은 계속 귀찮게 굴었다.

"나와 봐. 정말 빚 이야기를 하려는 거 아니니까. 우리 둘 다 지금은 서로에게 빚이 없는 상태잖아? 그러니까……."

비연은 안 그래도 짜증이 나 있던 차에 더욱 짜증이 났고, 결국 참지 못하고 소리쳤다.

"대체 서로에게 빚이 없다는 건 무슨 소리야? 나는 원래 그쪽에게 아무 빚도 없지만, 그쪽은 나에게 빚을 꽤 졌지! 일단 나에게 누명을 씌우려 했을 뿐 아니라, 나를 납치해서 괴롭히기도 했지. 그 후로도 온갖 일에서 나에게 맞서더니, 여기저기 내가 무슨 빚을 졌다고 소문을 퍼뜨리지를 않나. 축운궁주, 고운원과 결탁해서 내 목숨까지 취하려 했지! 맞아! 지난달에는 내 인질인 계강란도 납치해 갔잖아!"

비연은 그동안 쌓아 둔 감정을 털어 내려는 듯, 그의 잘못을 하나하나 나열했다. 하지만 말하면 말할수록 더욱 분통이 터져 목소리가 커졌다.

그녀는 긴 의자 위로 올라가 그 작은 구멍 앞으로 얼굴을 들이밀고는 백리명천을 노려보며 외쳤다.

"그쪽이 나를 먼저 모해한 게 아니냐고? 그쪽이 나를 먼저 해치려 하지 않았다면, 우리 사이에는 그렇게 많은 사건이 있지도 않았을 거야. 나도 그렇게 귀찮은 일을 많이 겪지 않았을 거고! 내가 그쪽을 귀찮게 했다는 거, 사실 다 스스로 저지른 짓이나 마찬가지니 그래 마땅한 거였지. 그리고 그쪽이 나를 귀찮게 한 건, 그래, 그거야말로 당신이 나에게 빚을 진 거지. 말해 봐. 우리 사이에 뭐, 서로에게 빚이 없다고?"

백리명천은 마침내 비연의 얼굴을 보게 된 셈이었다. 그는 바로 그녀의 붉어진 눈을 눈치챘고, 살짝 굳은 표정을 지었다.

백리명천이 아무 말도 하지 않자, 비연이 얼굴을 더욱 가까이 들이밀고 노성을 질렀다.

"말해 보라고!"

그리도 오래 쌓아 두었던 감정이었다. 일단 한번 시작하니 도저히 멈출 수가 없었다.

안 그래도 그녀는 지금 누군가와 싸우고 싶던 참이었다. 비연은 기세등등하게 재촉했다.

"자, 내가 나왔잖아. 대체 뭘 하려던 거야? 말하라고! 말해!"

그러나 이게 웬일일까, 백리명천이 우물쭈물하며 중얼거렸다.

"난 그저 네가 보고 싶어서……. 그런데 괜찮아? 설마…… 울었어?"

비연이 잠시 멈칫했으나 곧 사나운 기세로 부인했다.

"눈이 삐었나? 어딜 봐서 내가 울었다는 거야? 내가 대체 울

긴 왜 울어? 안 울었어!"

비연의 붉어진 눈을 바라보는 백리명천의 눈이, 언제나 오만하던 그 눈이 다정하게 변했다. 깊은 애정과 안타까움이 뒤섞인 백리명천의 눈빛에, 비연은 그만 어찌할 바를 모르고 멍한 표정을 지었다.

이렇게 두 사람은 벽을 사이에 두고, 작은 구멍 앞에서 침묵하며 서로를 바라보았다. 사방은 고요했고, 시간마저 그대로 멈춘 것 같았다.

그러나 비연은 곧 정신을 차리고, 다시 천 뭉치로 구멍을 막은 후 벽에 기대어 앉았다. 그녀는 분명 조금 당황하고 있었다. 백리명천의 저런 눈빛을…… 그녀는 알고 있었다! 그녀에게는 너무나, 너무나 익숙한 눈빛이었으니까.

그건…… 그녀를 바라보던 군구신의 눈빛이었다. 백리명천의 눈빛이 아니라.

그녀는 마치 뭔가 깨달은 것처럼 점차 미간을 찌푸렸다. 그리고 생각에 잠길수록 점차 초조해짐을 느꼈다.

마침내 그녀가 긴 의자에서 내려오려 했을 때, 벽 뒤에서 백리명천의 목소리가 들려왔다.

"아주 오래전에, 고 영감이 이런 이야기를 해 준 적 있어."

'고 영감'이라는 단어를 듣는 순간, 비연은 그대로 동작을 멈췄다.

백리명천이 계속 말했다.

"고 영감이 그랬지. 나는 원래 꽃처럼 아름다운 사모를 가질 수도 있었을 거라고. 하지만 안타깝게도 그때 고 영감이 한발 늦었다고 말이야. 그리고 그때 고 영감도 작은 구멍을 뚫어 갇혀 있던 그 사람을 바라보았다고 했어. 그리고 정말 안타깝게도, 누군가가 고 영감보다 한발 앞서 그 사람을 구했다고 하더군."

여기까지 들은 비연은 미간을 더더욱 강하게 찌푸렸다. 계속 곁에서 듣고 있던 하소만도 놀란 눈빛이었다.

방금까지 백리명천이 말하던 '너를 보고 싶다'거나 '괜찮은가'라는 말이야 별 의미 아니라고 지나칠 수 있었지만, 지금 그가 하는 말의 의미는…… 이 이상 명백할 수 없었다!

고요한 가운데 백리명천은 여전히 말을 건넸다.

"우리 연아, 대진국 사람들은 아마 그렇게 빨리 너를 구하러 오지 못할 거야. 그러니까 본 황자가…… 너를 구해서 도망치면 어떨까?"

# 그저 농담일 뿐

비연은 오래도록 백리명천의 질문에 답하지 않았다. 백리명천은 계속 기다리는 듯, 역시 아무 말도 하지 않았다.

하소만은 백리명천이 정말 비연을 구하기 위해 한 말이 아닌 것 같다고 생각하기 시작했다. 이건 분명 고백이었다!

그는 고 영감이 한발 늦어 다른 사람이 사랑하는 사람을 구하는 것을 지켜보았다고 했다. 그래서 백리명천에게는 사모가 없노라고. 그렇다면 그가 지금 비연을 구해 도망친다면, 그 의미는 곧……

하소만은 등의 통증을 간신히 참으며 비연을 바라보았다. 그녀는 여전히 벽에 기댄 채 긴 의자에 앉아 있었다. 깊은 생각에 잠겨 있는 것 같기도 했고, 어딘가 정신이 나간 것 같기도 했다. 하소만은 다급한 나머지 외쳤다.

"왕비마마, 저 늙은 여우의 궤변을 쉽게 믿으시면 안 됩니다! 분명 음모입니다!"

평소였다면 하소만도 걱정하지 않았을 것이다. 그러나 지금 상심한 듯한 비연의 모습을 보자 혹시라도 그녀가 백리명천의 간계를 알아차리지 못하는 것은 아닌지 근심하지 않을 수 없었다!

백리명천처럼 나쁜 놈이 어찌 비연을 좋아하겠는가? 그리고 이건 너무 갑작스럽지 않은가! 너무나 이상하다!

비연이 대답하지 않자 하소만은 더욱 다급해졌다.

"왕비마마, 정신 차리십시오! 백리명천이 감언이설로 마마를 속이려 하고 있습니다! 왕비마마……."

비연이 대답하기 전에 백리명천이 차가운 목소리로 하소만에게 외쳤다.

"닥쳐! 군구신은 이미 비연을 배신했다. 더 이상 비연을 왕비마마라 부르지 마라! 본 황자가 듣기만 해도 역겨우니까! 비연은 대진국의 공주지, 천염국의 왕비가 아니다!"

하소만도 지지 않고 외쳤다.

"그게 너랑 무슨 상관인데? 그렇게 낯짝도 들 수 없는 일을 수도 없이 벌여 놓고, 감히 마마께서 이렇게 힘든 시기에 교언 영색을 늘어놔? 스스로 하는 말은 역겹지 않고?"

화가 난 백리명천이 외쳤다.

"빌어먹을 태감 놈, 닥치지 않으면 본 황자도 예를 차리지 않겠다!"

하소만도 화를 냈다.

"너야말로 태감이지! 나로 말할 것 같으면……."

그때 갑자기 쿵 소리가 났다. 비연이 주먹으로 침상을 내려친 것이다. 그녀는 여전히 침묵을 지키고 있었지만, 백리명천과 하소만은 동시에 입을 다물었다.

비연은 갑자기 구멍을 막은 천 뭉치를 빼내더니, 눈썹을 치켜세운 채 백리명천을 바라보았다.

그녀의 눈에는 경멸이 가득했지만, 백리명천이 자신에게 고

백한 사실을 경멸하는 것인지 아니면 그걸 그의 음모라고 생각해서 그런 것인지는 구분할 수 없었다. 어쨌든 그녀의 얼음처럼 차가운 눈빛은 온통 경멸로 가득 차 있었다.

그녀가 물었다.

"나를 구해 주겠다고?"

백리명천은 그녀의 눈빛에 압도된 듯 한참 동안 대답조차 하지 못했다.

비연이 다시 물었다.

"나를 구할 생각이라고?"

백리명천은 마침내 그녀의 경멸하는 듯한 시선을 피해, 벽을 등진 채 눈을 감았다. 그는 질문에 대답하기 어렵다는 듯 미간을 단단히 찌푸리고 있었다.

비연이 갑자기 웃기 시작했다. 그 웃음소리에도 경멸이 어려 있었다.

비연이 입을 열려고 했을 때, 백리명천이 갑자기 소리 내어 웃기 시작했다. 과거와 같이 사악할 정도로 매력적으로, 몹시도 오만하게.

"우리 연아, 본 황자는 너와 농담을 한 것뿐이다! 저 우둔한 태감 놈이 그걸 진짜로 알아들었을 뿐이지. 설마 진짜라 생각한 것은 아니겠지? 하하, 군구신에게 괴롭힘을 당해 바보라도 된 건가? 어찌 이리 쉽게 속아 넘어가지? 하지만 본 황자는 정말 네가 이 정도로까지 군구신에게 속을 줄은 몰랐다. 아마…… 본 황자가 너를 너무 높이 평가한 모양이군!"

하소만은 멍한 표정을 지었다. 그는 백리명천이 방금 농담을 했다고는 여기지 않았다. 그러나 감히 백리명천이 진심을 내보였다고도 믿을 수 없었다.

비연은 백리명천이 농담을 했다고 생각했으나, 지금 그녀에게는 그가 농담을 한 것이건 새로운 음모를 꾸몄건, 그도 아니면 정말 진심이었건 아무 상관도 없는 문제였다.

그녀는 다시 자리에 앉아 차가운 눈빛으로 물었다.

"대체 뭘 하려는 거야? 명확하게 말해!"

백리명천은 그제야 고개를 숙이고 남몰래 안도의 한숨을 내쉬었다. 그는 여전히 웃으며 말했다.

"제발! 하하, 우리 둘 다 지금 절벽에서 떨어진 신세나 마찬가지잖아? 그러니 우리 거래를 하는 건 어때? 본 황자가 너를 구해 줄 테니, 너는 본 황자의 일을 한 가지 돕는 거야."

비연은 사실 이곳을 떠날 생각이 없었다. 그러나 어쨌든 그녀는 담담하게 대답했다.

"일단 들어 보고. 나를 어떻게 구해 줄 건지, 그리고 내가 무슨 일을 도와야 하는지."

"내게 군구신을 견제할 방법이 있어. 너는 그 기회를 봐서 도망치면 돼."

백리명천의 말에 비연이 다시 물었다.

"넌 곧 폐인이 될 몸이잖아. 그런데 어떻게 군구신을 견제한다는 거지?"

백리명천은 확실히 곧 폐인이 될 몸이었다. 그는 다평산을 스스로 내려오지도 못하고 시위들에게 들려 내려왔다. 그의 몸 절반은 이미 굳어 있었고, 왼쪽 다리는 꼼짝도 할 수 없었다.

만약 그가 이런 상황이 아니었다면 군구신이 이렇게 방심하고 있을 리 없었다. 군구신은 그의 오른쪽 다리와 오른손에만 족쇄와 수갑을 채워 이 방 안에 가둬 두었다.

그러나 손을 움직일 수 있는 한 백리명천은 혈루를 불러낼 수 있었고, 군구신을 견제할 수 있었다. 오래 잡아 둘 수는 없겠지만, 아마 비연이 도망칠 만한 시간은 충분히 벌 수 있을 터였다.

백리명천은 비연의 질문에는 답하지 않고 한마디 덧붙였다.

"이 차장 앞에 시내가 흐르고 있어. 오후에 끌려올 때 유심히 봐 두었지. 저 태감 놈을 너와 함께 가둬 둔 건, 군구신이 저 태감 놈을 포기했다는 뜻이야. 내가 군구신의 주의를 끄는 동안, 저 태감 놈에게 너를 데리고 물길로 도망치라고 해! 너희가 물에 들어가기만 하면, 군구신에게 아무리 대단한 능력이 있다 해도 너희를 어찌할 수 없을 테니까!"

하소만은 백리명천이 계속 '태감 놈', '태감 놈' 하고 자신을 부르니 기분이 아주 좋지 않았다. 그러나 그의 계획을 듣는 순간, 잿더미가 되어 버린 것 같던 하소만의 마음에 다시 희망의 불꽃이 타오르기 시작했다.

비연이 백리명천에게 대답하기도 전에 하소만이 다급하게 말했다.

"할 수 있어요! 왕비……. 아, 아니, 연 공주님, 할 수 있습니다! 이 목숨을 바치는 한이 있다 해도 공주님을 모시고 도망치겠습니다!"

사실 그는 정왕 전하를 조금도 원망하고 있지 않았다. 만약 그에게 다시 한번 선택의 기회가 있다 해도 하소만은 원래의 선택을 바꾸지 않을 것이다. 그는 그저 정왕 전하가 자신에게 베풀어 준 은혜를 갚고 싶었을 뿐이었다. 그리고 지금 그는 비연에게 진 빚을 갚고, 백리 군부의 죄도 속죄하고 싶었다.

비연은 하소만을 거들떠보지도 않고 다시 백리명천에게 물었다.

"무엇으로 군구신을 견제하겠다는 건데?"

이번에도 백리명천은 직접적으로 대답하지 않고 그저 이렇게만 말했다.

"본 황자만의 방법이 있으니 안심해도 좋아. 이 일만은……본 황자가 결코 너를 함정에 빠트리지 않을 테니까!"

그는 잠시 말을 쉬었다가 일부러 놀리듯 말했다.

"아까워서 어떻게 함정에 빠트리겠어!"

비연은 여전히 차가운 말투로 계속 물었다.

"내가 무슨 일을 도와야 하지?"

백리명천은 한참 생각하더니 마침내 웃으며 말했다.

"우리 연아, 도요곡을 기억하고 있어? 하하, 본 황자는 그 도요곡에서 너 때문에 아주 고생했지. 정말 죽다 살아났어!"

비연은 당연히 기억하고 있었다. 그때 그녀가 백리명천에게 음양독을 쓰지 않았다면 어찌 그곳에서 그리 쉽게 도망칠 수 있었겠는가? 그 도요곡은 이미 군구신에 의해 예전의 모습을 잃은 상태였다.

비연은 시간을 낭비하고 싶지 않아 차가운 목소리로 말했다.

"쓸데없는 소리는 그만하고!"

백리명천은 여전히 웃으며 말했다.

"천염국 동쪽 희화진의 도요산 산그늘에, 역시 도요곡이라 불리는 골짜기가 있어. 나 대신 그곳에 한 번만 가 줘. 그 골짜기에서 가장 큰 호두나무를 찾아봐. 내가 그 호두나무 아래에 비단 상자를 하나 묻어 놓았거든. 그걸 파내서…… 계속 잘 가지고 있어 줘!"

비연은 자못 놀라며 물었다.

"그게 무슨 물건인데?"

백리명천이 소리 내어 웃기 시작했다.

"아주 좋은 물건이지! 어때, 거래는 성립인가?"

## 설마 한참 전부터 계획을?

백리명천은 현공대륙 소장계에서 공인하는 귀공자였으니, 그가 지닌 좋은 물건이라면 셀 수 없이 많았다.

"무슨 좋은 물건인지 말해 주지 않는데, 내가 어떻게 승낙하지?"

비연의 말에 백리명천이 웃으며 답했다.

"그 물건을 너에게 주겠다는 것도 아니고, 그저 보관만 해 달라는 건데, 대체 왜 그렇게 알고 싶은 게 많은 거야?"

비연이 냉소했다.

"그 물건이 내 목숨을 빼앗아 갈 만한 물건일 수도 있잖아?"

그 말을 들은 백리명천이 멈칫하더니 곧 큰 소리로 웃기 시작했다.

"우리 연아, 군구신은 너를 속였을지 몰라도 나는 너를 속이지 않는다! 어쨌든 본 황자는 네가 말한 대로 곧 폐인이 될 테니까. 본 황자가 목숨을 걸고 너와 거래하는 이상 너도 밑질 일은 없지 않을까? 잘 생각해 보도록!"

백리명천은 잠시 말을 멈추더니 다시 한마디 덧붙였다.

"맞아! 계강란은 본 황자가 납치한 것이 아니다. 본 황자가 인정할 것은 인정하겠지만, 하지 않은 일까지 인정할 수는 없지. 누구도 본 황자에게 죄를 뒤집어씌울 수는 없다!"

이 말을 들은 비연이 사뭇 놀라 물었다.

"정말이야?"

백리명천이 자못 진지하게 말했다.

"너를 속여서 뭐 하려고? 본 황자야말로 묻고 싶다. 어째서 본 황자가 계강란을 납치했다고 생각한 거지?"

비연은 오래도록 아무 대답도 하지 않았다. 그녀는 미간을 찌푸린 채 하소만에게 묻는 듯한 시선을 던졌다.

그렇다. 그녀는 지금 군구신을 의심하고 있었다.

비연은 계강란이 신농곡에서 납치당한 걸 아주 똑똑히 기억하고 있었다. 그때 신농곡의 방어는 아주 삼엄했고, 군구신의 시위들도 적지 않았다.

그녀는 당시 군구신과 함께, 백리명천이 수로를 통해 계강란을 납치한 것이 틀림없다는 의견을 나눴다. 그런데 만약 백리명천이 한 짓이 아니라면…… 내부의 누군가가 저지른 일일 수밖에 없었다!

하소만은 그날의 진상을 알지는 못했지만, 비연의 묻는 듯한 시선이 무엇을 의미하는지는 알고 있었다. 그가 한참 생각하다가 말했다.

"생각났습니다! 계강란이 납치되던 날 밤, 어디서도 망중을 찾을 수 없었습니다. 그때…… 맞아! 저는 진묵에게 물으러 갔었습니다! 진묵도 망중을 보지 못했다고 대답했고요. 원칙적으로는 진묵이 파수를 보고 있으면 망중이 인질을 지키고 있어야 마땅합니다만……. 설마 정말로……."

하소만은 비연의 안색이 창백해진 것을 보고 그 이상 말을 잇지 못했다.

비연은 지금까지도 군구신이 그녀를 배반할 만한, 말 못 할 사연이 있을 거라 고집을 부리고 있었다. 그러나 만약 군구신이 그날 밤 신농곡에서 계강란을 어딘가로 보내고 백리명천에게 누명을 씌운 거라면, 군구신은 한참 전부터 계획을 세웠던 것일 가능성이 컸다!

바꿔 말하면, 정왕 전하는 장파 고묘에서 황상의 얼굴에 문신이 새겨진 것을 알게 된 후 그 분노를 비연에게로 옮기고…… 비연을 배반할 마음을 품은 것이다!

하소만의 이러한 추측은 바로 이 순간 비연의 머릿속에 끊임없이 떠오르는 추측과 같았다.

그녀는 갑자기 힘차게 머리를 흔들었다. 더 생각하고 싶지 않았다!

그때 백리명천이 갑자기 웃기 시작했다.

"보아하니 계강란을 지키는 척하며 누군가 빼돌린 모양이군! 쯧쯧. 우리 연아, 본 황자는 너를 너무 높이 평가했을 뿐 아니라 군구신을 너무 낮춰 보았던 모양이다."

비연이 분노한 목소리로 외쳤다.

"닥쳐!"

그러나 백리명천은 입을 다물기는커녕 오히려 구멍 가까이 다가와 웃으며 말했다.

"연아, 괴로워할 필요 없다. 네가 도망치기만 하면 복수할 수 있을 테니까! 헌원 황족의 힘으로 군구신 하나를 설마 당해 내지 못할까?"

비연은 아무 말도 하지 않았다.

백리명천은 분명 비연을 위로하고 있었지만, 웃음기가 사라지지는 않았다.

"본 황자가 너에게 하루의 시간을 주겠다. 나중에 가서 본 황자가 너에게 일깨워 주지 않았다고 탓하지 말고. 기회는 지금밖에 없다!"

혈루의 부작용은 별다른 규칙 없이, 점점 더 빈번하게 찾아왔다. 그도 자신이 얼마나 버틸 수 있을지, 온몸이 굳은 후 어떤 모습으로 변할지 알지 못했다. 그렇기에 백리명천은 비연을 재촉하지 않을 수 없었다. 시간을 그르친다면 그는 그녀를 도울 수 없을 테니까!

그는 이 혈루의 힘 때문에 살아난 것을 고마워해야 하는지, 아니면 혈루의 힘 때문에 죽게 된 것을 원망해야 하는지 갈피를 잡을 수 없었다.

그는 결코 망상을 품는 사람이 아니었다. 그러나 어젯밤부터 계속 망상에 시달리고 있었다.

혈루의 부작용이 오지 않았다면, 그래서 그가 지금도 멀쩡한 상태라면…… 그렇다면 얼마나 좋을까! 그렇다면 그의 연아에게 호쾌하게 말할 수 있었을 것이다. 그가 계속 빚을 청산하겠다며 그녀를 쫓아다닌 진짜 이유를.

한참을 기다려도 비연의 답이 들려오지 않자 백리명천은 불안해지기 시작했다. 그는 일부러 장난기 어린 목소리로 물었다.

"우리 연아, 설마 또 울고 있는 것은 아니지? 이제는 운다 해도……."

비연이 갑자기 분노한 목소리로 외쳤다.

"내가 닥치라고 했잖아!"

비연은 계강란과 관련한 일을 더 생각하고 싶지 않았지만, 그러지 않을 방법도 없었다. 그녀는 군구신이 왜 그런 일을 했는지 이해할 수 없었다!

첫째, 그는 백리명천처럼 계강란을 필요로 하지 않았다.

둘째, 그의 수하가 계속 계강란을 지키고 있었으니 일을 벌이기 전 군이 의심을 살 수도 있는 모험을 할 필요가 없었다!

계강란은 지금 어디에 있을까?

백리명천은 마침내 입을 다물었고, 방 안은 온통 고요해졌다. 비연은 생각하면 생각할수록 이해가 가지 않아 군구신에게 물어보러 가기로 마음먹었다.

비연이 대충 구멍을 막은 후 긴 의자에서 내려왔다. 그러나 그녀가 막 신발을 신었을 때 백리명천이 다시 천 뭉치를 빼냈다. 비연이 돌아보니 구멍을 통해 백리명천이 웃고 있는 것이 보였다.

비연은 눈을 가늘게 뜰 뿐 별다른 말은 하지 않았다. 그러나 곧 문가로 걸어가 힘차게 문을 두드리기 시작했다.

문밖에 있던 시위가 소리쳤다.

"무슨 일입니까?"

비연이 냉랭하게 말했다.

"군구신을 만나야겠다!"

시위가 망설이는 듯하더니 잠시 후 대답했다.

"정왕 전하께서는 오늘 밤 누구도 만나지 않겠다고 말씀하셨습니다."

비연이 냉소했다.

"좋아! 이 일로 인해 그의 계획이 어긋나게 되면 너희들이 책임지면 그만일 테니까!"

이 말을 들은 순간 시위가 바로 말을 바꿨다.

"왕비마마께서 하실 말씀을, 제가 대신 전해 드리겠습니다."

하소만이 방금 그녀를 왕비마마라 불렀을 때는 비연도 딱히 신경 쓰지 않았다. 그러나 문밖의 시위가 그녀를 왕비마마라 부르는 순간, 비연은 이들의 마음속에서 자신이 아직도 그의 사람이라는 것을 인지하게 되었다.

이 상황은 정말이지 비할 데 없이 희극적이었다. 그녀는 가슴속을 스쳐 가는 고통을 견디며 말했다.

"그에게 오라고 해라. 내가 기다리겠다고 전해."

시위는 마지못해 잠시 기다리라고 한 후 군구신을 찾으러 갔다.

백리명천은 불안한 마음에 나지막하게 물었다.

"연아, 대체 뭘 하려는 거야?"

그러나 비연은 그의 말을 듣지 못한 것처럼 아무 반응도 보이지 않았다. 백리명천이 두어 번 계속 물어도 마찬가지였다.

백리명천이 참지 못하고 큰 소리로 외쳤다.

"연아, 대체 뭘 하려는 거냐고!"

비연이 그제야 고개를 돌리더니 사나운 눈빛으로 단호하게 말했다.

"너를 고발할 생각이지!"

"너!"

백리명천이 기가 막혀 소리쳤다. 그는 바보가 아니었고, 곧 비연이 지금도 군구신을 원망하고 있지 않다는 사실을 알아차렸다.

"너, 설마 바보인 거야? 아직도 그가 마음을 돌릴 거라고 기대하는 것은 아니겠지?"

비연은 대답하지 않았다.

백리명천은 정말로 화가 나서 노한 목소리로 외쳤다.

"비연, 제발 본 황자가 너를 경멸하게 만들지 마! 꼭 이렇게…… 스스로를 힘들게 만들어야겠어?"

비연이 다시 그를 돌아보며 노성을 질렀다.

"나는 그가 마음을 돌리기를 바란 적 없어! 왜냐하면, 나는 그가 마음이 변한 적이 없다고 믿으니까! 그리고 나와 그의 일은 네가 끼어들 일이 아니니 함부로 이러쿵저러쿵 말하지 말길 바라. 그리고 말해 두겠는데, 나는 애초에 도망칠 마음이 없었어. 그러니 네가 나를 구해 줄 필요도 없어. 나는 네 목소리도 듣고 싶지 않고, 너를 보고 싶지도 않아!"

백리명천은 그대로 멍하니 굳어 버렸다.

비연이 사납게 문을 두드리며 분노한 목소리로 외쳤다.

"대체 일을 어떻게 하는 거냐? 옆방에 있는 저 녀석이 곧 벽을 뚫고 도망치려 하는데! 그런데도 보러 가지 않고!"

이 말을 들은 순간 시위들은 다급해지고 말았다. 그러나 백리명천은 천천히 정신을 차렸다. 그는 미간을 찌푸린 채 비연을 바라보며 한참 동안 아무 말도 하지 않았다……

## 후회, 예전에 양보했어야 했는데

시위가 백리명천을 방에서 끌어내 다른 곳으로 옮길 때까지 군구신은 오지 않았다.

시위는 군구신을 찾을 수 없다고 말했고, 비연도 그 이상 강요하지 않았다. 그녀는 다시 긴 의자 위에 몸을 웅크린 채 무릎을 끌어안았다.

백리명천이 가고 나니 사방은 온통 고요해졌고, 비연은 더더욱 고요해 보였다. 그래서일까, 하소만은 심지어 방금 아무 일도 벌어지지 않았던 것 같은 착각마저 들었다.

그는 계속 비연을 바라보며 망설이고 있었다. 자신이 그녀를 방해하는 것은 아닌지 조심스러운 한편, 또한 비연이 이렇게 조용히 있다가 무슨 일이라도 내지 않을까 싶어 걱정스럽기도 했다.

여자는 말할 것도 없고 남자라도 이런 일을 당하면 울기 마련이었다! 그러나 비연은 눈물 한 방울 흘리지 않고 계속 침묵을 지키고 있었다.

하소만은 계속 고민하다가 결국은 입을 열었다.

"연 공주님, 그……, 그러지 마세요. 우리, 이야기라도 하는 것이 어떨까요?"

비연은 하소만을 쳐다보지도 않았다. 하소만은 그럴 수 있다고 생각해 계속 말했다.

"그러니까 혼자 이상한 생각은 하지 마시고요, 알고 싶으신 건 뭐든 물어보세요. 최근 제가 계속 전하를 따라다녔으니까……. 맞아, 혹시 여회를 아시나요?"

비연은 여전히 그를 상대하지 않았으나 하소만은 자신과 여회 사이의 일은 물론이고, 자신이 어떻게 여회를 군구신에게 소개했는지까지 모두 솔직하게 이야기했다.

말하면 말할수록 하소만의 목소리는 점차 작아졌다. 그가 생각해도 군구신에게 부득이한 고충이 있다기보다는 예전부터 비연을 배반할 마음이 있었음이 분명해 보였기 때문이다.

마침내 하소만도 입을 다물었다. 그제야 비연이 멍한 눈빛으로 그를 바라보았다. 하소만은 그 시선이 못내 견디기 힘들어 차라리 모든 것을 털어놓기로 마음먹었다.

"연 공주님, 그, 그러니까…… 바보 같은 생각은 마세요! 전하는…… 전하는 공주님을 배반했어요! 저는 백리명천의 말이 옳은 것 같아요. 그러니까 우리 같이 방법을 생각해 도망쳐요. 산장 밖으로 도망칠 수만 있으면 제가 안전하게 모실 수 있어요!"

"할 말은 그게 다야?"

비연이 마침내 입을 열었다. 놀랍도록 차가운 목소리였다. 그리고 하소만이 대답하기도 전에 갑자기 날카롭게 외쳤다.

"날 좀 가만히 내버려 두면 안 돼? 한마디라도 더 하면, 그래, 내가 약속하지. 네 엉덩이가 영원히 낫지 못할 거다!"

하소만은 흠칫하더니 이제 말은커녕 비연을 제대로 바라볼 엄두도 나지 않는 듯 천천히 고개를 침상에 묻었다.

마침내 완벽하게 조용해졌다. 비연의 마음이 흔들리고 있는지는 그녀 자신만이 알 일이었다.

이 순간 군구신은 문밖에 서 있었다. 시위들이 백리명천이 벽을 뚫었다고 보고했을 때 그는 바로 이곳으로 달려왔다. 다만 아무 말도 하지 않았을 뿐이다.

그는 문에 기댄 채 방금 방 안에서 오간 대화를 전부 엿들은 상태였다. 군구신의 얼굴에는 별다른 표정이 떠올라 있지 않았지만, 평소 깊은 눈동자는 비연보다도 흐릿해 보였다. 아니, 심지어 텅 빈 것처럼 보였다.

그가 하소만과 비연을 함께 가둔 것은, 비연으로 하여금 백리 군부의 후계자를 지키게 함과 동시에 하소만의 입을 빌려 비연의 마음을 죽이기 위함이었다. 바로 이런 생각이 있었기 때문에 예전에 망중이 몇 번이나 권했지만 군구신은 하소만에게 진실을 전혀 알려 주지 않았던 것이다.

군구신은 한참 그 자리에 서 있다가, 방 안에서 아무 소리도 들려오지 않자 겨우 몸을 일으켜 시위에게 나지막한 목소리로 명령했다.

"잘 지키도록. 무슨 일이라도 있으면 바로 보고하러 오고."

시위가 공손하게 고개를 끄덕였다.

군구신은 고개를 숙인 채 한 걸음 한 걸음 밖으로 걸어 나왔다. 그는 정신이 나간 듯한 표정으로 정처 없이 걷고 있었다. 그때 망중이 쫓아왔다. 망중은 마음이 아팠으나, 그래도 꿋꿋하게 앞으로 나서서 속삭였다.

"전하, 황상께서 계속 기다리고 계십니다. 스스로 전하를 찾으러 나오실 기세입니다."

군구신은 그제야 택을 보러 가야 한다는 사실을 떠올리고 발걸음을 멈췄다. 그는 택에게 가려다가 갑자기 생각을 바꿔 말했다.

"택아를 잘 살피고 있도록 해라. 본 왕은 려금을 먼저 만나야겠다."

만약 택의 얼굴을 먼저 본다면 그는 자신이 냉정함을 유지할 수 있을지, 그 후 려금과 대화를 나눌 수 있을지 자신할 수 없었다!

망중은 마음에 짚이는 것이 있어 대답했다.

"전하, 안심하십시오. 제가 잘 살펴 드리겠습니다!"

려금은 후원에서도 가장 은밀한 다실에 갇혀 있었다.

군구신이 홀로 문을 열고 들어가자 봉두난발에 남루한 의복을 걸친 려금이 침상에 웅크리고 있는 것이 보였다. 그녀를 모르는 사람이 보았다면 아마 어디선가 구조해 온 거지라 생각하고 연민을 품었을 만한 모습이었다.

그러나 그녀를 쳐다보는 군구신의 눈에는 감추기 어려운 원한이 빛나고 있었다. 그는 한 걸음 한 걸음 다가가 침상 가장자리에 앉은 뒤 남몰래 탁한 숨을 토해 냈다.

"려금, 본 왕이 너를 대신해 혁소해와 기욱을 제거했다. 본 왕에게 감사해야 하지 않나?"

려금은 군자택을 납치한 후 혁소해, 기욱과 결탁했다. 그리고 백리명천의 고문에 모든 것을 털어놓으려는 순간 백리명천이 다평산에 올라가리라는 사실을 알게 되었다. 그래서 그녀는 참았다. 혁소해가 손을 쓸 것으로 생각한 것이다.

그러나 이게 웬일인가. 혁소해의 수하가 백리명천의 손에서 그녀를 빼내더니 그녀에게는 별다른 이득을 주지 않았다. 그때야 그녀는 혁소해 역시 야심에 가득 차 있다는 사실을 깨달았다! 그러나 혁소해가 기연결이라는 사실이며, 군구신이 비연과 이미 반목하고 있다는 사실은 알지 못했다.

"감사하라고?"

려금의 목소리는 유달리 연약하게 들렸지만, 그녀는 여전히 웃고 있었다.

"군구신, 내가 너에게 건명검법의 진실을 이야기했을 때 너는 믿지 않았지. 그런데 나에게 무슨 감사를 바라는 거지?"

"본 왕은 믿고 있다. 본 왕은 최근 점점 더 건명력을 제어하기 힘들어지고 있어. 오히려 건명력에 장악당하는 느낌이지. 그때 너도 이랬던 건가?"

이 말을 들은 려금이 크게 기뻐하며 재빨리 몸을 돌렸다.

"하하! 군구신, 너에게도 오늘 같은 날이 왔구나! 마침내 나를 믿게 되었다, 이거지!"

군구신은 려금의 얼굴을 본 순간 저도 모르게 헉, 차가운 숨을 들이마셨다. 망중에서 려금이 아주 참혹한 꼴이 되었다는 이야기를 듣기는 했지만, 이 정도일 줄은 생각지 못한 것이다.

려금은 하룻밤 사이에 늙어 버린 것처럼 얼굴이며 목에 온통 주름이 가득했고, 눈 코 입 모두 몹시 나이가 들어 보였다. 그리고 얼굴 전체에 '요괴 할망구'라는 글자가 문신되어 있었다. 심지어 문신 후 제대로 소독을 하지 않아 붉게 부어오르기도 했고, 화농이 생긴 곳도 있었다.

물론 군구신은 그저 놀랐을 뿐, 려금이 아무리 참혹한 상황이라 해도 동정심이 일거나 하지는 않았다! 그는 차가운 목소리로 말했다.

"그 말은 본 왕이 해야 할 말이겠지!"

말을 마친 그가 몸을 일으키더니 동경을 꺼냈다. 그것을 본 려금이 경악하여 큰 소리로 외치기 시작했다.

"아니야! 아냐! 저리, 저리 치워! 안 돼! 보지 않을 거야!"

그녀는 이미 백리명천에 의해 제 모습을 충분히 본 상태였고, 자신의 얼굴이 부어오르고 화농이 생긴 것도 알고 있었다. 그녀는 이 순간 제 얼굴이 대체 어떤 모습으로 변했는지 상상조차 할 수 없었고, 감히 제 얼굴을 볼 엄두도 내지 못하고 있었다.

군구신이 차가운 눈빛으로 려금의 머리를 잡고 동경을 그녀 얼굴 앞으로 들이밀었다.

동경에 비친 그녀의 얼굴은 마치 귀신과 같이 공포스러웠다. 려금은 군구신이 어떤 조건을 이야기하기 전에 먼저 외쳤다.

"《운현수경》을 원한다면 주겠어! 주면 되잖아!"

이 순간, 려금은 후회하고 있었다. 혁소해가 다른 마음을 품고 있다는 사실을 미리 알았다면, 그리고 군구신이 그 뒤에서 기다리고 있다는 것을 알았다면, 그녀는 진작에 《운현수경》을 백리명천에게 건네고 그렇게 고통을 겪지 않았을 것이다!

그러나 이 세상에 미리 알 수 있는 일이 어디 있던가?

'미리 알았더라면' 하는 마음은 그저 혼자만의 생각이고, 망상일 뿐이다.

사실 려금이 일찌감치 항복했다 하더라도 백리명천 성격으로는 절대 그녀를 쉽게 놔주지 않았을 것이다!

군구신은 침착하게 동경을 내려놓았다. 그는 말없이, 려금이 《운현수경》의 행방을 이야기하기를 기다리고 있었다…….

# 전하, 그녀는 미쳤습니다

려금이 이야기하지 않았다면, 군구신은 진짜 《운현수경》이 정왕부에 숨겨져 있다고는 상상조차 하지 못했을 것이다.

지금 《운현수경》은 군구신에게 어떤 가치도 없었다. 그는 그저 그것을 비연에게 남겨 주고 싶을 뿐.

그는 수하를 정왕부로 보내 《운현수경》을 찾게 했다.

려금은 지금도 눈을 감고 있었다.

"군구신, 할 말은 다 했잖아! 어서 거울을 내려놔! 어서!"

군구신은 이미 한참 전에 거울을 내려놨다. 그가 려금의 얼굴을 흘깃 보며 입을 열려고 하자 려금이 먼저 말했다.

"군구신, 나를 놔주면…… 건명력과 계약을 해약하는 법을 알려 주겠어."

군구신의 입에 냉소가 떠올랐다. 그는 그녀의 말에는 대답하지 않고 차가운 목소리로 분부했다.

"여봐라, 려금을 가둬라! 그 누구도 접근하지 못하게 하고!"

려금이 사나운 기세로 눈을 뜨더니 경악하여 외쳤다.

"너!"

군구신이 희미하게 웃으며 말했다.

"그때 몽동이 적령석을 매개로 건명보검을 봉인하지 않았다면, 네가 어떻게 건명력과 해약할 수 있었을까? 또 어떻게 죽음을 피할 수 있었을까?"

려금이 당황하여 물었다.

"어, 어떻게 알았지?"

군구신이 다시 말했다.

"몽동은 죽었고, 몽족은 이미 멸족 상태지. 지금은 건명보검을 봉인할 만큼 결계술에 정통한 사람이 없다. 말해 봐. 본 왕이 어떻게 해약할 수 있는지?"

려금은 중상을 입었지만 바보가 된 것은 아니었다! 그녀는 바로 상황을 파악하고 놀라서 외쳤다.

"그가…… 그가 알려 준 거지? 그가 너에게 알려 준 거야!"

그녀가 이야기하는 '그'는 물론 고운원이었다.

려금은 흥분하여 몸을 일으키려 했지만, 안타깝게도 두 어깨를 쓸 수 없는 상태라 일어나지 못했다. 그녀가 계속 말했다.

"그가 너를 찾아온 거야? 너와 무슨 이야기를 했지? 그가 혹시 이 근처에 있는 거야?"

여기까지 이야기한 그녀는 갑자기 황망한 표정으로 재빨리 군구신에게로 몸을 돌렸다.

"안 돼! 나는 그에게 이런…… 모습을 보여 줄 수는 없어!"

그러나 그녀는 다시 몸을 돌리더니 군구신에게 애원하기 시작했다.

"도와줘! 제발……! 난 아무것도 필요 없으니, 그저 제발…… 그를 한 번만 보게 해 줘! 제발!"

군구신이 물었다.

"아무것도 필요 없다고?"

려금이 재빨리 고개를 끄덕였으나 군구신은 냉소하며 말했다.

"너는 아마 앞으로 아무것도 가질 수 없을 것이다! 여봐라! 려금을 지하감옥으로 끌고 가 가둬 두도록!"

려금은 그제야 겨우 정신을 차렸다.

"아니야! 너, 그, 그렇게 하면 안 돼! 군구신, 넌……."

군구신이 발걸음을 멈추더니 돌아보지도 않고 분노에 찬 목소리로 물었다.

"그럼 본 왕이 어떻게 해야 하지? 택아가 겪은 고통을 하나하나 돌려줘 볼까?"

려금 역시 분노한 목소리로 외쳤다.

"나, 나는……. 이 얼굴만으로도 부족한 거야? 나는 겨우 그 애 얼굴 절반을 망쳐 놓았을 뿐이지만, 백리명천은 내 전부를 망쳐 놓았어!"

군구신의 분노는 하늘을 뒤덮을 듯했다. 그는 재빨리 몸을 돌리더니 냉랭하게 말했다.

"백리명천은 백리명천이고, 택아는 택아다! 백리명천과 너 사이의 계산은 끝났는지도 모르지! 하지만 택아의 일은 끝나지 않았다!"

려금은 군구신의 눈에 핏발이 가득한 것을 보고 깜짝 놀라 한참 동안 아무 말도 하지 못했다. 그리고 이 순간, 그녀는 군구신이 과거와 달라졌음을 눈치챘다. 다만 어디가 달라졌는지는 그녀로서도 알 수 없었다.

군구신이 바로 수하에게 명령했다.

"문신사를 찾아와라. 본 왕이 보는 앞에서 천천히 문신을 새기게 할 것이다!"

"안 돼!"

려금은 미친 것처럼 몸을 일으키려다가 제대로 일어나지 못하고 침상 아래로 굴러떨어졌다. 그녀는 현재 군구신은 고사하고 닭 한 마리 잡을 힘도 없는 상태였다.

군구신은 더 돌아보지 않고 한 걸음 한 걸음 걸어 밖으로 나갔다. 려금은 그의 뒷모습을 보며 계속 고개를 저었다. 그녀의 입에서는 계속 '안 돼.'라는 말이 흘러나오고 있었다. 백리명천이 그동안 그녀를 얼마나 괴롭혔는지, 그녀는 '문신'이라는 단어를 듣는 것만으로도 견디지 못하고 있었다.

"안 돼! 싫어! 저리 가! 저리 가란 말이야! 도와줘! 누구든 도와줘……. 고운원……. 고운원, 당신 여기 있지? 어디 있어? 고운원! 살려 줘! 살려 달란 말이야…….."

려금은 바닥에 엎드린 채 계속 중얼거리고 있었다. 그럴수록 점점 더 공포에 젖고 있었지만, 그 와중에도 갑자기 큰 소리로 웃기 시작했다.

"군구신! 하하, 그렇게 좋아하긴 일러! 너도 끝이니까. 너도 죽을 거라고! 인검합일은 거짓말이야! 건명보검과 계약하면 죽을 수밖에 없다고! 고운원이 알아! 그래, 고운원이 제일 잘 안다고! 백리지란, 그 천한 계집은 어디 있지? 하하, 백리 일족은 전부 다 죽어야 해!"

그녀는 웃고 또 웃다가 점차 공포에 질린 표정을 드러내며 다시 '안 돼!'라고 중얼거리기 시작했다.

방 안으로 들어온 시위들은 그 모습을 보고 서로 얼굴만 바라볼 뿐이었다. 모두 려금이…… 미쳤다고 생각했다! 그들은 시간을 낭비하지 않고 재빨리 려금을 차장 안에 숨겨진 감옥으로 끌고 갔다.

려금은 감옥으로 끌려간 후 감정의 기복이 더욱 심해졌다. 군구신이 막 택의 방문 앞에 도착했을 때 시위가 달려와 보고했다.

"전하, 려금이 미쳤습니다."

군구신은 그녀가 정말로 미친 것인지 아니면 미친 척하는 것인지 알지 못했으나, 굳이 그 사실을 알아볼 마음도 없었다.

"미쳤다 해도 본인의 잘못에서 도망칠 수는 없을 것이다!"

군구신의 말에 시위가 대답했다.

"예, 알겠습니다!"

군구신은 문 앞의 모든 시위를 물리고, 한참 동안 그대로 서서 감정을 정리한 후 문을 두드렸다.

"택아, 황형…… 황형이 왔다."

곧 망중이 문을 열었다. 택은 계속 군구신을 보고 싶어 했지만, 망중이 좋은 말로 달래던 참이었다.

택은 주변 상황을 전혀 알지 못했다. 그저 황형과 형수가 려금에게 빚을 갚느라 오래도록 자신을 보러 오지 못하고 있는 줄 알고 있었다.

백리명천이 그에게 가면을 주어 얼굴에 새겨진 문신을 가리게 해 주지 않았다면, 그는 지금 아무와도 만나고 싶어 하지 않을 터였다. 그가 지금 이리도 조급하게 황형과 형수를 만나고 싶어 하는 이유는 바로 백리명천 때문이었다.

군구신이 방 안에 들어가자 택이 달려왔다. 택은 형수가 보이지 않자 몹시 놀랐으나 일단 가장 궁금하던 것을 먼저 물었다.

"황형, 백리명천은? 백리명천은 지금 어디 있어요? 지금 어떤 상태야?"

군구신은 의외라고 생각했다. 그는 택의 성격을 아주 잘 알고 있었다. 택은 다른 이들 앞에서는 단호하고 강인했지만, 형인 자신 앞에서만은 그러지 않았다!

그는 택이 우는 모습을 보게 될 마음의 준비를 하고 들어온 참이었다. 그런데 택이 뜻밖에도 백리명천부터 찾다니! 게다가 목소리를 들어 보면 복수하기 위해 찾고 있는 것 같지도 않았다.

군구신이 물었다.

"백리명천은 왜 찾는 거지?"

택이 재빨리 호두 한 알을 꺼냈다.

"황형, 이것 봐요! 이게 뭔지 알겠어요?"

군구신이 의심스럽다는 듯 물었다.

"백리명천의 물건이냐?"

과거 그와 비연이 백리명천의 저택을 정리했을 때 비슷한 호두를 한 알 얻은 적이 있었으나, 후에 전다다가 천옥성 경매장에서 입찰에 성공해 가져가 버렸다.

손에서 놀리는 호두는 보통 한 쌍인데, 설마 이게 그 호두의 다른 짝일까? 그런데 이게 어떻게 택의 수중에 있는 걸까?

택이 연신 고개를 끄덕였다.

"백리명천의 것이에요! 황형, 백리명천은 어디 있어요? 백리명천을 봐야겠어!"

군구신은 점점 더 이해할 수 없어 망중을 바라보았다. 망중이 고개를 저었다. 망중도 방금 몇 번이나 물어보았으나, 이 어린 황제는 이유는 말하지 않고 그저 백리명천을 봐야겠다는 말만 하고 있었다.

군구신이 진지하게 물었다.

"대체 왜 그러는 것이냐?"

"아주 중요한…… 꼭 물어봐야 하는 중요한 일이 있어요. 황형, 나와 함께 가요!"

군구신이 다시 물었다.

"무슨 일이지?"

"황형, 내가 말한다 해도 황형은 믿지 않을 거예요! 일단 나랑 같이 가면 알게 될 거예요!"

군구신은 잠시 망설이다가 결국은 고개를 끄덕였다.

# 내가 한 모든 행동이 정의

백리명천은 비연이 갇혀 있는 곳에 이웃한 정원에 갇혀 있었고, 수많은 병사의 감시를 받고 있었다.

군구신은 사실 백리명천이 도망칠까 봐 염려하지 않았다. 지금 백리명천의 몸 상태로 봐서는, 도망친다 해도 쉽게 다시 잡아 올 수 있을 터였기 때문이다.

그러나 택이 함께 있는 이상 이제 반드시란 없었다. 군구신은 당연히 택이 백리명천의 수중에 떨어지지 않도록 미리 대처하는 중이었다.

방문이 열리자 택은 다급하게 안으로 뛰어 들어가려 했고, 군구신이 막아섰다.

백리명천은 수갑과 족쇄에 묶인 채 긴 의자에 묶여 있었다. 비록 이렇게 갇혀 있어도, 그리고 몸의 절반이 움직이지 못하는 상태여도 그는 낭패한 기색을 전혀 보이지 않았다.

그는 긴 의자에 기대 누운 채 오른손으로 머리를 받치고 자는 척하고 있었다. 보랏빛 화려한 의복에 잘생긴 얼굴, 나른하고도 태연자약한 모습은 몹시도 고귀해 보였다. 상황을 모르는 사람이 보았다면, 여전히 권력의 정점에 있는 만진국의 삼황자가 자신의 저택 안 사치스러운 긴 의자에 누워 자고 있다고 여겼을 것이다.

그리고 진상을 아는 모든 이들은 이 모습을 보며 감탄하지 않을 수 없었다.

택은 황형이 왜 경계 태세인지 이해했기에, 한 번 제지당한 후 다시 안으로 들어가지 않고 큰 소리로 외쳤다.

"늙은 여우!"

백리명천은 택이 올 거라고는 생각지 못했던 듯, 눈을 뜨고 일어나 앉았다. 군구신과 함께 문가에 서 있던 택은 그에게 호두를 흔들어 보였다.

백리명천은 군구신을 흘깃 바라본 후 조금 불안한 기분에, 불쾌함을 섞어 말했다.

"본 황자를 놔주려는 게 아니라면, 본 황자의 잠을 방해하지 말도록!"

말을 마친 그는 다시 눈을 감았다. 그러나 이게 웬일일까, 택이 큰 소리로 외쳤다.

"늙은 여우! 수하를 시켜 이 호두를 나에게 전해 주라 했잖아! 대신 고 영감에게 주라면서 말이야. 맞지?"

백리명천은 여전히 눈을 감은 채 택을 상대하려 하지 않았다.

군구신은 택의 말에 상당히 놀랐으나, 조급하게 말을 꺼내거나 하지는 않았다.

택이 다시 말했다.

"시위에게…… 나랑 려금, 그 요괴 할망구를 교월차장으로 보내라고 했고 말이야. 맞지?"

백리명천은 여전히 미동도 하지 않았다.

택이 계속 말했다.

"당신 사부의 은혜에 보답하고 스스로 속죄하기 위해, 모든 것을 바로 돌려놓기로 했던 거야. 맞지?"

이 말을 들은 백리명천은 정말 견딜 수가 없어 눈을 뜨고 퉁명스럽게 외쳤다.

"바보 같은 녀석! 대체 무슨 허튼소리를 늘어놓고 있는 거지? 본 황자에게 무슨 죄가 있다고? 대체 뭘 속죄하란 말이야? 뭘 바로 돌려놔? 본 황자가 했던 모든 일이 곧 정의다! 네 곁에 있는 그 녀석이 바로 사악 그 자체고 말이야!"

택은 그렇게 생각하지 않았다. 그는 백리명천이 형수를 좋아한다는 사실을 깨달은 후 오랫동안 생각했고, 백리명천이 그의 상상처럼 그렇게 나쁘지 않다는 결론을 내렸다. 그가 했던 일 중에 용서받지 못할 만한 죄는 없었다.

또 그가 그렇게 오래 잡혀 있었는데도 백리명천은 그를 괴롭히지 않았을 뿐 아니라 오히려 가면을 주기도 하고, 함께 려금에게 복수하자고 하기도 했다.

물론 이런 일들이 백리명천에 대한 인상을 바꾸는 결정적 계기는 아니었다. 가장 중요했던 것은 백리명천이 그와 려금을 인질로 삼아 황형과 형수를 위협하지 않고 마지막에는 오히려 그들을 교월차장으로 보내 주려 했다는 점이었다.

택은 이미 망중에게 물어본 후였다. 백리명천은 홀로 다평산에 올랐다가 혁소해의 수중에 떨어졌고, 그 후 다시 황형에게 잡힌 몸이 되었다. 백리명천이 그렇게 한 것은 황형을 돕기 위해서임이 분명했다.

택은 그제야 백리명천이 정말로 고 영감의 은혜에 보답하려한다는 것을 믿게 되었다. 물론 그 안에는 형수를 돕고자 하는마음도 섞여 있겠지만.

평소였다면 다른 이가 황형을 욕하는 순간, 택은 분명 이치를 따져 가며 싸웠을 것이다. 그러나 지금은 달랐다. 택은 몹시진지한 표정으로 물었다.

"늙은 여우, 일부러 우리 황형과 형수에게 다평산에서 만나자고 한 후, 먼저 도착해 혁소해와 기욱을 잡으려고 한 거지?그리고 혁소해와 기욱을 우리 황형에게 넘기려고 한 거야. 맞지? 응?"

택은 잠시 생각한 후 다시 말했다.

"모든 것을 올바르게 돌려놓으려 했을 뿐 아니라, 좋은 일을하고도 이름을 남길 생각이 없었던 거야!"

이 말을 듣는 순간 백리명천은 온몸에 소름이 돋아 노성을질렀다.

"조용히 해! 본 황자를 그렇게 저속하게 표현하지 말란 말이다! 망할 녀석, 본 황자가 마지막으로 경고하는데, 허튼소리는그만하는 게 좋을 거야. 물론 허튼 생각도 하지 말고! 본 황자가 너희를 놓아준 것은 고 영감과의 관계 때문이지, 네 황형이나 형수와는 아무 관계 없으니까……."

택이 그의 말을 잘랐다.

"응! 안심해도 좋아. 그 비밀은 내가 절대로 입 밖에 내지 않을 테니까! 나는…….”

백리명천이 비연을 좋아한다는 비밀 외에 택이 아는 비밀이
또 있을까?

백리명천이 재빨리 몸을 일으키더니, 노한 목소리로 택의 말
을 잘랐다.

“계속 성가시게 굴 테냐? 스스로 대단하다고 여기는 일은 그
만두시지! 본 황자의 명은 얼마 남지 않았고, 고 영감에게 빚을
진 채로 떠나고 싶지 않다! 말해 두겠는데, 본 황자는 평생 고
영감 한 사람에게만 빚을 졌다. 그 외에는 그 누구에게도 빚이
없어! 더더군다나 너희에게는 없단 말이다! 본 황자가 어째서
너희들에게 잘 대해야 하지? 무엇 때문에 너희들을 도와야 하
느냔 말이다? 허튼 생각은 하지도 마!”

백리명천은 계속 말하다 보니 저도 모르는 사이에 흥분하고
있었다.

군구신은 계속 아무 말도 하지 않았으나, 복잡한 눈빛으로
백리명천을 바라보았다. 그는 지금까지 백리명천이 무엇 때문
에 굳이 다평산에서 자신들을 만나려 했는지, 그리고 왜 홀로
다평산에 올라갔는지 이해하지 못하고 있었다. 게다가 기연결
과 기욱은 왜 그리 공교롭게도 그 자리에 있었던 걸까? 그 모든
질문에 대한 답을 군구신은 지금에야 얻은 것이다.

택은 백리명천의 말을 전혀 믿지 않고, 자신의 직감과 추측
을 굳게 믿었다.

그러나 백리명천의 말을 끊지 않고, 그의 말이 끝난 후에야

조심스럽게 물었다.

"여우, 저…… 정말 죽게 되어 있는 건가?"

택도 려금이 혈루의 부작용 때문에 백리명천이 죽을 거라 말하는 것을 몇 번이나 들었다. 택이 보기에도 백리명천의 몸에 문제가 생긴 것은 분명했다.

백리명천은 이제 성가신 정도가 아니라 조금 수치스러운 기분마저 들었다. 이들을 더 볼 일이 없을 거라 생각했는데…….

백리명천은 퉁명스럽게 대답했다.

"내가 죽건 말건 너희와는 상관없는 문제다! 본 황자를 놔줄 게 아니라면 꺼져!"

그러고는 자리에 누웠으나, 갑자기 이상한 점을 눈치채고 재빨리 다시 일어나 앉았다.

방금 군자택이 했던 말을 곱씹어 보니, 군자택은 아마 군구신이 비연을 배반했다는 사실을 눈치채지 못하고 있는 것 같았다. 설마, 이 녀석은 지금도 아무것도 모르는 건가?

백리명천이 일부러 비웃듯 말했다.

"그리고, 무슨 형수님이니 뭐니 하지 마라! 비연은 더 이상 네 형수가 아니니까! 하하!"

이 말을 들은 택은 황당하다는 표정을 지었다. 대체 백리명천이 무슨 말을 하는지 알아들을 수 없었다.

백리명천이 다시 군구신을 바라보며 노한 목소리로 외쳤다.

"배은망덕한 자식! 여자를 이용하고 버리다니, 아주 대단한 능력이야!"

택이 겨우 정신을 차린 듯, 분노한 표정으로 백리명천에게 소리쳤다.

"무슨 허튼소리를 하는 거야?"

이 순간 백리명천은 군자택이 저간의 사정을 전혀 모른다는 사실을 확신할 수 있었다. 백리명천 입가의 비웃음이 더더욱 깊어졌다.

"본 황자는 허튼소리를 한 적이 없다. 가서 네 형수에게 물어보면 알겠지. 맞아, 그 하씨 성을 가진 태감이 그러더군. 네 황형이 네 형수를 배반한 이유가 바로 너 때문이라고!"

택은 더욱 경악한 표정이 되었다. 그는 백리명천의 말을 믿고 싶지 않아 재빨리 군구신을 바라보며 물었다.

"황형, 형수는 어디 있어요?"

## 영혼의 숙명

택의 불안한 시선을 마주하고도 군구신은 그저 그의 머리를 쓰다듬어 줄 뿐 아무 말도 하지 않았다.

군구신이 몸을 돌려 나가는 것을 보고 택은 다시 한번 백리명천을 바라본 다음, 점점 더 불안해지는 마음에 재빨리 군구신을 따라 나왔다.

"황형, 형수는요? 대체 무슨 일이 있었던 거야? 저 늙은 여우 놈이…… 날 속인 거지? 응? 황형, 말해 봐!"

택은 군구신 앞까지 달려와 그를 막아섰다. 군구신은 그제야 담담하게 말했다.

"나를 따라와라."

군구신은 택을 데리고 기연결 일행과 대화를 나눴던 다실로 갔다. 시종들이 이미 기연결과 기욱의 시신을 치우고 바닥의 핏자국도 깨끗하게 닦아 놓은 후였지만, 공기에 밴 피비린내는 아직 가시지 않았다. 방 안에 들어서는 순간 택은 바로 미간을 찌푸렸다.

"여기는……."

직접 문을 닫은 군구신이 택을 자리에 앉힌 후 차를 한 잔 따라 주었다.

택은 점점 더 불안한 표정으로 찻잔을 응시하다 말했다.

"황형, 설마⋯⋯."

군구신은 고개를 숙인 채 모든 진실을 택에게 말해 주었다. 이후의 그의 계획까지 포함하여.

이야기를 듣는 택의 눈이 점점 붉어지더니, 마침내 참지 못하고 큰 소리로 울음을 터뜨리며 군구신의 품으로 달려들었다.

"형, 안 돼! 싫어!"

군자택은 방금까지만 해도 황형과 어깨를 나란히 하고 앉아 차를 마시던 군주였으나, 이 순간 다시 채 자라지 않은 아이로 돌아와 있었다. 택은 군구신을 끌어안은 채 대성통곡하기 시작했다.

"싫어, 형! 형이 죽는 건 싫어! 싫다고! 형, 약속했잖아. 형이랑 형수랑 영원히 내 곁에 있을 거라고! 그런데 날 속이고 있는 거야? 거짓말쟁이! 형이 나를 속이고 있어⋯⋯. 그렇지⋯⋯. 이건 분명 거짓말이야!"

택은 울고 또 울다가 갑자기 밖으로 달려 나가려 했다.

"형수를 만나야겠어! 형수는 어디 있어? 형수를 만날 거야!"

군구신이 택을 제지했다. 그는 택 앞에 한쪽 무릎을 꿇고 앉은 채 두 손으로 택의 어깨를 눌렀다.

군구신에게는 우는 걸 결코 보고 싶지 않은 사람이 세 명 있었다. 비연, 어머니, 그리고 택.

고요한 군구신의 눈도 붉어져 있었다. 그는 택을 바라보며 달래는 말 한마디 없이, 그저 택이 나가지 못하도록 제지하고 있었다.

택의 눈에서 눈물이 끊임없이 흘러내렸다. 그는 이미 자제력을 잃고 온 힘을 다해 발버둥 치고 있었다. 군구신은 그런 그를 잡아 움직이지 못하게 했다.

"놔줘! 놔 달란 말이야! 형은 거짓말쟁이야! 형수를 속였어! 어떻게 형수를 속일 수 있어! 형, 형이 나쁜 사람이야. 제일 나쁜 사람이라고……. 흑, 형, 난 형이 죽는 거 싫어. 형이 없어지는 거 싫단 말이야……."

택은 군구신에게 잡힌 채 계속 울면서 발버둥을 쳤다.

얼마나 지났을까. 마침내 택의 울음소리가 잦아들었고, 흥분도 조금은 가라앉았다. 군구신은 그제야 그를 놔주었다.

택은 이제 밖으로 나가려 하지 않고 군구신의 품으로 뛰어들어 그를 꽉 끌어안았다.

군구신은 택을 한참 동안 안고 있다가 겨우 나지막한 목소리로 말했다.

"택아, 황형은 아무것도 무섭지 않다. 황형의 유일한 소망은 그저 네 형수가 계속 살아 주는 거란다."

살아 있으면, 어쨌든 죽는 것보다는 희망이 있으니까. 그리고 원한은…… 사랑보다는 끝이 가까울 테니까!

군구신이 택에게 수많은 말을 했지만, 이 말만큼 모든 것을 설명하는 말은 없었다. 군구신은 비연을 너무나 잘 알고 있었다. 그녀가 얼마나 강한지, 또 얼마나 연약한지도 알고 있었다.

택은 겨우 고개를 들었다. 그의 눈에서는 눈물이 계속 흘러내리고 있었다. 택은 무엇인가 묻고 싶은 듯 입을 벌렸지만, 대체 무슨 말을 해야 할지 알 수 없었다.

황형이 이렇게 하지 않는다면…… 형수가 감당해야 할 고통이 얼마나 잔인할지……. 그렇게 되면 형수가 어찌 홀로 살아갈 수 있을까? 황형은 말할 것도 없고 택 자신도 견딜 수가 없는데!

군구신이 조심스럽게 택의 가면을 벗겼다. 그리고 문신이 새겨진 그의 얼굴 반쪽을 보는 순간 심장이 그대로 굳는 듯했다. 군구신은 고통스러운 눈빛으로, 그러나 아무 말 없이 다정하게 택의 얼굴을 쓰다듬었다. 마치 문신이 새겨진 이 얼굴이 여전히 멀쩡한 것처럼.

택이 더더욱 세차게 눈물을 쏟아 내기 시작했고, 군구신은 살며시 그의 눈물을 닦아 주었다. 한 번, 또 한 번, 그렇게 눈물을 닦아 주며 군구신이 속삭였다.

"택아, 황형에게 약속해 다오. 너도 살아야 한다."

이 말을 듣는 순간 택이 입술을 깨물더니 억지로 울음을 참아 냈다. 그는 납치되었을 때 몇 번이나 삶을 가볍게 버리려 했으나, 결국은 버텨 냈다. 그는 아주 잘 기억하고 있었다. 장파고묘에서 형수가 자신에게 아무것도 무서워하지 말고 살아남자고 말했던 것을.

군구신이 계속 택의 눈물을 닦아 주며 말했다.

"백리명천이 칠 숙부의 은혜에 보답하려는 것처럼, 나도 고씨 가문의 은혜에 보답하려 하는 거란다. 영위는…… 목숨을 걸고 지켜야만 하는 거야. 택아, 황형이 떠나고 나면 대진국 강남

영주성의 겸가 거리에 있는 고씨 저택으로 가거라. 명신과 아버지, 어머니가 그곳에 계시니까. 안심하거라. 아버지, 어미니, 두 분 다 의술이 뛰어나니 분명 네 얼굴을 치료해 주실 거다."

택은 군구신을 바라보며 아무 대답도 하지 않았다. 그저 끊임없이 눈물을 흘릴 뿐이었다.

군구신이 조심스럽게 택에게 가면을 다시 씌워 준 다음, 한 번 더 머리를 쓰다듬었다.

"형이 되어서 이렇게 울다니. 울지 마라. 착하지."

군구신은 택을 놓아주었으나 택은 있는 힘을 다해 그를 안은 채 놓지 않았다. 마치 지금 놓아주면 영원히 그를 잃기라도 할까 두려운 것처럼.

군구신은 어쩔 수 없어 그저 기다릴 수밖에 없었다. 군구신은 일부러 고개를 돌리고 다른 곳을 바라보았다.

이날 밤, 택은 잠든 상태에서도 군구신의 손을 꼭 쥔 채 놓지 않았다. 마치 택이 황제의 자리를 계승했던 그 밤처럼. 다만 그날 밤 택은 결국 그의 손을 놓아주었지만, 오늘 밤만은 절대로 놓지 않았다.

비연은 밤새 잠을 이루지 못했기에 혼이 나간 듯한 모습이었다. 팔에서 통증이 느껴졌을 때에야 비로소 정신을 차리고, 상처의 약을 바꿔야 한다는 사실을 떠올렸다!

그녀는 아직 딱지를 내려앉게 하는 약을 쓸 엄두는 내지 못하고 있었지만, 상처가 덧나는 것은 막아야 했다!

비연이 침상 쪽을 바라보았다. 하소만이 눈을 크게 뜨고 그녀를 바라보고 있었다. 비연이 불쾌한 듯한 목소리로 외쳤다.

"등을 돌려!"

하소만은 몹시 억울한 모양이었다.

"저, 저는 몸을 움직일 수 없는걸요. 무얼 하시게요?"

비연은 그에게 다가가 이불로 하소만의 머리를 덮으며 냉랭한 목소리로 말했다.

"옷을 갈아입을 거니까. 훔쳐볼 생각은 하지 말라고!"

하소만은 비연의 말을 믿을 수 없었다. 그러나 의심한다 한들 감히 물어볼 수도, 이불을 걷을 수도 없었다.

비연은 약왕정에서 약을 꺼낸 후 병풍 뒤로 가서 옷을 벗었다. 상처가 덧나지 않은 것을 본 그녀는 겨우 안도의 한숨을 내쉬고, 고통을 참으며 약을 바른 다음 다시 상처를 싸맸다.

비연에게는 의원이 필요했지만, 지금 군구신에게 이야기하고 싶지는 않았다. 그녀는 기다릴 작정이었다. 만약 택이 계속 그녀를 보러 오지 않는다면, 이것을 조건으로 삼아 군구신으로 하여금 택을 데려오게 할 작정이었다.

어찌 되었건 그녀는 택을 만나야만 했다. 그녀는 군구신에게 맞설 수 없으니, 택으로 하여금 맞서게 할 생각이었다. 그녀는 군구신이 핏줄을 모르는 체하지는 않을 거라 생각했고, 또한 택이 의리를 저버릴 거라고도 생각지 않았다!

비연은 화를 눌러 참고 기다렸다. 그러나 택은 계속 그녀를 보러 오지 않았다. 그리고 이 순간 남강의 전쟁은 이미 시작되었다.

상관 부인은 현공상회, 한가보의 힘을 모아 군구신이 만진국과 백초국에서 징발해 온 병력에게 대항하는 중이었다.

　아금과 아금의 부인인 목령아도 흑삼림에서 오는 중이었고, 헌원예와 당 가주 부부도 빙해를 건너오고 있었으며, 고칠소 일행도 곧 뭍에 상륙할 참이었다. 10여 년의 시간이 지나 빙해에서 다시 한번 전투가 벌어지려 하고 있었다.

　이날, 택을 기다리다 못한 비연이 마침내 시위에게 말했다.

　"가서 군구신에게 전해라. 군자택의 얼굴 문제로 내가 그를 만나야겠다고!"

# 나를 도와주어야겠다

비연은 결국 '택'이라는 패를 꺼내 들었다.

시위가 떠난 후에도 그녀는 계속 문가에 서서 기다리고 있었다.

이 순간 하소만의 기분은 몹시도 복잡했다. 비연이 택의 얼굴을 치료할 수 있다니 기쁘면서도, 속으로는 자신이 비연을 오해했던 것이 부끄러웠다. 동시에 지금 그들 두 사람이 이런 지경에 떨어졌다는 것이 슬프기도 했다.

하소만은 계속 자신이 비연을 위해 무엇이건 해야 한다고, 어떻게든 보상해야 한다고 생각하고 있었다. 자신이 비연에게 뭔가 해 줄 수는 없다 해도, 최소한 기분이라도 좋게 만들어 주고 싶었다.

그는 잠시 생각하다가, 두 손으로 침상을 짚고 상반신을 일으키며 진지하게 말했다.

"연 공주님, 제가 생각해 낸 것이 있는데요."

비연은 그를 흘깃 보았을 뿐 별다른 반응을 보이지 않았다.

하소만은 낙담했으나 계속 이야기했다.

"공주님, 전하께서 공주님을 배반할 리 없다고 그렇게 고집을 부리실 거라면, 어째서 전하를 시험해 보지는 않으십니까? 약이 있으시잖아요? 죽은 것처럼 보이는 독약을 드셔 보세요.

그러면 전하의 마음을 알게 되실 테니까요!"

비연은 비록 하소만을 쳐다보지도 않았지만, 저도 모르게 약왕정을 꼭 쥐었다. 그녀는 그렇게까지 할 생각은 하지 못했다. 그녀가 몸에 지니고 있던 독약은 모두 빼앗겼지만, 약왕정을 이용하면 언제라도 독약을 만들어 낼 수 있었다. 다만 택을 치료하기 전에는 약왕정이 파업을 할지도 모르는 모험을 할 수는 없었다.

비연이 대답하지 않자 하소만이 다시 말했다.

"울고불고 목을 매느니 마느니 하는 것은 촌부나 하는 행동이지만, 그래도 필요할 때는 해야 하는 법입니다! 연 공주님, 그러니까……."

그가 말을 끝내기도 전에 비연이 노한 눈으로 바라보며 차갑게 말했다.

"조용히 해. 아니면 내가 독으로 다시는 입도 뻥긋하지 못하게 할 테니까!"

하소만은 몇 번이나 조용히 하라는 말을 들었는지 이제 셀 수도 없을 지경이었다. 그는 다시 엎드렸다. 어쩐지 별 이유도 없이 울고 싶었다. 사실 그는 계속 비연에게 제 부모에 대한 일을 묻고 싶었으나, 차마 물어볼 엄두가 나지 않았다.

비연은 몸을 돌린 채 꽉 닫힌 방문에 머리를 기댔다. 그녀는 어떻게든 냉정함을 유지하기 위해 애쓰고 있었다. 잠시 후 군구신과 택을 만나면 무슨 말을 하고 어떤 행동을 할지 생각하면서.

그러나 이때 군구신은 이미 택을 비밀리에 배웅하고 오던 참이었다. 그는 홀로 차장으로 돌아와, 고개를 숙인 채 묵묵히 안으로 걸어갔다.

곧 망중이 오더니 나지막한 목소리로 보고했다.

"전하, 계강란이 도착했습니다. 안에서 기다리고 있습니다."

"알았다."

군구신은 그제야 정신을 차리고 대답한 후 빠르게 다실로 자리를 옮겼다. 그가 다실 문 앞에 도착했을 때, 시위 하나가 조급하게 달려오더니 말했다.

"전하, 왕비마마께서 황상의 얼굴을 치료할 방법이 있다고 하시며 전하를 뵙고 싶다 하셨습니다."

군구신은 살짝 당황했으나 곧 웃기 시작했다. 그는 본래 부친과 모친에게 기대를 걸고 있었는데, 비연이 먼저 치료법을 찾아낼 줄은 몰랐던 것이다.

"알겠다. 내게로…… 데려오도록."

군구신은 망중에게 밖에서 지키라고 한 후 자신은 안으로 들어갔다.

우아하고 그윽한 다실 안에 향이 피어오르고 있었다. 이제 피비린내의 흔적은 전혀 남아 있지 않았다.

계강란은 망중의 손에 이끌려 온 후 계속 대접을 잘 받고 있었다. 북산에서 돌아온 날 밤부터 군구신은 이미 모든 것을 준비했다. 계강란은 군구신이 마지막으로 써야 하는 바둑알이었다.

계강란은 계속 려금이 이야기했던 아름다운 꿈에 빠져 있었다. 심지어 납치 후 군구신이 잘 대해 주었기 때문에 그녀의 꿈은 더더욱 깊어 가고 있었다. 게다가 망중을 통해 군구신이 비연을 배반했다는 사실을 알게 된 그녀는 이제 그 꿈에서 쉽게 깨어날 수 없게 되었다.

계강란은 살짝 당황스러운 마음으로 군구신을 기다리면서, 몇 번이나 제 옷과 머리를 정리했다. 이 순간에도 그녀는 곁에 있는 동경을 보며 옷을 정리하고 있었다.

거울을 통해 군구신이 들어오는 것이 보이자 그녀는 재빨리 돌아섰다. 그녀는 흥분하고 또 긴장하여 저도 모르게 손수건을 꽉 쥐었다.

인정하지 않을 수 없었다. 계강란은 매우 아름다웠고, 말을 하지 않을 때는 세속을 초월한 듯한 느낌마저 풍겼다. 게다가 지금 교태 어린 표정을 짓고 수줍어하기까지 하니, 그야말로 그 누구라도 사랑에 빠지지 않을 수 없을 만큼 매력적이었다.

그녀는 감히 자리에 앉지 않고, 부끄러운 듯 겁이 나는 듯 군구신 앞으로 다가왔다. 군구신은 그녀를 흘깃 본 후 성큼성큼 상석으로 걸어가 앉았다.

"앉도록."

계강란은 계속 군구신에게서 시선을 떼지 못하고 있었다. 그 차갑고도 잘생긴 얼굴을 보고 있노라니, 북강에서 처음 만났을 때를 떠올리지 않을 수 없었다.

그날도 군구신은 지금처럼 차갑고 패기 있는 모습이었다. 그러나 동시에 다정한 면도 보여 주었다. 그 몽롱하던 달빛 아래,

그 길고 좁은 길에서…… 살짝 고개를 숙인 채 비연에게 입을 맞추던 그의 모습은 계강란의 뇌리에 깊이 새겨져 영원히 떨쳐 버릴 수 없는 무엇이 되어 있었다.

아마도 그 순간부터 계강란은 그를 사랑하기 시작했을 거다. 그리고 그녀는 그의 달빛과도 같은 다정함이 자신의 것이었으면 하는 사치스러운 갈망을 품었다.

군구신이 계강란을 찾은 것은 물론 맡길 일이 있어서였다. 그러나 지금 그의 머릿속을 가득 채운 것은 비연이 곧 온다는 사실이었다. 그는 시간을 낭비하고 싶지 않아 차갑게 물었다.

"려금이 미쳤다는 사실은 알고 있나?"

계강란은 살짝 당황했다. 망중으로부터 군구신이 혈통이 바르지 않은 려금과 협력할 생각이 없다는 이야기를 듣긴 했지만, 려금이 그런 결말을 맞으리라고는 생각지 못한 것이다.

계강란이 혼란스러운 표정으로 물었다.

"그렇다면 전하께서는…… 어찌할 생각이신가요?"

"너와 나는 모두 구려의 후예지. 네가 나에게 협력한다면, 본 왕도 너를 홀대하지는 않겠다!"

계강란이 비록 꿈에 빠져 있다 해도 제 분수를 전혀 모르는 것은 아니었다. 그녀는 예전에 려금이 군구신을 다룰 수 없었기에 자신을 보물처럼 여겼다는 사실도 알고 있었다. 그런데 지금, 군구신 그도 구려의 후예인데…… 대체 자신이 어디에 필요하다는 걸까?

그녀가 재빨리 몸을 일으켜 군구신에게 절을 올렸다.

"전하께서 저를 구해 주신 은혜가 있으니, 무엇이건 분부하시는 대로 따르겠습니다."

'구해 주신 은혜' 운운을 듣는 순간, 계강란이 호의를 보이는 동시에 자신을 시험하고 있다는 사실을 군구신은 눈치챘다. 려금이 계강란을 인질로 대접하지 않았으니, 군구신이 그녀를 '구했다'고는 말하기 어려운 상황이었다.

어쨌든 군구신이 원한 것은 계강란의 이런 마음이었다.

"본 왕이 건명검법의 인검합일의 경지에 이르면 네가 나를 도와주어야겠다. 본 왕이 주화입마에 들지 않도록 말이다."

계강란은 깜짝 놀랐다. 건명검법에는 인검합일의 경지가 없고, 그저 주화입마에 들어 죽게 된다는 얘기를 려금으로부터 들은 적이 있기 때문이었다. 계강란이 재빨리 말했다.

"전하, 정말로 인검합일의 경지를 수련하실 수 있습니까? 려금이……."

"당연히 가능하다! 네가 제때 건명보검에 혈제를 올리기만 하면 본 왕은 그 재난을 피할 수 있다!"

이 말을 들은 순간, 계강란은 겁을 먹었다.

군구신이 희미하게 웃으며 말했다.

"걱정할 필요 없다. 네 생명을 취하려는 것은 아니니까. 본 왕이 이 일을 택아에게 시키지 않는 것은 택아가 남자아이라 양기가 서로 다툴 것이기 때문이다."

계강란은 속으로 안도의 한숨을 내쉬고, 여전히 걱정하면서도 재빨리 말했다.

"전하, 오해하지 마십시오. 전하의 은혜에 보답할 수만 있다면 저는 물불 가리지 않고 최선을 다할 것입니다."

군구신이 고개를 끄덕이며 말했다.

"안심해도 좋다. 앞으로 본 왕이 너를 홀대하지 않을 테니."

려금이 했던 이야기도 있고, 또 군구신이 이리 이야기하니……계강란은 군구신의 거짓말을 정말로 믿었다.

그러나 군구신이 심혈을 기울여 이런 상황을 만든 것은 비연을 철저하게 속이기 위함이었다! 그렇지 않으면 훗날 그가 인검합일의 경지에 이르러 검에 목숨을 잃게 되면, 그리하여 건명력이 지살을 멸하게 되면, 영리한 비연은 분명 모든 진실을 알아 버릴 테니까.

군구신의 진정한 목적은, 그의 죽음의 원인을 계강란에게 돌리기 위해서였다. 계강란이 검에 제를 올리는 데 성공하지 못했기에 자신이 주화입마에 빠져 죽은 것으로 만들고 싶었다.

계강란은 무척 기뻐하며, 높은 지위에 오르는 꿈을 꾸기 시작했다. 그녀는 다시 한번 절하며 말했다.

"그럼 먼저 전하께 감사를 올리겠습니다."

군구신은 그 이상 그녀를 상대하지 않고, 곁에 있는 시위에게 말했다.

"계 소저가 쉬도록 모셔라."

계강란이 기쁨에 넘쳐 물러가려는 순간, 그 누가 알았을까. 문가에서 막 군구신을 만나러 오던 비연과 마주칠 줄은…….

# 나는 믿지 않아

방문이 열리는 순간, 계강란이 비연을 발견했고 비연도 계강란을 발견했다. 비연이 바로 발걸음을 멈췄다.

며칠 전, 그녀는 군구신이 백리명천에게 누명을 씌워 계강란을 데려갔다는 사실을 알게 되었다. 그녀는 군구신이 무엇 때문에 그런 행동을 했는지 알지 못했지만, 깊이 고민하고 싶지도 않았다. 그런데 여기서 계강란을 만나게 될 줄이야!

비연은 미간을 찌푸리며 계강란을 노려보았다. 그러나 계강란은 상당히 의기양양한 표정으로 웃기 시작했다. 그녀는 다실을 떠나려던 참이었으나, 생각을 바꿔 다시 안으로 들어왔다.

군구신은 계강란이 비연과 마주칠 수 있다는 사실은 알고 있었지만 계강란이 다실로 되돌아올 줄은 몰랐다. 그가 한마디 하려 했을 때는 이미 비연이 성큼성큼 안으로 들어오고 있었다.

계강란은 여전히 서 있는데 비연이 차가운 얼굴로, 앉으라는 군구신의 말 없이도 자리에 앉았다. 그녀는 군구신은 바라보지도 않고 계강란에게 냉랭한 목소리로 말했다.

"너와 상관없는 일이니 나가도록!"

계강란은 답답했다. 군구신은 이미 비연을 배반하지 않았던가? 그런데 비연이 대체 어디서 난 배짱으로 여기에서 자신을 턱짓하며 부리려는 걸까?

계강란은 몹시 화가 났다. 그녀는 비연에게 경멸에 찬 시선을 던지며 한옆에 앉았다.

비연의 마음속에 일말의 불안감이 스쳐 갔다. 그녀가 마침내 군구신을 바라보았을 때, 계강란이 물었다.

"전하, 아직 설명하지 않으신 거예요? 전하, 너무 마음을 무르게 먹지 마세요. 그러다……."

계강란은 일부러 잠시 멈췄다가 애매한 미소를 흘리며 계속 말했다.

"우리 일을 망치시겠어요!"

이것은 도전이었다!

비연은 감정적인 면에서 이런 도전을 받아 본 적이 없었다. 인정하지 않을 수 없었다. 지금 그녀는 당황하고 있었다. 그러나 그녀는 여전히 마지막 고집을 지키고 있었다.

비연이 몸을 일으키며 차가운 목소리로 말했다.

"고남신! 당신이 무엇을 하고 싶은지, 아니면 저 여자와 무엇을 할 생각인지 아무 상관 없어. 나는 믿지 않으니까. 그러니 상관이 없는 거야! 지금 내가 온 것은 당신과 택아에 대해 이야기하기 위해서야. 그러니 어서 저 여자를 내보내! 어서!"

계강란은 순식간에 이상한 점을 눈치채고 큰 소리로 웃기 시작했다.

"알겠어. 전하께서 너와의 관계를 끝내셨는데 네가 대체 왜 이리 기고만장한 건지 궁금했거든? 그런데 억울한 나머지 자신도 속이고 남도 속이고 있는 것에 불과했군! 고비연, 정말 바보 같은 건지, 아니면 불쌍한 건지."

"닥쳐!"

비연은 계강란에게 외치면서도 계속 군구신을 바라보고 있었다. 그가 제발 계강란을 밖으로 내보내기를 바라면서!

군구신 역시 비연을 보고 있었다. 지금 상황은 그의 계획에 있던 것은 아니었다. 그러나 그는 여전히 얼굴을 차갑게 굳힌 채 물었다.

"정말로 택아의 얼굴을 치료할 방법이 있는 건가?"

비연은 대답하지 않고 한마디 한마디 사나운 기세로 외쳤다.

"일단 저 여자부터 내보내! 당장!"

계강란이 불쾌한 목소리로 말했다.

"고비연, 아직도 자기가 뭐라도 되는 줄 아는 거야?"

계강란은 사실 여전히 의심이 남아 있었으나, 군구신의 냉랭한 말투를 듣자 배짱이 생겼다. 그녀는 일부러 몸을 일으켜 비연 가까이 다가가서 차갑게 말했다.

"본 소저가 경고하겠어. 다시 한번 나에게 꺼지라고 하면, 본 소저도 이젠 예의를 차리지 않을 거야!"

그러나 이게 웬일일까.

계강란의 말이 끝나는 순간 비연이 손을 휘둘렀다. 찰싹, 커다란 소리와 함께 미처 피하지 못한 계강란의 뺨이 붉게 부어올랐다.

"감히 나를 때려!"

계강란이 분노하여 손을 휘두르려 했지만, 비연이 재빨리 그

녀의 손을 잡았다. 계강란이 다른 손으로 비연을 사납게 내려
쳤다.

계강란의 무공은 보통이었지만 봉황력을 잃은 비연보다는
한 수 위였다. 비연은 그렇게 계강란에게 얻어맞아 땅에 쓰러
졌다.

계강란은 거기서 멈추지 않고 다시 손을 휘두르려 했다. 그
때 군구신이 차가운 목소리로 외쳤다.

"그만!"

군구신이 고개를 숙였다. 소매 속에 숨겨진 손은 이미 주먹
을 쥐고 있었다. 이 모든 것은 그의 계획에는 없던 상황이었지
만, 그래도 인정하지 않을 수 없었다. 좋은 기회였다. 비연의
고집을 무너뜨리고, 그녀가 이 이상 미련을 품지 못하게 할 좋
은 기회.

그는 마침내 비연을 바라보며 말했다.

"헌원연, 너에게 택아를 치료할 방법이 있다 해서 본 왕이 네
가 방만하게 구는 것을 참아 줄 것으로 생각지 마라. 지금 당장
계 소저에게 사과해. 그럼 이 일은 여기서 끝내겠다. 그러지 않
으면……."

비연은 군구신이 이런 말을 하리라고는 생각지 못해 눈시울
이 붉어지기 시작했다. 그러나 대체 어디서 나온 힘인지, 사납
게 계강란을 밀어 버리고는 자리에서 일어나며 분노한 목소리
로 외쳤다.

"무엇 때문에 멈추게 한 거야? 저 여자가 나를 때리게 내버

려 두면 그만이지!"

비연은 바로 계강란을 돌아보며 노한 목소리로 외쳤다.

"때려! 때려 보라고!"

비연은 지금의 자신이 싫었다. 이 순간 자신의 행동이 너무나 혐오스러웠고, 심지어 구역질이 날 지경이었다. 그러나 그녀는 오늘 어떤 방법을 써서라도 그가 본심을 드러내게 할 작정이었다!

그녀는 지금 그의 모습이 진심이라고는 믿지 않았다! 믿을 수 없었다!

지금 비연의 모습은 못내 패기만만했다! 계강란은 그녀의 얼음처럼 차가운 눈길에 깜짝 놀라 순간적으로 손을 쓸 엄두도 내지 못하고 있었다.

비연이 차가운 목소리로 외쳤다.

"때리지 않을 건가? 그럼 내가 때리지!"

말을 마친 그녀가 불시에 계강란의 얼굴을 내리쳤다.

계강란은 당황해 굳어 있던 차였고 비연의 손은 몹시도 재빨랐다. 비연이 다른 손으로 한 번 더 내리쳤을 때, 계강란은 옆으로 두어 걸음 비틀거렸다.

마침내 계강란도 정신을 차렸다! 거의 동시에 군구신이 몸을 일으키더니 계강란을 잡아끌며 비연의 손을 제지했다.

비연이 차가운 목소리로 외쳤다.

"여자들끼리 싸우는데 왜 끼어드는 거지? 이것 놔!"

군구신은 비연의 손을 놓아주지 않았다.

비연은 그의 눈을 응시하며 다시 물었다.

"고남신, 대체 뭐가 무서운 거야? 나는 봉황력을 잃었고, 이제 폐물이나 마찬가지인데? 계강란이 나를 막는 건 손바닥 뒤집는 것보다 쉬울 텐데, 정말 무엇이 무서운 거야? 말해!"

군구신은 그녀를 바라보며 한참 동안 아무 말도 하지 않았다.

비연이 손을 빼려 하지 않고 계속 물었다.

"말해, 무엇이 무서운지! 말하란 말이야! 고남신, 기욱이 나를 치려 했을 때도 막았지. 응? 말해 줘, 무엇이 무서운 거야?"

그녀가 기욱을 치료한 후, 기욱이 그녀에게 보복하려 했을 때 군구신이 소리쳐서 제지했다. 만약 그러지 않았다면 기욱이 그녀를 몇 번 걷어차는 것만으로도 비연은 지금 일어설 수도 없는 상태가 되었을 것이다.

군구신은 그녀가 상처 입는 것을, 괴로워하는 것을 두려워하고 있다! 비연은 그렇게 굳게 믿었다!

그녀는 오늘 어떤 대가를 치르더라도 그에게서 답을 얻어 낼 작정이었다!

"대답하지 않으면 묵인하는 것으로 알겠어. 응? 고남신, 말해. 당신이 나를 더 잘 알고 있을까, 아니면 내가 당신을 더 잘 알고 있을까? 그렇게 헛수고하지 말라고. 나는 믿지 않을 테니까! 온 세상이 나를 배반하더라도 당신만은 그럴 수 없어! 절대로 그럴 수 없다고!"

갑자기 군구신이 비연을 놓아주더니 동시에 계강란을 제 품에 안았다. 그러고는 밖을 향해 외쳤다.

"여봐라, 어서 의원을 불러와라! 그리고 헌원연을 데려가서 감시하도록!"

그리고 계강란에게 속삭이듯 물었다.

"아픈가?"

계강란은 갑자기 쏟아진 총애에 어쩔 줄 몰라 몸을 돌리더니 갑자기 군구신을 꽉 끌어안고 가련한 모습으로 울기 시작했다.

그 모습을 본 비연은 그대로 굳어 버렸다. 순식간에 눈물이 차오르기 시작했다. 그녀는 자신이 아주 강하다고 믿었다. 그러나 눈앞의 이 장면을 본 순간, 자신이 얼마나 연약한지 깨달을 수밖에 없었다! 눈물도 더는 참을 수 없었다!

그러나!

그녀는 여전히 꿋꿋하게 참고 있었다. 말하지 않았던가, 그녀는 어떻게든 그의 본심을 들을 생각이라고. 비연은 어떤 대가를 치르더라도 진실을 알고야 말 작정이었다.

그렇게 오래 고집을 부렸는데, 그렇게 오래 아팠는데…… 어떻게 포기할 수 있단 말인가?

그녀는 고개를 든 채 억지로 눈물을 참으며 소리 없이 약왕정을 가동했다. 잠시 후, 그녀의 손에 약가루가 생겨났다.

"고남신!"

비연이 소리쳤다. 그리고 군구신이 돌아보는 순간, 그에게 약가루를 뿌렸다.

그녀가 사용한 약은 미약으로, 평소보다 두 배의 분량을 사용했다. 대라신선이 온다 해도 해독할 수 없을 분량이었다.

비연의 눈가에 사나운 빛이 스쳐 가는가 싶더니, 그녀가 냉랭한 목소리로 말했다.

"그 여자가 사랑스럽다 이거지. 좋아, 그럼 그 여자를 열심히 사랑해 주라고!"

말을 마친 그녀는 몸을 돌려 문밖으로 나가며, 마침 들어오려던 망중을 밀어제쳤다.

"나를 가둘 필요 없어, 알아서 돌아갈 테니까! 네 주인을 대신해 문이나 닫아 주지 그래?"

## 당신을 한참 동안 기다렸어

비연은 가능한 한 빠른 속도로 원래 갇혀 있던 곳으로 되돌아왔다.

지금 그녀가 얼마나 마음이 아픈지, 또 얼마나 분노하고 있는지 누구도 모를 것이다.

그녀는 문을 발로 차서 열어 방 안으로 들어간 후 긴 의자 위에 꼿꼿한 자세로 앉았다.

그녀가 독을 쓸 때 사용한 손은 오른손이었다. 그리고 지금 왼손은 여전히 주먹을 꽉 쥔 채였다!

그녀는 기다리고 있었다! 오늘 그녀는 군구신과 반드시 결말을 내야 했다.

하소만은 영문을 알 수 없었고, 망중 역시 대체 무슨 일이 벌어졌는지 알지 못했다. 망중은 문 앞까지 쫓아왔지만 망설이다가 안으로 들어가지 않고, 시위에게 잘 지킬 것을 명하고는 총총히 돌아갔다.

다실 안, 군구신의 상황은 아주 좋지 않았다! 그는 한 손을 탁자 위에 짚고 간신히 버티고 있었다. 관자놀이며 목, 손에는 온통 푸른 핏줄이 곤두서 있었다.

이번만은 비연이 너무 심했다고 말하지 않을 수 없었다! 아주 독한 약일 뿐 아니라 최대한의 양을 사용했다. 그에게 조금의 여지도 주지 않을 작정이었다!

한옆으로 밀려난 계강란은 그저 군구신을 바라보기만 할 뿐 감히 앞으로 나서지는 못하고 있었다. 이 순간 군구신은 마치 주화입마에 빠져 언제라도 폭발할 것처럼 보였다. 그 결과가 무엇일지, 계강란으로서는 도무지 알 수 없었다.

"전하, 괘, 괜찮으세요? 비연이 독을 쓴 건가요?"

계강란이 다정한 목소리로 물었다. 그녀로서는 아무리 머리가 깨지도록 생각한다 해도 비연이 군구신에게 그런 약을 썼으리라고는 짐작조차 할 수 없었다.

군구신은 그런 그녀에게 대답하지 않았다. 그는 지금 호흡조차 거칠어져 있었다. 그러나 그는 마지막 이성을 부여잡은 채 문밖의 시위에게 외쳤다.

"머, 먼저 계 소저를 모셔라!"

이때 망중이 도착했다. 그리고 군구신의 모습을 보고 경악했다. 그는 계강란과 마찬가지로 비연이 그런 독을 썼다고는 생각지 못하고, 비연이 군구신의 목숨을 앗으려 했다 생각했다. 망중은 재빨리 시위에게 지시해 계강란을 내보내고 의원을 불러왔다.

계강란은 그제야 군구신의 생명이 위험할 수도 있다는 사실을 인식했다. 그녀는 다급한 나머지 밖으로 나가지 않고, 오히려 군구신 가까이 다가와 그의 손을 잡았다.

"전하, 비연이 전하를 죽이려 했어요!"

군구신은 재빨리 계강란의 손을 떨쳐 버렸다. 그 힘이 얼마나 섰던지, 계강란은 그대로 바닥에 내팽개쳐지고 말았다. 계강란은 당황했지만 곧 뭔가 이상하다는 것을 깨달았다.

군구신은 그녀를 보지도 않고, 망중마저 밀어제친 채 빠른 걸음으로 문밖으로 달려 나갔다.

계강란은 땅에 주저앉은 채 한참을 멍하니 있다가 겨우 망중을 바라보며 물었다.

"망 시위, 이, 이게 무슨 일이에요?"

망중은 초조하기도 하고 의심스럽기도 했지만 냉정함을 유지하고 있었다. 우선 계강란을 잘 달래야 했다. 그렇지 않으면 전하가 고심 끝에 안배한 모든 일이 헛수고가 되어 버릴 테니까.

"안심하십시오. 전하 곁에는 의원이 많으니 아무 문제도 없을 겁니다. 전하께서 화가 나셔서 직접 고비연을 벌이러 찾아가신 것 같습니다. 소저께서는 일단 쉬시지요. 방금 전하께서도 의원을 불러오라 하셨으니……. 전하께서 얼마 전 소저의 미모가 경국지색이라 하셨습니다. 소저의 이 아름다운 얼굴에 조금이라도 흠이 생겨서는 안 될 말이지요!"

망중의 이야기를 듣던 계강란은 기분이 점점 좋아지기 시작했다.

그녀는 몸을 일으키며 중얼거리듯 말했다.

"시비도 가리지 못하는 그 망할 계집……. 전하께서 직접 손을 보시면 그 계집도 마음을 죽이겠지요!"

망중이 연신 고개를 끄덕였다.

"그렇습니다, 계 소저. 소인이 소저를 방으로 모시겠습니다.

전하께서 특별히 소저께 이 차장에서 가장 좋은 방을 준비해 드리라 하셨습니다."

계강란은 다시 기쁜 표정이 되었다.

이때 군구신은 다른 방 안에 있었다. 그는 차가운 물을 한 잔 또 한 잔 입 안으로 쏟아붓다시피 하며 어떻게든 평온을 유지하기 위해 노력 중이었다.

그러나 아무 소용 없었다!

차장의 의원이 곧 달려왔으나, 진단 후 자신으로서는 어쩔 수 없다며 고개를 저었다. 군구신은 화가 나서 누군가를 죽이기라도 할 기세였다.

"헌원연, 너······. 너······."

군구신은 평생 처음으로 이렇게 격분하고 있었다. 아니, 심지어 그녀의 이름조차 성을 붙여 부를 정도로 분노하고 있었다.

그가 그렇게나 아꼈던 그녀가 이렇게나 잔인한 수법을 쓰다니. 그는 정말로, 정말로 화가 났다. 너무도 화가 난 나머지 비연이 자신에게 핍박당한 끝에 이런 수단을 썼다는 것조차, 자신에게는 그녀를 책망할 이유가 없다는 것조차 잊을 정도였다!

참고 또 참았으나, 그는 결국 피를 토해 내고야 말았다. 죽거나, 아니면 타인을 이용해 해독하거나. 그 외에 다른 방법은 없었다.

그는 지금 죽을 수는 없었다. 그리고 타인을 이용해 해독한다는 것은 마지막까지 지켜야 하는 어떤 한계선이었다. 최소한······ 그녀여야만 했다!

세 번째로 선혈을 토해 낸 군구신은 심호흡을 한 후, 결국 비연의 거처로 발걸음을 옮겼다.

망중은 계강란을 직접 방으로 데려다준 후 바로 돌아올 생각이었으나, 계강란에게 잡혀 한참을 이야기를 나눈 다음에야 겨우 몸을 빼낼 수 있었다. 시위에게 몰래 계강란을 감시할 것을 명한 그는 바로 비연의 방으로 달려갔다.

그러나 문 가까이 가기도 전, 멀리서도 하소만이 문 앞에 대자로 엎어져 있는 모습을 볼 수 있었다. 그의 엉덩이에는 여전히 흰 천이 두툼하게 덮여 있었을 뿐 아니라, 그 엎어져 있는 모습이 침상 위에서와 완전히 똑같아 보였다.

망중은 당황한 나머지 멈칫했으나, 이 순간 하소만을 신경 쓸 여유는 없었다. 그는 재빨리 비연의 방 안으로 들어가려 했다. 그러나 시위들이 그를 막아섰다.

"전하께서 분부하셨습니다. 그 누구도 방에 들어가실 수 없습니다."

망중이 다급하게 물었다.

"어찌 된 일이지? 전하께서는 괜찮으신가?"

시위가 답했다.

"저는 잘 모릅니다. 전하께서 화를 내고 계셔서 저로서는 감히 여쭤볼 수 없었습니다."

망중은 초조한 나머지 중얼거리기 시작했다.

"정말이지 너무 사나운 여자야. 그런데 전하께서는 계속 핍박하실 생각인 모양이니……. 내 생각엔 이제는 그러실 필요 없는데……. 지금 당장이라도 전하의 목숨을 앗을 수도 있는 상황인데……!"

시위는 망중의 말을 제대로 듣지 못하고 물었다.

"망 시위, 뭐라 하셨습니까?"

망중은 그제야 자신이 화가 나서 제정신이 아니라는 사실을 알아차렸다. 이런 비밀을 입 밖에 내다니! 그나마 큰 소리로 말하지 않아 다행이었다.

그는 대충 둘러대며 옆에 엎어져 있는 하소만을 바라보았다.

"하, 하소만은 왜 또 이러고 있는 거야?"

시위가 말했다.

"전하께서 꺼지라 하셨는데, 그……. 나오지 않겠다고 고집을 부려서……. 저희들이 떠메고 나와 여기 내려놓았습니다."

망중은 하소만의 엉덩이를 살펴보았다. 화가 나면서도 동시에 마음 한구석이 아련해 왔다. 그는 어쩔 수 없이 탄식 소리를 내며 하소만 앞에 쭈그려 앉았다.

"아직도 아픈 거야?"

하소만은 군구신에게는 원망의 말을 쏟아 내지 않았지만 망중에게는 할 말이 아주 많았다.

하소만이 고개를 들더니 망중을 노려보며 외쳤다.

"나는 널 형제로 여겼는데, 참 대단하게도 날 속여 먹더군!"

망중은 하고픈 말을 삼키고 몸을 일으켰다.

"여봐라, 하소만을 건너편 방으로 데려가라. 내가 이 짜증 나는 녀석을 보지 않을 수 있게!"

하소만은 당장이라도 망중에게 욕을 한바탕 퍼붓고 싶었지만, 그보다는 방 안에 있는 두 주인이 어찌 되었는지에 더 관심이 갔다. 그래서 어조를 바꿔 다급하게 물었다.

"전하께서는 대체 어찌 되신 거야? 연 공주님은 왜 전하를 저렇게까지 만드신 거지? 그리고 황상께서는? 황상께서는 어째서 오지 않으시는 거지?"

하소만은 대체 상황이 어떻게 돌아가는지 전혀 이해하지 못하고 있었다. 설령 전하가 연 공주를 배반했다 해도……. 그렇게 분노한, 그렇게 무시무시한 표정이라니……. 대체…….

망중은 대답하지 않고 시위에게 손짓했다. 그리고 문에 귀를 갖다 댔다.

방 안에서 다툼 소리가 들려왔으나, 대체 무슨 일로 다투는지는 도저히 알 수 없었다. 어쨌든 전하께 다툴 힘이 있는 걸 보면 큰 문제는 없으리라 스스로 위로하고 넘기는 수밖에 없었다.

방 안에서는 군구신이 이미 비연을 제 몸 아래 억누르고 있었다. 약효 때문일까 아니면 분노 때문일까, 그의 이마에 푸른 핏줄이 온통 드러나 있었다.

그는 비연의 몸 양옆에 제 두 손을 짚은 채 그녀를 노려보았다. 그의 눈 속에서는 불길이, 분노와 욕망이 뒤섞인 불길이 활활 타오르고 있었다.

그는 놀라울 정도로 사나운 기세로 말했다.

"해독약을 내놔!"

다른 사람이었다면 분명 놀라서 얼어 버렸을 것이다. 그러나 비연은 전혀 두려워하지 않았다. 그녀는 태어날 때부터 그를 두려워하지 않게 결정되어 있었던 것처럼, 그저 희미하게 웃기만 했다.

"고남신, 당신을 한참 동안 기다렸어."

군구신은 이 이상 견딜 수 없어 분노한 목소리로 외쳤다.

"해독약을 내놓으라니까!"

그러자 비연이 큰 소리로 웃기 시작했다.

"당신은 계강란을 사랑하게 된 것 아니었어? 어째서 계속 참으면서 나를 찾으러 온 거야? 계강란을 사랑해 주지 않고?"

침상 위에 놓인 군구신의 손은 이미 주먹을 쥐고 있었다. 그는 당장이라도 그녀의 목을 조르고 싶었고…… 당장이라도 그녀를 제 안에 품고 싶었다!

비연이 계속 웃으며 말했다.

"이 독이 음양독보다 배는 더 심할걸. 그리고 양도 배로 썼지. 당신은 나를 속일 수 없어. 당신은…… 나를 찾아올 수밖에 없었잖아. 고남신, 일부러 계강란을 이용해 나를 자극하고, 나를 속이면서 재미있었어? 당신……."

군구신이 다시 한번 노한 목소리로 그녀의 말을 잘랐다.

"헌원연, 해독약을 내놔!"

비연은 여전히 웃고만 있었다.

"해독약은 없어. 나야, 아니면 다른 사람이야? 선택해! 진양성에서 남경까지 오는 동안, 당신은 나를 상대하지 않았을 뿐 아니라 내가 당신에게 손도 대지 못하게 했지. 나를 사랑하는

척 연기하는 것도 이제 더는 못 하겠다고 했고 말이야. 그러니
당신은 분명 나를 택하지 않겠지?"

비연은 눈시울을 적시면서도 계속 웃고 있었다…….

## 결국 네가 원하는 대로

이런 상황까지 오리라고는 생각한 적이 없었다. 그러나 상황이 이렇게 되고 보니 무슨 말을 하건 다 쓸모없는 것만 같았다. 그녀가 할 수 있는 것은 그저 이대로 버티는 것뿐!

시간이 원래 이렇게 천천히 흘렀던가? 분명 찰나가 지났을 뿐인데도 너무나 긴 시간이 흘러간 것만 같았다.

비연은 웃으며 입을 열지 않았다. 더 묻지 않아도 그가 결국 답을 내줄 거라는 사실을 알고 있었으므로. 그는 이제 피할 곳이 없었다.

군구신이 비연의 두 팔을 잡고 외쳤다.

"해독약!"

비연은 고개를 저었다. 팔의 상처가 너무나 아팠지만, 어떻게든 버티면서.

군구신은 점점 더 팔을 꽉 잡았고, 그녀는 결국 견디지 못하고 신음했다. 그때 그녀의 상처에서 피가 흘러나오며 옷을 적셨다. 군구신은 이미 자제력을 거의 잃은 상황이었지만, 그 모습을 보자 얼마간 정신을 차렸다.

그는 다급하게 손을 놓고, 생각할 겨를도 없이 입에서 나오는 대로 물었다.

"어떻게 된 거지?"

그가 바로 그녀의 옷을 찢었다. 그녀의 팔에는 아직 낫지 않은 커다란 상처가 남아 있었다. 그런데 방금 그가 힘주어 잡아 상처가 피범벅이 되어 있었다.

약이 강렬한 효과를 발휘하는 상황에서, 눈처럼 새하얀 피부가 눈앞에 있는데도 군구신은 온통 상처에만 신경을 썼다. 그도 그럴 것이, 비연은 그가 어린 시절부터 애달파하던 사람이었다. 그러니 비연이 이런 상처를 입은 것을 보고 어떻게 마음이 아프지 않을 수 있단 말인가!

비연은 눈물 어린 눈으로 그를 사납게 노려보았다.

"실험해 봤어. 택아를 만나게 해 주기만 하면, 그리고 의원을 찾아준다면, 나는 사흘 안으로 피부를 재생시키는 약을 만들어 낼 수 있어! 고남신, 나는 정말 택아를 치료할 수 있어. 그러니까…… 택아를 핑계로 나를 멀리하지 말아 줘. 응?"

이때에야 군구신은 겨우 정신을 차렸다. 그는 비연의 시선을 피하며, 대충 이불을 당겨 그녀를 덮어 주었다.

"네가 택아에게 진 빚은 내가 갚게 할 것이다! 본 왕이 마지막으로 말할 테니, 어서 해독약을 내놔!"

비연은 몹시도 의아했다. 이 지경이 되어서도 여전히 고집을 부리다니!

비연은 이를 악물고 외쳤다.

"없어! 그럴 만한 능력이 있으면 다른 사람을 찾아가 보든가!"

두 사람은 다시 대치에 들어갔다. 군구신은 약효를 참아 내느라 이미 온통 땀투성이에 몸마저 살짝 떨리고 있었다.

비연은 시간을 계산한 후 아예 고개를 돌리고 눈을 감았다. 그러나 이게 웬일일까. 군구신이 웃기 시작했다. 그것도 경멸을 담은 웃음을.

"다른 사람? 그렇군. 네 덕에 깨닫게 되었다. 이 차장에는 다른 사람이 있지!"

비연은 이해할 수 없었다. 그녀가 이야기한 '다른 사람'은 바로 계강란이었다. 그런데 군구신이 얘기한 '다른 사람'은 대체 누구를 말하는 걸까?

군구신은 바로 침상에서 내려가며 큰 소리로 외쳤다.

"망중, 시녀를 하나 뽑아 오너라!"

비연은 사나운 기세로 몸을 일으켰다. 도저히 믿을 수가 없었다.

하지만 군구신은 계속 말했다.

"계 소저의 말이 옳긴 하지. 헌원연, 스스로의 생각만이 옳다고 생각하지 말도록! 본 왕이 계 소저를 선택하지 않는 것은, 그저 그녀를 상처 입히고 싶지 않기 때문이지 너 때문이 아니니까!"

말을 마친 그는 그녀를 한번 돌아보지도 않고 밖으로 나갔다.

방문이 닫히는 소리를 들었을 때에야 비연은 겨우 정신을 차렸다. 그녀는 오른쪽을 바라보고 다시 왼쪽을 바라보았다. 도무지 어떻게 해야 할지 알 수 없었다. 심지어, 방금 그가 무슨 말을 했던 것인지도 이해할 수 없었다.

그러나 그가 한 말의 의미는 더할 나위 없이 명백해, 굳이 이해하기 위해 노력할 필요도 없었다.

약효가 그리도 강하니, 그의 해독을 도우려면…… 아마 여자도 반쯤 죽을 만큼 힘들 것이다! 그리고…… 군구신은…… 계강란이 아까워서? 구, 군구신이…….

비연은 갑자기 머리를 감싸 안았다. 더 생각하고 싶지 않았다! 그녀는 미동도 없이 두려운 침묵 속에 잠겼다.

시간은 조금씩 흘러가고 있었다.

이때, 군구신은 자신의 방으로 돌아와 미친 듯이 외치고 있었다.

"고운원! 고운원! 나와, 나오란 말이다!"

그가 생각해 낸 '다른 사람'은 시녀가 아니라 바로 고운원이었다!

고운원은 은거 의원이었고, 현공대륙 최고의 약사였으니 분명 해독약을 만들어 낼 수 있을 것이다! 그러나 군구신은 너무나 화가 난 나머지 그의 존재마저 잊고 있었던 것이다.

고운원이 곧 나타났다. 군구신은 고통으로 인해 그를 죽여버리고 싶을 정도였다. 고운원의 멱살을 잡으며 노한 목소리로 외쳤다.

"비연에게 왜 그런 약을 만들어 준 거지? 해독약은?"

비연이 진정으로 계약한 사람은 고운원이었고, 그녀가 약왕정으로 하는 일 대부분은 고운원이 하는 것이나 마찬가지였다!

고운원이 마지막 구현침을 꺼내더니 군구신의 미간에 가볍게 꽂았다. 군구신은 그제야 그를 놔주고, 곁에 있는 의자에 미끄러지듯 앉았다.

얼마 되지 않아, 군구신의 체내에서 들끓고 있던 열기가 조금씩 가라앉기 시작했다. 그러나 그는 여전히 분노하고 있었다.

"비연에게 왜 그런 약을 준 거지!"

고운원이 곁에 앉더니 담담하게 말했다.

"알 텐데. 비연이 약왕정에게 명령하면 나는 거스를 방법이 없어. 그 어두운 공간을 제외하면 말이지."

그는 눈길을 거두었다. 그의 눈빛은 온통 안타까움으로 가득했다.

천 년이 넘게 살아온 그도 오늘처럼 안타까웠던 적은 없었다. 그는 비연이 그런 행동을 할 거라고는 생각도 하지 못했다.

그는 마지막 구현침을 약왕정 안에 남겨 놓을 생각이었다. 그의 약속을 이루기 위해. 어쨌든 그는 비연에게 빚이 하나 남아 있었으니까. 그러나 지금 상황에서는 구현침을 써 버릴 수밖에 없었다.

고운원은 잠시 말을 멈췄다가 다시 덧붙였다.

"비연은 미약만 배합한 게 아냐. 동시에 해독약도 배합했지. 비연이 대체 뭘 하고 싶었던 것 같아?"

군구신은 침묵했다. 그도 그녀가 무엇을 하고 싶었는지 알고 있었다! 그가 물러나기만 했다면, 그녀는 그에게 해독약을 주었을 것이다. 그들은 아직 혼례의 모든 예식을 끝내지 않은 상태였고, 당정이 팔인교를 타고 빙해를 정정당당하게 건너오겠다고 말한 후로 비연 역시 다시 혼례를 치를 날을 동경하고 있었으니까.

군구신은 고운원을 바라보며 하려던 말을 삼키고, 주먹으로 탁자를 내리쳤다. 모든 고통을 가슴 깊은 곳으로 욱여넣으면서.

고운원이 몸을 일으켜 밖으로 향하며 담담하게 일깨워 주었다.

"이것도 좋겠지. 네 바람대로 되었으니까."

이렇게 된 이상, 비연이 어떻게 계속 고집을 부릴까? 어떻게 그를 미워하지 않을 수 있을까?

사람은 비록 마음에 상처를 입더라도, 상처를 입었다는 사실이 두려워 인정하지 않으려 하기 마련이다. 미움이란 상처를 입은 것과 같지만, 사랑은 영원히…… 상처를 입어도 인정하지 않으려 하는 것과 마찬가지다. 상처를 입으면 언젠가 치유될 수 있지만, 상처를 인정하지 않는다면 영원히 치유될 수 없다!

그러니 이제 정말로 군구신의 바람대로 되었다. 비연은 그가 배반했다는 사실을 믿을 것이다. 그를 미워할 테고, 그와 적이 되려 할 것이다!

고운원이 사라진 후, 군구신은 슬픔이 극에 달한 나머지 희미하게 웃기 시작했다. 바람대로 되었으니 웃어야 마땅했다!

그러나 그는 또한 계속 생각하지 않을 수 없었다. 모든 것이 끝나고 나면, 그녀 곁의 사람들은 그녀에게 어떤 방식으로…… 이 군구신이라는, 기억할 가치도 없는 악인을 내려놓으라고 이야기할 것인가.

2각이 지났다.

침묵에 잠겨 있던 비연이 갑자기 침상 아래로 뛰어내렸다. 너무 서두른 나머지 하마터면 바닥에 넘어질 뻔하면서도, 그녀는 미친 듯이 달려가 문을 두드리기 시작했다.

"그를 만나야 해! 만나게 해 줘!"

문밖의 시위가 대답했다.

"전하께서 방금 이야기하셨습니다. 마마께서 냉정함을 찾으시면 의원을 부르라고요!"

이 말을 들은 순간, 비연의 손이 공중에서 그대로 멈췄다. 계속 주먹을 쥐고 있던 왼손에서 천천히 힘이 빠지더니, 그녀의 손에서 해독약이 떨어졌다!

그렇다. 그녀는 그를 속였다. 그녀에게는 해독약이 있었다. 그것도 그녀만이 배합해 낼 수 있는!

그녀는 그 미약을 배합하는 동시에, 약왕정이 파업에 들어가지나 않을까 두려워 미리 해독약도 함께 배합했었다!

그녀는 유치하게도 자신이 성공할 거라 믿었다. 그리고 유치하게도 그가 마지막 예식을 끝내지 않은 것을 기억할 거라고, 자신에게 봉황관을 씌워 빙해를 건너게 해 주겠노라던 약속을 지키리라 믿었다…….

그러나 그녀가 어리석었다!

1각이면 약효가 시작되었을 것이다.

2각이 지났으니 벌어져야 할 일은 이미 벌어졌을 것이다!

비연의 눈은 온통 절망으로 가득 차 있었다. 그녀는 문에 몸을 기댄 채 천천히, 그 자리에 쓰러지듯 주저앉았다.

"군구신! 군구신……. 하……. 당신……. 하하……."

비연은 웃고 있었다. 그러나 웃음소리 사이로, 그녀의 눈에서는 커다란 눈물방울이 끊임없이 흘러내리고 있었다…….

# 내 오라버니가 왔어

비연이 소리 없이 울고 있었다. 군구신은 문의 다른 편에 기대어 앉아 있었는데, 마치 그녀의 울음소리를 듣고 있는 듯 조용했다.

밤이 깊어진 후에도 그는 그 자리를 떠나지 않았다. 군구신이 무심결에 고개를 들었을 때, 하늘 가득 별이 반짝이는 것이 보였다. 마치 어린 시절 함께 보았던 그 하늘처럼.

날이 밝아 오자 군구신은 몸을 일으킨 다음 시위에게 방 안의 상황을 잘 살피라고 분부한 후 그 자리를 떠났다.

지금 군구신에게 남은 것은 헌원예가 오기를 기다리는 일뿐이었다!

그는 반나절 동안 문밖으로 나가지 않고 반복하여 건명보검을 닦았다. 저녁 무렵, 망중이 전장의 소식을 전해 왔다.

"전하, 모든 것이 분부하신 대로 진행 중입니다. 백초국과 만진국의 병력이 그들과 대치 중이고, 목청무는 엽십삼을 협박하고 있는데, 아마 군대 쪽을 위협할 생각인 것 같습니다."

군구신이 고개를 끄덕였다.

"목청무가 위협해 오면 투항하면 된다."

그는 잠시 생각하다가 다시 말했다.

"헌원예도 아마 빙해를 건넜을 거다. 만진국 쪽에서 투항할 자들이 모두 투항하도록 안배해 두도록."

망중은 고개를 끄덕였다.

군구신이 잠시 망설이더니, 곧 몸을 일으켜 도전서를 한 통 써서 망중에게 건넸다.

"사람을 교월차장으로 보내라. 헌원예에게 보내는 서신이 라고."

망중은 서신을 받더니 조금 머뭇거렸다. 그러나 그는 그 누 구보다도 자신의 전하에게 퇴로가 없다는 사실을 잘 알고 있었 다. 그는 진지하게 대답했다.

"예!"

이때 비연은 여전히 영혼이 빠져나간 듯한 모습으로 문에 기 대어 앉아 있었다. 그녀의 두 눈은 그대로 멈춘 듯 텅 비어 있 었다.

그녀가 그렇게 앉아 있는 사이, 다시 하루가 지나갔다. 밤이 깊었을 때, 고요하던 방에 바스락거리는 소리가 들려오기 시작 했다. 그러나 비연은 아무것도 의식하지 못했다.

침상 아래에서 소리가 점점 커지더니 곧 멈췄다. 방 안은 고 요함을 회복했고, 작고 뾰족한 머리가 천천히 침상 아래에서 나타났다. 바로 빙려서로 변신한 대설이었다!

그는 정말 쥐보다도 더 쥐 같은 느낌으로, 조심스럽고 신중 하게 머리의 일부만 살짝 내밀고는 주변을 둘러보기 시작했다. 그러나 곧, 대설은 마치 걷어차이기라도 한 것처럼 공중으로 날 아오르더니 바닥에 엎어졌다.

대설은 하마터면 비명을 내지를 뻔했지만, 고개를 들고 가슴을 내민 채 당당하게 걸어 나오는 꼬맹이를 보고 재빨리 두 앞발로 제 입을 막았다.

헌원예 일행이 오늘 교월차장에 도착했다. 빙해에 주둔 중이던 설랑 꼬맹이마저 그들을 따라온 상태였다.

헌원예는 병력을 배치하고 모두와 함께 대책을 의논한 결과, 일단 꼬맹이와 대설을 먼저 보내 비연을 찾아보게 한 후 상황을 들어 볼 생각이었다.

그들은 물론 이 두 영수와 소통할 방법이 없었으나, 헌원예가 비연의 물건을 꼬맹이에게 보여 주자 바로 그 뜻을 알아차린 꼬맹이가 대설을 앞장세웠다. 대설은 비연과 계약을 맺었기 때문에 그녀를 찾는 것은 어렵지 않았다.

대설은 사실 비연에게 가고 싶은 마음이 간절했지만, 이곳으로 오는 내내 겁을 내며 시간을 꽤 낭비했다. 그럴 때마다 몇 번이나 꼬맹이에게 혼이 났다.

진짜 모습으로 돌아가도 꼬맹이는 대설에게 지지 않았고, 쥐의 모습으로 변신하면 다람쥐인 꼬맹이가 대설보다 몸집이 컸다. 게다가 꼬맹이는 독수이다 보니 대설은 그야말로 기가 눌려 죽을 지경이었다. 그는 수컷다운 기세는커녕, 오히려 꼬맹이의 시종 같은 모습이었다.

대설이 날아와도 비연은 전혀 반응을 보이지 않았다. 대설과 꼬맹이 모두 조급한 마음에 비연 앞으로 달려갔다. 비연은 옷이 반쯤 찢어져 어깨가 드러나 있었고, 팔에는 상처까지 있으니 꼬맹이는 당황할 수밖에 없었다.

꼬맹이는 찍, 소리를 한 번 내서 대설이 몸을 돌려 보지 못하게 했다. 그리고 비연에게 손을 흔들고, 소매도 잡아당겼다. 그러나 이게 웬일일까. 비연은 그대로 쓰러지더니 눈을 감고 정신을 잃었다.

대설이 비명을 지르려 했으나 꼬맹이가 바로 그를 노려보았다. 대설은 그제야 소리를 내면 안 된다는 것을 의식했다.

꼬맹이가 다시 노려보자 대설은 겨우 꼬맹이의 뜻을 알아차리고, 설랑의 모습으로 변해 조심스럽게 비연의 등을 물더니 침상으로 옮겼다.

비연이 깨어나지 않는 것을 보고 대설은 안절부절못하며 그 주변을 돌아다녔다. 반면에 꼬맹이는 비연에게 이불을 덮어 준 후 냉정한 모습으로 그녀의 몸 위에 앉았다. 그리고 잠시 생각하다가, 탁자 위 물병을 가져와 비연의 얼굴에 부었다.

마침내 비연이 겨우 깨어났다. 그녀는 대설과 꼬맹이를 보고 약간 놀란 듯했으나, 젖은 얼굴에 표정이 명확하게 떠오르지는 않았다. 어쨌든 그녀는 천천히 몸을 일으켜 앉았다.

대설과 꼬맹이는 그제야 겨우 안도의 한숨을 내쉬었다. 꼬맹이는 갑자기 그녀의 어깨 위로 뛰어올라 비연의 상처에 코를 대고 냄새를 맡아 보고는 다급하게 찍찍거렸다. 마치 대체 누가 이런 상처를 냈는지, 아프지 않은지 묻고 있는 것 같았다.

비연은 꼬맹이를 안아 올려 몇 번 가볍게 쓰다듬은 후 내려놓았다. 그녀는 분명 깨어 있었으나 깨어 있지 않은 것과도 같았다. 두 눈은 여전히 텅 비어 있었다. 비연은 무표정한 얼굴로 상처를 간단히 처리한 다음 옷을 입고 꼬맹이에게 말했다.

"안심해, 아프지 않으니까. 난 괜찮아."

꼬맹이와 대설은 비연이 이상한 것을 보고 함께 찍찍거리기 시작했다. 비연은 그들에게 쉿, 소리를 죽이라는 손짓을 한 후 말했다.

"우리 오라버니가 온 거야, 맞지? 오라버니가 너희들을 보냈니?"

대설이 먼저 뜻을 알아차리고 고개를 끄덕였고, 꼬맹이도 재빨리 고개를 끄덕였다.

비연은 그들을 내려놓고 침상에서 내려왔다. 주변을 둘러보았으나 지필묵은 보이지 않았다. 그녀는 침대보를 찢어 바닥에 놓은 뒤 손가락을 깨물어 한 글자 한 글자 적기 시작했다.

대설과 꼬맹이는 곁에서 그런 그녀를 보다가, 참지 못하고 울기 시작했다. 그들 모두 비연이 평소와 다르다는 것을 알아볼 수 있었다. 대체 무슨 상황 때문인지 정확히는 알 수 없었지만, 저간의 사정을 다소나마 짐작할 수 있었다.

비연은 한참 동안 쓰고 또 썼다. 커다란 천 가득 혈서를 적은 후, 그것을 잘 접어 꼬맹이의 몸에 매달아 주었다.

꼬맹이는 대설을 남겨 두려 했지만 비연이 손을 내저으며 둘을 모두 내보냈다. 꼬맹이가 대설을 노려보며 어떻게든 남으라 했지만, 비연이 대설을 흘깃 보자 대설은 말할 것도 없고 꼬맹이마저 놀라고 말았다.

꼬맹이는 이미 한참 동안 이렇게 차가운 시선을 본 적이 없었고…… 제 남자 주인을 떠올리지 않을 수 없었다. 꼬맹이와 대설은 더 이상 시간을 낭비하지 않고 몰래 그 자리를 떠났다.

비연은 경대 앞에 앉아 자신을 바라보았다. 두 눈은 다시 텅 비어 있었다. 그녀는 그렇게 한참 동안 앉아 있다가 천천히 제 얼굴에 남아 있는 눈물 자국을 닦아 냈다. 그리고 침묵 속에서 머리며 옷을 정리했다. 그녀의 동작은 느리지도 빠르지도 않아, 얼핏 보기에는 평소 몸단장하는 것과 전혀 달라 보이지 않았다.

그녀는 깨끗하게 단장을 끝냈다. 그러나 빨간 눈만은 어떻게 할 수가 없었다. 시간이 흐르면 이 붉은빛도 사라질까……. 그것은 누구도 알 수 없는 문제였다.

비연은 요즘 며칠 내내 그랬던 것처럼 침상으로 돌아가 무릎을 안고 앉았다. 그러나 머리를 무릎 사이에 묻지는 않았다. 그녀는 그저 생각에 빠진 듯, 아니면 정신을 잃은 듯 앞만 바라보고 있었다.

그녀는 지난 며칠 동안처럼 기다리는 중이었다. 그러나 그 대상은 달라졌다. 그녀는 이제 군구신이 아니라 대설이 가져올 물건을 기다리고 있었다.

혈서를 쓰면서 비연은 결정을 내렸다. 사실 그녀가 내린 결정이라기보다는, 그녀에게 남은 유일한 길이라 하는 편이 정확했지만.

꼬맹이와 대설은 반나절 동안 달린 끝에 비연의 밀서를 헌원예에게 전했다. 이 순간 헌원예, 당 가주 부부, 영승 부부, 아금 부부가 모두 함께 있었다.

검은 옷을 입은 헌원예는 훌쩍 말라 있었다. 그는 서신을 펼쳐 보기도 전에 핏자국을 발견하고는 안 그래도 좋지 않던 안색이 더욱 나빠졌다.

헌원예가 막 서신을 펼쳐 보려는 순간, 고칠소 일행이 도착했다…….

## 가장 냉정한 방법

뭍으로 올라온 고칠소 일행은 군구신의 배반 소식을 들었다. 그들은 그 사실을 믿지 못했지만, 정역비는 특히 더 그랬다.

밤잠조차 자지 않고 달려온 그들 사이에는 축운궁주도 끼어 있었다. 그녀는 고칠소 일행을 도와 백리 일족을 구한 후에는 자유의 몸이 되었으나, 려금과 군구신이 결탁했다는 사실을 알게 되자 협조하겠다고 나섰다. 덕분에 그녀와 목연 사이의 원한도 잠시 미뤄지게 되었다.

헌원예 일행이 있는 곳으로 고칠소가 제일 먼저 들어가서 물었다.

"예아, 대체 어찌 된 일이냐?"

당정 일행도 잇달아 들어왔다. 부모와 어른들이 있는 것을 보고도 그들은 인사를 나누기에 앞서 헌원예의 대답을 기다렸다.

사실 헌원예도 처음에는 이 상황을 믿을 수 없었으나, 다평산에서 벌어진 모든 일들, 즉 10여 일에 걸쳐 천염국의 병력이 남경을 침범하고 비연이 납치된 사실 등을 확인하자 믿지 않을 수도 없었다.

헌원예가 비연의 혈서를 보여 주며 말했다.

"연아가 꼬맹이를 시켜 이걸 보내왔습니다. 어찌 된 일인지는 여기에 적혀 있겠지요."

비록 혈서에 무슨 말이 적혀 있는지는 보이지 않았지만, 눈을 찔러 오는 듯한 그 핏빛만으로도 모든 것이 명백해졌다! 전다다가 와앙 울음을 터뜨리며 목연의 품 안으로 뛰어들었고, 당정도 주먹을 쥐며 정역비에게 나지막하게 말했다.

"이게 바로 네가 오래도록 감사하며 숭배해 왔던 그 왕의 실체야! 배은망덕한……. 개 같은 자식!"

정역비는 당정보다도 더 세게 주먹을 쥐고 있었다. 그 역시 실망이 분노로 바뀌는 중이었다.

"갚아야 할 것은 이미 다 갚았어!"

정역비가 확실하게 말했다. 그렇게 모두 분노하는 가운데, 고칠소가 갑자기 검을 뽑아 들었다.

"당장 가서 고남신, 그 짐승 같은 놈을 베어 버리겠다!"

영승이 바로 제지하며 담담하게 말했다.

"형세가 우리에게 불리하니, 일단 냉정해지는 것이 좋겠군."

고칠소는 언제나 은원이 확실한 사람으로, 뒤에 일은 생각하지 않곤 했다. 최근 들어 성격이 좀 누그러들기는 했지만 이런 상황에서는 도저히 참을 수가 없었다. 그가 냉랭한 목소리로 물었다.

"고북월은? 배은망덕한 자식을 키워 냈으면서 어째서 직접 처리하러 오지 않는 거지? 운한각이 현공대륙에 자리 잡은 지 10년이다. 연아가 아니었다면 이 천하를 두 손 모아 군씨에게 넘겨줄 이유가 없었지. 군구신은 그것만으로는 충분하지 않다는 건가? 나는 절대……."

그때 헌원예가 끼어들었다.

"태부께서는 명신의 상황이 좋지 않아 아직 영주에 계십니다. 그리고 마땅히 처리해야 하는 방식으로 처리하라 하셨습니다. 칠 숙부, 일단 앉으시지요."

헌원예의 분노는 결코 고칠소 못지않았다. 그러나 언제나 감정을 드러내지 않던 얼굴에 분노가 떠올라 있는 것 외에는, 지금도 여전히 냉정해 보였다.

고칠소는 화가 나서 정신이 없던 참이었다. 그는 겨우 명신의 일을 떠올리고는, 그 이상 말하지 않고 그저 탁한 숨을 내쉬었다. 그런 다음 자리에 앉아 혈서를 읽기 시작했다.

헌원예도 자리로 돌아가 앉으며 모두에게 앉으라 손짓했다.

모두 조용히 고칠소가 혈서를 다 읽기만을 기다렸다. 헌원예조차 그 옆자리에 앉아 고개를 숙인 채 바닥만 바라보고 있었다. 거대한 방 안은 마치 소리 없는 세계로 변한 듯했다.

고요함 속에서 모두 냉정함을 어느 정도 되찾았다. 그와 동시에 지금의 형세를 고민했다. 영승의 말이 옳았다. 지금의 형세는 그들에게 매우 불리했다.

모두를 놀라게 한 것은, 가장 고통스러울 비연이 혈서에 모든 것을 냉정하게 분석해 두었다는 것이었다. 그들 모두의 생각보다 훨씬 더 주도면밀하게.

당시 빙해가 독에 감염된 진정한 원인은, 한운석이 막 깨어지려던 빙핵을 감염시켜 독 저장 공간으로 받아들임으로써 빙해가 녹는 것을 막았기 때문이다.

빙핵은 곧 빙해의 근본이었고, 지살의 힘은 빙핵 속에 숨어 있었다. 한운석은 빙핵으로 인해 얼음 속에 봉인되었고, 용비야는 그녀를 따랐다.

사실 그들은 원하기만 하면 언제라도 자유를 되찾을 수 있었다. 한운석이 빙핵을 독 저장 공간 밖으로 내보내기만 한다면 빙해를 덮고 있는 얼음은 깨질 테니까.

수년 전, 고북월은 둑을 세우거나 운공대륙 북쪽의 유목민을 이주시켜 빙해의 얼음이 녹아 운공대륙 북강이 물에 잠기는 문제를 해결하자고 제안한 적이 있었다. 그리고 실제로 그렇게 했었다.

그러나 한운석은 빙핵을 내보내지 않았다. 그들 부부는 외부의 소리를 들을 수 있었지만, 외부에 의사를 전달할 방법이 없었다. 결국 한운석이 무엇 때문에 빙핵을 방출하지 않았는지는 아무도 알지 못했다.

바로 이 사건 때문에 고북월 일행은 빙해에 다른 비밀이 있을 거라 생각하게 되었다. 그들은 현공대륙에서 그 비밀을 찾기 시작했고, 심지어 구려족 고묘까지 조사하러 가게 되었다.

그리고 그들의 추측이 옳았음이 증명되었다. 빙핵 안에는 지살의 힘이 숨어 있었고, 빙해에는 지하 수로가 있었다. 그리고 아마 지금도 그들이 모르는 비밀이 더 있을 터였다.

이런 상황이니, 건명력을 이용해 빙해의 얼음을 녹이기 전에 《운현수경》에 적혀 있을 비밀들을 알아내야만 했다.

상황을 완벽하게 파악하기 전에 경솔하게 빙해의 얼음을 깼

다가는 지살의 힘으로 인해 엄청난 재난을 맞이할 수도 있었고, 그럼 한운석과 용비야가 10여 년에 걸쳐 고생한 것이 물거품이 된다!

지금 건명력은 군구신의 것이었다. 바꿔 말하자면 그들은 군구신을 필요로 했다. 모순적인 것은, 군구신이 건명력을 가지고 있는 한 그들이 연합한다 해도 승산이 없다는 것이었다.

하물며 군구신이 인검합일의 경지에 이른다면 그들은 필패할 수밖에 없었다! 그리고 《운현수경》 역시 군구신의 수중에 있을 가능성이 높았다.

모든 문제는 바로 군구신이었다!

군구신으로 하여금 인검합일의 경지에 이르게 한 뒤, 다시 그들을 도와 빙해를 녹이게 한다……. 이제 이것은 말도 안 되는 이야기였다.

건명력과의 계약을 해지할 방법은 건명보검을 봉인하는 것이었다. 그러나 과거에도 검을 봉인할 수 있는 사람은 몽족의 족장이었던 몽동밖에 없었다.

이제 남은 길은 단 하나뿐이었다. 계약자를 죽여 건명력이 스스로 떠나게 하는 것.

군구신을 죽이고, 건명보검과 계약 가능한 구려족 사람을 다시 찾아야 한다. 그리고 그 사람은 결코 적이 될 수 없는 사람이어야 했다. 그렇지 않다면 결국 또 우환을 키우는 것이나 마찬가지니까!

그러나 현재 군구신을 제외하면 구려족은 계강란과 군자택

뿐이었다. 이 두 사람 모두 좋은 선택으로는 보이지 않으니, 이 세상에 다른 구려족이 남아 있기를 바라는 수밖에 없었다.

사람은 장래에 다시 찾을 수도 있을 것이다. 지금 그들이 할 수 있는 일은 군구신을 죽이는 것이었다!

군구신은 이미 '무아유검'의 경지에 이르러 건명력을 마음대로 다룰 수 있었다. 그런 그에게 대항할 방법으로는 두 가지가 있었다. 하나는 그를 빙해로 끌어들여 진기의 고수로 하여금 그를 상대하게 하는 것이었고, 또 하나는 힘으로 그의 힘에 대항하는 것이었다.

영리한 군구신이 속임수에 넘어가 빙해로 오는 일은 없을 테니 힘으로 대항하는 수밖에 없었다. 군구신의 건명력에 대항할 수 있는 힘은 10품 봉황력, 10품 서정력, 그리고 혈루의 힘이 있었다.

비연의 봉황력은 봉인된 상태였고, 헌원예는 지금도 마음이 통하는 사람을 찾지 못해 서정력의 마지막 단계까지 수련할 방법이 없었다. 그리고 백리명천은 지금 제 몸조차 보전하기 어려운 상황이었다.

고칠소는 연신 한숨을 토해 낸 다음 이어 말했다.

"연아가 적령석을 원하고 있어. 백리명천과 손을 잡고 도박을 해 보겠다는군."

비연은 적령석으로 약왕정을 승급시킬 작정이었다. 그것은 고운원의 의도대로 따르는 것이었기에 어떤 올가미에 걸려들지 알지 못했으나, 그녀는 이대로 견딜 자신이 없었다.

비연은 계속 고운원과 결전을 벌일 때를 기다리고 있었다. 지금이 바로 그때라고는 생각지 못했지만.

고칠소가 계속 말했다.

"연아가, 만약 자신이 고운원을 상대해 봉황력을 회수하면 군구신을 붙들어 두겠다고 하는군. 그럼 우리는…… 그 기회를 틈타 그를 죽이면 된다고. 그리고 만약 자신에게 무슨 일이 생긴다면 백리명천으로 하여금 군구신을 붙들게 하겠다고 하는군. 백리명천은 제 몸도 보전하기 어려운 상황이니, 연아가 성공하면 우리에게는 승산이 있고, 연아가 실패하면…… 이 일이 어떻게 될지는 점치기 힘들겠지!"

헌원예가 소 부인을 바라보며 물었다.

"이 세상에 건명보검을 봉인할 수 있는 사람이 정말로 없는 건가?"

소 부인이 말없이 고개만 저음과 동시에 축운궁주가 대신 대답했다.

"없습니다. 몽동은 몽족 중에서도 재능이 가장 뛰어난 족장이었어요. 그런 그가 전력을 다해 건명력을 봉인했었습니다. 그리고 그가 건명력을 봉인하지 않았다면…… 아마 그도 죽지 않았을 겁니다."

# 사흘 내로 끝내야 해

헌원예는 축운궁주의 말을 믿지 않겠다는 듯 여전히 소 부인을 바라보았다.

결국 소 부인이 입을 열었다.

"주인님, 주인님께서는 분명 알고 계실 테지요."

이 말을 들은 순간 헌원예가 침묵에 잠겼다. 그는 확실히 이 자리에 있는 그 누구보다 결계술에 대해 잘 알고 있었다. 그와 비연에게는 한씨 가문에서 이어진 몽족의 피가 흐르고 있었으니까.

그러나 몽족 출신이라 해서 모든 이들이 결계술에 재능을 지닌 것은 아니었다. 소 부인은 계속 죽음의 결계를 깨기 위해 노력했고, 그와 비연은 그녀를 도와주고 싶었으나 안타깝게도 능력이 따르지 않았다.

소 부인은 몽족 출신이 아닌 사람으로서 10여 년 동안 결계술을 연구했다. 겉으로 보기에는 대단해 보였으나, 사실 진정한 고수에 비하면 부족한 면이 있을 수밖에 없었다.

당정이 서둘러 물었다.

"몽하 선배는?"

당정은 자신이 말해 놓고 곧 고개를 저었다. 몽하는 영생결계에 갇힌 채 나오지 못하고 있었고, 다른 사람들도 그 안으로 들어갈 수 없었다. 게다가 몽하의 능력은 몽동보다 부족했다!

고칠소가 중얼거렸다.

"고운원은 대체 뭘 하고 싶은 거지?"

고칠소가 지금 가장 관심을 두고 있는 것은, 그의 소중한 의녀 비연이 약왕정을 승급시킨 후 어찌 될 것인가 하는 문제였다!

고운원은 비연의 영혼을 10년 동안 가둬 두었고, 다시 고씨 가문에 태어나게도 했다. 고운원에게는 다른 목적이 있음이 분명했다!

고운원은 계속 비연으로 하여금 적령석을 찾게 했고, 비연이 약왕정을 승급시키도록 했다. 고운원의 목적은 분명 약왕정 안에 있을 것이다! 비연은 지금 너무 큰 위험을 무릅쓰려 하고 있었다!

갑자기 헌원예가 주먹으로 탁자를 내리쳤다. 언제나 냉정하던 그가 처음으로 사람들 앞에서 분노를 드러낸 것이다. 그는 아무 말도 하지 않았지만, 그 자리의 모두 그가 자책하고 있다는 것을 알 수 있었다.

그가 10품 서정력을 수련했다면 비연이 그렇게 큰 위험을 무릅쓸 필요가 없었다. 그러나 감정의 문제는 억지로 한다고 되는 일이 아니니, 마음이 통하는 여자를 만나지 못한다면 그로서는 영원히 해낼 수 없는 일이었다!

이 10년 동안 헌원예의 마음은 차갑게 굳어 있어, 어떤 여자를 보아도 마음은커녕 눈길 한 번 더 준 적이 없었다!

한참 침묵하던 고칠소가 마침내 다시 입을 열었다.

"그들이 연아가 그렇게 하게 내버려 두지 않을 거다!"

헌원예가 천천히 고칠소를 바라보았다. 고칠소가 이야기한 '그들'이란 그의 부황과 모후를 지칭하는 것이 분명했다. 그가 중얼거렸다.

"절대로 그러도록 내버려 두지 않아……."

그때, 계속 한마디도 하지 않던 영승이 입술을 뗐다. 그는 평소보다도 더 평온해 보이는 모습이었으나, 살짝 내리깐 눈동자에는 처량한 빛이 어려 있었다.

"예아, 예전에 영정이 임신한 몸으로 인질이 된 적이 있었다. 네 부황은 대국을 중요하게 여겨 당 가주가 구하러 가지 못하게 했지. 지금 연아의 일에 대해서도…… 아마 네 부황의 태도는 같을 것이다. 고 태부가 너에게 가르쳐 주었겠지. 선택에는 인자함과 잔인함의 차이는 없다. 그저 옳고 그름이 있을 뿐이지. 제왕의 길은 어려운 거야. 바로 선택 때문이다. 지금 여기 있는 우리는, 더 나아가서 이 세상의 모든 이들에게 가장 어려운 일도 바로 선택이다."

당 가주도 오늘 드물게 조용한 상태였다. 그는 영승이 자신을 바라보는 것을 눈치채고 심호흡을 한 후 입을 열었다.

"군구신처럼 흉포한 자를 제거하지 않는다면 운공과 현공, 두 대륙 모두 안녕하지 못할 거다. 게다가 인검합일의 경지에 이른다 해서 천살과 지살을 멸할 수 있다고 확언할 수는 없으니, 그를 죽여야 후환을 남기지 않을 수 있겠지! 빙해를 파해하지 못하는 한이 있다 해도 그를 제거해야 한다!"

그는 잠시 멈췄다가 다시 고개를 들어 헌원예를 바라보며 울먹이는 목소리로 말했다.

"네 부황과 모후를 방해하지 마라. 연아가…… 연아가 그런 결정을 내렸을 때는 분명…… 분명 아주 힘들었을 게다. 그러니 그들은…… 그들은 분명 연아의 뜻을 따라 주었을 거야."

말을 마친 당 가주는 고개를 돌리며 얼굴을 가렸다.

그제야 분노하던 이들 모두 비연에게 있어 가장 잔인한 결정은 약왕정을 승급시키는 것이 아니라 군구신을 죽이는 것이라는 걸 깨달았다.

상관 부인은 비연이 고집스럽게 굴던 모습을 떠올리고, 도저히 참을 수 없어 몸을 돌리고 눈물을 흘리기 시작했다. 비연은 대체 구금되어 있던 동안 무슨 일을 겪었기에 그 단호한 믿음을 포기하게 되었을까? 또 어떻게 이렇게나 냉정하게…… 군구신을 죽일 마음을 품게 되었을까?

헌원예와 고칠소도 마침내 냉정함을 되찾았다. 이때 시종이 문밖에서 총총히 달려오더니 서신을 하나 건넸다. 헌원예가 펼쳐 보니 바로 군구신에게서 온 서신이었다. 내용은 간단했다.

헌원연을 만나고 싶다면 사흘 후 정오, 빙해의 북안, 항상 만나던 곳으로 올 것.

헌원예가 서신을 한참 뚫어져라 보다가 마침내 결단을 내렸다.

"정 이모, 적령석을 가져와 연아에게 전해 주세요. 그리고 모두 준비하면서 연아의 소식을 기다립시다!"

군구신이 사흘 후를 이야기했으니 그들도 사흘 안에 행동을 끝내야 했다. 시간이 긴박하니 조금이라도 허비할 수 없었다!

모두 흩어진 후, 헌원예는 홀로 앉아 비연의 혈서와 군구신의 서신을 멍하니 바라보았다. 분노가 지나간 후 냉정함을 되찾고 나니 이제 마음이 아파 왔다! 한 사람은 자신이 가장 사랑하는 여동생이었고, 한 사람은 자신이 어린 시절부터 형제처럼 대했던 친우였다. 너무나 고통스러웠다.

그는 고 태부를 떠올렸다. 군구신이 배반한 일을 알릴 때, 그는 고 태부가 직접 군구신을 만나러 오지는 못하더라도 그에게 긴 서신 한 통 정도는 써 주리라 기대했다. 그러나 고 태부가 헌원예에게 보낸 서신에는 단 한 줄만이 적혀 있었다.

마땅히 처리해야 하는 방식으로 처리하십시오.

지극히도 고 태부다운 서신이었다.

그는 한참을 앉아 있다가 중얼거렸다.

"부황, 제가 잘못한 것입니까? 현공대륙을 넘겨주지 말았어야 했던 것입니까?"

당시 군구신과 약조한 것이 아니었다면 그는 군구신과 비연을 운공대륙으로 되돌아가게 했을 것이다. 그리고 운한각은 원래의 계획대로 현공대륙의 세 나라를 통합하고, 계속 구려족을 조사했을 것이다. 그랬더라면 군구신은 건명보검과 계약하지 않았을 수도 있었다.

생각이 여기에 이르렀을 때, 헌원예가 미간을 찌푸렸다. 지금 자신이 얼마나 약해져 있는지 깨달은 것이다. 그는 이미 벌어진 일에 대해 만약이라는 망상을 품은 적이 없었다!

그는 서신을 모두 챙긴 후 몸을 일으켰다. 그리고 그제야 백리율제와 백리명향이 자신을 기다리고 있는 것을 발견했다.

헌원예가 돌아보자 백리 남매가 즉시 무릎을 꿇었다.

"백리율제가 주인님을 뵙습니다!"

"백리명향이 주인님을 뵙습니다!"

헌원예는 그들을 잘 알지 못했으나, 그들의 충성심을 느낄 수 있었다. 그가 담담하게 말했다.

"근 수년 동안 고생했다고 들었다. 일단 가서 쉬도록 해라."

백리율제가 세 번 소리 나게 머리를 조아린 후 말했다.

"소만이 죄를 지었습니다! 그것도 대죄를 지었습니다! 전하께서는 소만이 사정을 몰랐던 점을 참작하시어 목숨만은 용서해 주십시오. 제가 소만으로 하여금 공을 세워 과를 씻도록 하겠습니다."

영리한 헌원예는 즉시 '목숨만은 용서해 달라'고 말하는 의미가 바로 하소만을 구해 달라는 뜻임을 깨달을 수 있었다. 그는 고개를 끄덕이며 말했다.

"연아가 이미 그 아이를 구했고, 그 아이를 탓하지 않고 있다."

그리고 갑자기 말을 멈추고 잠시 생각에 잠긴 듯하더니 다시 입을 열었다.

"그 아이가 공을 세울 때까지 기다릴 필요 없다. 너희 백리 군부에게 사흘의 시간을 줄 테니, 빙해 남안에서 대기 중인 20만 정병을 데리고 빙해를 건너와 전투를 준비하도록!"

물길 지도를 손에 넣었으니 인어족 병사들도 활용할 수 있었다. 이 일은 백리 군부에게 있어 그다지 어려운 일이 아니었다. 백리율제와 백리명향이 기뻐하며 연신 감사의 인사를 하고 물러갔다.

그들이 문밖으로 나왔을 때 고칠소가 문가 벽에 기대어 있는 걸 보았다. 그러나 그들은 시간을 그르치지 않기 위해 별다른 말 없이 총총히 떠났다.

헌원예도 문밖으로 나왔고 고칠소를 발견했다. 고칠소가 말을 걸기도 전에 헌원예가 먼저 말했다.

"저는 괜찮으니, 의부도…… 너무 괴로워하지 마십시오. 연아는 본래 하늘의 보살핌을 받는 아이입니다. 그때 그렇게 위험한 상황에서도 살아남지 않았습니까."

고칠소가 쓰게 웃으며 말했다.

"내가 하려던 말을 네가 먼저 하는구나. 그럼 이제 나는 무슨 말을 해야 할까?"

헌원예가 화제를 바꿔 물었다.

"의부, 백리명천이 도요곡에 대체 무슨 물건을 숨겨 두었는지 아십니까?"

# 10년이 마치 한바탕 꿈과 같아

백리명천을 언급하는 순간, 안 그래도 어둡던 고칠소의 눈빛이 좀 더 어두워졌다.

그는 사실 백리명천을 손봐 주려고 돌아온 참이었다. 그런데 백리명천이 군구신의 손에 떨어졌으리라고는, 혈루의 부작용 때문에 목숨조차 보전하기 어려운 상황이리라고는 더더욱 생각지도 못했다.

고칠소는 백리명천을 좀 혼내 줄 생각이었을 뿐, 그의 목숨을 어떻게 한다거나 할 생각은 없었다. 그는 결코 백리명천을 배신자라고 생각하지 않았다.

그가 백리명천을 거둔 것은 순수하게 개인적인 일이었을 뿐이다. 때문에 그는 운한각의 그 누구에게도 제자를 들였다는 이야기를 하지 않았고, 백리명천에게 제 신분을 이야기한 적도 없었다. 자신을 이용하기 위해 고칠소가 그를 제자로 들였다 백리명천이 오해한 데에도 얼마간 이해할 만한 구석이 있었다.

사실 헌원예가 언급하기 전부터 고칠소도, 백리명천이 대체 도요곡에 무슨 물건을 숨겨 두었는지 궁금해하고 있었다. 얼마나 중요한 것이기에 비연과 그런 거래까지 하려 했던 걸까?

고칠소는 고통스러운 마음을 숨긴 채 말했다.

"그 애에게 뭐 대단한 물건이 있을 리 없지. 이 일이 끝난 후에 가서 찾아도 늦지 않을 거다!"

도요곡은 군구신의 수하들이 지키고 있었고, 수로도 봉쇄되어 있었다. 지금 그곳에 가는 것은 괜히 군구신의 경계심만 키울 뿐이었다.

그들은 비연이 약왕정을 승급시킨 후 고운원을 상대할 수 있기를 바라고 있긴 했지만, 그렇지 못한 경우를 대비해 백리명천을 준비시켜 놓고 싶기도 했다.

헌원예도 같은 생각이었기에 고개를 끄덕이며 그 이상 이야기하지 않았다.

상관 부인은 적령석뿐 아니라 그 외 여러 물건을 대설과 꼬맹이에게 실어 비연에게 보냈다.

모두 어렵게 한데 모였지만, 안타깝게도 식사 한 끼 함께할 만한 기분이 아니었기에 각자 알아서 준비하고 있었다.

전다다는 목연을 데리고 어머니인 목령아에게 인사하러 갔다. 그러나 그들이 방문 앞에 이르자 목령아의 울음소리가 들려왔다. 전다다와 목연은 차마 안으로 들어가지 못하고 돌아나올 수밖에 없었다.

전다다는 걷고 또 걷다가 마침내 참지 못하고 훌쩍이기 시작했다. 그녀는 목연의 품에 달려들어, 울면서 군구신을 욕하고, 주변 짐승들을 불러 군구신을 갈기갈기 찢어 버리겠노라 외쳤다.

다른 한편에서는 당문 네 사람이 바쁘게 움직이고 있었다. 당 가주와 영 부인은 물론이고, 당정과 정역비도 얼음처럼 차가운 표정이었다. 그들은 당문에서 가져온 암기를 분류하고 정리하며 준비하고 있었다.

축운궁주는 거울에 자신을 비춰 보는 중이었다. 아무리 특수한 화장으로도 이미 주름을 감출 수 없을 만큼 늙어 있었다. 그녀는 자신이 언제 죽을지 알 수 없는 상태였지만, 죽기 전에 려금을 볼 수 있기를, 그리고 제 손으로 려금을 죽일 수 있기를 바라고 있었다.

그리고 입 밖에 낼 수는 없었지만, 비연이 지고 고운원이 이기기를 바라고 있기도 했다. 그녀는 그를 한 번만, 단 한 번만이라도 더 보고 싶었다.

영승은 하인에게 술을 가져오게 했지만, 한 모금 마셔도 맛이 느껴지지 않아 그대로 내려놓았다. 의심할 바 없이 그는 과거 함께 대작하던 군구신을 떠올리는 중이었다. 그 모습을 본 상관 부인이 다가오더니 잔 두 개를 가득 채웠다.

"자, 내가 함께 마실게요! 군구신이 만약 내 손에 떨어지면, 거세시켜 버리고 말겠어!"

상관 부인은 평소 영승이 술 마시는 것을 자제시키려 하는 편이었지만, 오늘은 그녀도 무척이나 취하고 싶었다. 아니, 아예 인사불성이 되고 싶었다.

영승이 잔을 들었고, 부부는 함께 잔을 비웠다. 그들에게 있어 군구신은 대진국의 부마일 뿐 아니라 나이를 잊고 사귀던 벗이기도 했다.

가장 외로운 사람은 진묵이었다. 그는 부상이 너무 심해 침상 아래로 내려올 수조차 없었다. 그러나 그는 한 번 또 한 번

시도했고, 굴러떨어질 때마다 억지로 몸을 일으켰다.

그는 자신이 지금 아무것도 할 수 없다는 사실을 잘 알고 있었지만, 그렇다고 교월차장에 숨어 결말을 기다리고 싶지는 않았다. 솔직히 말하자면 그는 무서웠다. 다평산에서 헤어진 것이 마지막일까 봐.

그날 밤, 대설과 꼬맹이는 꾸러미를 가지고 비연의 방에 잠입했다. 적령석과 암기를 본 비연의 창백한 얼굴은 더욱 차가워졌지만 표정에 변화는 없었다. 마음은 재가 되어 버렸고, 의기소침한 상태였다.

그러나 그녀의 허리에 매달린 약왕정은 이루 말할 수 없이 흥분하고 있었다. 비연이 꼭 누르고 있지 않았다면 약왕정은 벌써 적령석을 받아들였을 것이다.

비연은 적령석을 하나하나 가볍게 쓰다듬으며 냉랭하게 말했다.

"사부, 말해 봐요. 사부가 이길까요, 내가 이길까요?"

그녀는 한참을 기다렸지만, 약왕정은 흥분하여 떨기만 할 뿐 다른 반응은 보이지 않았다.

비연은 더 묻지 않고 무표정한 얼굴로 적령석을 모두 약왕정 안에 집어넣었다. 그리고 암기를 하나하나 분류해 몸에 숨긴 뒤 헌원예의 서신을 펼쳤다.

그곳에는 몇 줄만 적혀 있었는데, 그와 모든 이들이 그녀의 결정을 지지하고 언제라도 협력하겠다는 내용이었다. 또 잠시 이 일은 부모에게 이야기하지 않겠다는 말도 있었다.

비연은 처음에는 평온한 심정이었으나, 마지막 문장을 보는 순간 텅 비어 있던 두 눈에서 마침내 눈물이 흐르기 시작했다.

헌원예의 마지막 말은 바로 이것이었다. 10여 년 전 빙해의 전투에서 그녀는 대진의 북강을 지켰으니 대진의 영광이며, 지금 그녀가 운공과 현공 두 대륙을 지키려 하니 대진의 긍지라는 것이었다! 그리고 부황과 모후도 분명 그녀를 자랑스러워하리라는 이야기도 적혀 있었다.

10여 년 전 그녀는 그대로 소식이 끊겼으나, 이번에는 그녀가 영예롭게 대진으로, 집으로 돌아올 수 있으리라는 내용도 있었다.

역사가 반복되는 것처럼 보여도 사실은 반복되고 있는 것이 아니었다. 그저 10여 년 전 풀어지지 않은 매듭이 지금까지 남아 있을 뿐이었다. 이 매듭은 어쩌면 그녀의 생사일지도 모른다.

눈물이 시야를 가려 글씨가 점점 아련하게 보였다. 10여 년 전 빙해에서의 장면 장면이 기억으로 떠올랐다.

마치 지금까지의 10여 년이 꿈이었던 것만 같은 착각이 들었다. 10여 년 전의 그 전투가 바로 어제였던 것 같았고, 그 전투가 지금까지도 끝나지 않은 것 같았다. 다만, 그녀로서는 이 결과가 그와 관련이 있다는 것을 도무지 이해할 수 없었다!

계속 멍하니 서신을 바라보던 비연은 눈물이 볼을 적시기 시작했을 때에야 겨우 자신이 울고 있다는 것을 깨달았다. 그녀는 재빨리 눈물을 닦고 서신을 불태웠다.

그녀가 다시 침대보를 찢으려 하자 꼬맹이가 재빨리 막아섰다. 그 사이 대설이 침상 아래에서 지필묵을 끌어냈다. 비연은 대설의 머리를 쓰다듬어 준 후 재빨리 서신을 썼다. 그리고 대설에게 그것을 백리명천에게 전하라고 명령했다.

대설이 잘 이해하지 못하자 고민하던 비연은 곧 백리명천이 뚫어 놓은 구멍을 떠올렸다. 재빨리 대설을 들어 그 작은 구멍 안으로 들여보냈다.

대설은 옆방에서 냄새를 한 번 맡은 후 바로 비연의 뜻을 알아차렸다. 대설이 움직이자 꼬맹이가 안심이 되지 않는다는 듯 따라나섰다.

비연은 구멍 앞에서 그들을 기다리다 문득 며칠 전 자신이 백리명천을 고발했던 것을 떠올렸다. 그녀의 입가에 일말의 냉소가 떠올랐다.

그녀는 지금 스스로를 비웃고 있었다.

백리명천은 비연의 방 건너편, 멀지 않은 곳에 머물고 있었다. 대설과 꼬맹이는 곧 그를 찾아냈다.

백리명천은 침상 곁 바닥에 앉아 있었는데, 멀리서 보기에는 한가롭게 눈을 감고 있는 것처럼 보였지만 가까이 다가갈수록 상황이 좋지 않다는 것을 알 수 있었다.

그는 이미 전신이 거의 굳어 미동도 할 수 없는 상황이었다. 움직일 수 있는 것은 오른손뿐. 게다가 추위로 온몸을 덜덜 떨고 있었다.

뼛조각 하나마다 모두 한기를 내뿜는 듯, 온몸이 고통스러울 정도로 추웠다. 오른손을 포함하여.

그는 의식마저 흐려진 상태였다.

그러나 그는 계속 중얼거리고 있었다.

"왜 그렇게 바보 같은 거야……. 왜 그렇게 바보 같은 거냐고……. 왜……."

# 최후의 준비

왜 그렇게 바보 같은 거야?

그는 지금 누구에게 묻는 걸까? 비연에게? 아니면 자신에게? 어쩌면 이 질문에 대한 답은 백리명천 그조차 할 수 없을지도 모른다.

비연은 왜 그렇게 바보같이, 왜 그렇게 고집스럽게 군구신을 믿는 걸까? 그리고 그는 왜 이렇게 바보 같은 걸까……. 도대체 왜 이렇게 늦게서야 자신이 그녀를 사랑한다는 것을 깨달은 걸까?

대설과 꼬맹이가 소리 없이 그의 얼굴 앞까지 기어 왔으나 백리명천은 아무 반응도 보이지 않았다. 대설과 꼬맹이는 그가 놀라지 않게 조심스럽게 찍찍거렸다. 그러나 의식이 흐려진 백리명천은 그들에게 주의를 기울이지 않았다.

대설과 꼬맹이는 어쩔 수 없이 그를 앞발로 긁기 시작했다. 대설이 그의 발을, 꼬맹이는 그의 왼손을 긁었다. 그러나 백리명천은 이미 감각을 잃은 뒤라, 그들이 아무리 긁고 물어도 전혀 반응을 보이지 않았다.

초조해진 대설과 꼬맹이는 그의 몸 위로 뛰어올라 눈앞에서 손짓 발짓을 했다. 마침내 백리명천이 그들을 발견했다. 그러나 그저 흘깃 보기만 할 뿐 눈빛이 다시 흐려졌다. 곧 혼수상태에 빠지려는 것 같았다.

대설과 꼬맹이가 다시 그를 긁고 깨물었지만 모두 헛수고였다. 결국에는 대설이 진정한 모습을 드러냈다.

백리명천이 대설을 흘깃 바라보았다. 눈꺼풀이 여전히 내려온 상태였지만, 바로 다음 순간 눈을 번쩍 떴다.

"너, 넌…… 비연……."

그는 말조차 제대로 할 수 없을 만큼 약해진 상태였다.

대설은 그가 무슨 말을 하는지 알아들을 수 없었지만, 어쨌든 재빨리 빙려서의 모습으로 돌아왔다. 꼬맹이가 바로 비연의 서신을 가져왔다.

백리명천은 서신을 한참 동안 바라보았다. 그의 눈빛에 점차 빛이 돌아오더니 웃음기마저 감돌았다. 평소 그가 짓던 사악하고 방종한 웃음이 아니었다. 그보다는 순수한 환희에 가까웠다.

그의 목소리는 여전히 무력하게 들렸지만, 누구라도 그 안의 웃음기를 알아챌 수 있었다.

"우리 연아…… 우리 연아가…… 이제 안 건가? 이해한 건가?"

그는 천천히 오른손을 들어 서신을 펼치기 위해 안간힘을 썼다. 꼬맹이와 대설은 그제야 겨우 그의 몸에 문제가 있음을 깨달았다. 꼬맹이가 재빨리 서신을 펼쳐 그의 손 위에 올려놓았다.

백리명천이 서신을 잡으려는 순간 손이 무력하게 늘어졌다. 안 그래도 죽고 싶을 정도로 아픈 상황이었는데, 손이 이렇게 늘어지는 순간은 정말 견딜 수 없을 정도로 아팠다. 그러나 바로 이 고통 때문에 그는 정신을 차릴 수 있었다.

그는 기뻐하면서도 서둘러 서신을 읽지 않고, 다시 한번 힘겹게 손을 들었다가 사납게 바닥에 내팽개쳤다!

대설과 꼬맹이는 백리명천이 몇 번이나 바닥에 손을 내리치는 것을 어리둥절한 얼굴로 보면서도 감히 찍 소리 한번 내지 못했다. 그들도 백리명천이 고통스러워하는 것을 알아볼 수 있었기 때문이다. 그러나 백리명천 입가에 어린 웃음기는 점점 짙어지고 있었다.

맑은 정신을 차린 백리명천이 마침내 비연의 서신을 읽기 시작했다.

서신을 다 읽은 그는 결국 참지 못하고 큰 소리로 웃었다.

"우리 연아, 본 황자가 결국은 너를 한 번은 이겼구나! 마침내 네가 본 황자를 이용하도록 했으니! 하하……. 하하……. 본 황자는 죽는다고 해도 너를 탓하지 않을 거다!"

그의 평소 성격대로라면, 지난번에 물에 빠진 비연을 구해주었더니 보따리를 내놓으라 한 셈이니 수수방관하며 비연을 비웃어야 마땅했다. 그러나 지금 그는 매우 기뻐하며, 당장이라도 그녀와 함께 군구신에게 대항하고 싶어 했다.

누군가를 사랑하면 바보가 된다. 그렇다면 바보를 사랑하는 사람은, 그보다 더욱 바보 같은 것이 아닐까?

비연은 서신에서 약왕정과 봉황력에 대해서는 언급하지 않았다. 그저 이틀 후 정오, 만약…… 만약 그녀의 오라비 일행이 군구신을 죽이려 한다면 도와 달라고만 했다. 그때가 되면 누군가가 그를 구하러 올 거라면서.

이 순간 백리명천은 너무나 절실하게 자신이 살아남을 수 있기를, 군구신을 통쾌하게 죽여 버릴 수 있기를 바랐다. 당당하게 비연에게 호감을 표시할 수 있다면 얼마나 좋을까!

그러나 그는 곧 그 생각을 접었다. 백리명천은 자신이 이틀 후 정오까지 버티는 것만도 매우 어려운 일이라는 걸 아주 잘 알고 있었다. 지금 같은 상황에서 그가 다시 혈루의 힘을 불러내면 아마 죽을 수밖에 없을 것이다.

백리명천은 망설임 없이 손가락에 피를 내어 비연의 서신 뒤에다 적었다. 그러나 모든 감정을 마음 깊은 곳으로 꾹꾹 눌러 담아, 아니, 심지어 일부러 비웃는 듯한 어조로 적었다.

결국은 이리될 것을 그때는 왜 그런 것인지. 여하튼 본 황자는 너를 가련하게 여겨 주도록 하겠다. 대신 본 황자의 물건을 잘 보관하는 것을 잊지 말도록 해라. 그렇지 않으면 본 황자는 귀신이 되어서라도 너에게서 떨어지지 않을 테니까!

대설과 꼬맹이는 답신을 얻자 바로 그 자리를 떠났다.

백리명천은 창밖을 바라보았다. 그러나 얼마 지나지 않아 그의 두 눈동자가 점차 흐려지기 시작했다. 온몸을 얼리는 듯한 한기도, 고통도 그를 깨어 있게 하지는 못했다. 그는 너무나 지쳐 있었고, 너무나도 자고 싶었다. 그러나 그는 눈이 감기는 순간 바로 소스라치게 놀라며 깨었다.

"자면 안 돼, 자면 안 된다고……."

그는 중얼거리며 다시 한번 최선을 다해 손을 들었다. 조금씩 조금씩, 가능한 한 높이 들어 올린 뒤 바닥에 사납게 패대기 쳤다. 통증이 순식간에 머리끝까지 퍼지며 정신이 번쩍 들었으나, 한 번만으로는 충분치 않다는 생각이 들었다. 그는 계속 손으로 바닥을 내려치며 고통으로 제정신을 유지했다.

그녀와 첫 번째로 협력하는 일이었다. 그리고 아마도 마지막일 것이다. 그는 결코…… 그녀의 신뢰를 잃을 수 없었다. 절대로!

그의 상황을 알지 못하는 비연은 답신을 받고도 별다른 반응을 보이지 않았다. 어쨌든 이 거래는 백리명천이 먼저 제안한 것이니까. 그랬기에 그녀는 그가 승낙할 거라는 사실을 의심하지 않았던 것이기도 했다.

여하튼 백리명천과 시간을 정했으니 헌원예 일행과도 시간을 정해야 했다. 군구신이 사흘 후 빙해에서 만나자고 했다니, 헌원예 일행이 이틀 후 이 차장을 기습해 군구신을 치는 것이 좋을 것이다.

비연은 꼬맹이에게 서신을 들려 보내고 대설은 곁에 남겨 두었다.

밤이 깊었다. 비연은 여전히 잠을 이루지 못하고 있었다. 긴 의자 위에 앉은 그녀는 두 무릎을 끌어안은 채 꽉 닫힌 방문을 차갑게 노려보았다.

대설이 그녀의 어깨 위로 뛰어오르더니 제 작은 머리를 그녀의 볼에 기댔다. 비연은 전혀 반응이 없었다. 대설이 찍찍거려도 그녀는 미동도 하지 않았다. 대설의 울음소리에 점차 슬픈 기색이 어렸지만, 대설은 여전히 비연에게 기댄 채 곁을 떠나려 하지 않았다.

그렇게 고요한 밤이 지나가고 날이 밝았다. 비연은 마침내 견디지 못하고 어느새 잠이 들었다.

그녀가 잠들고 얼마 안 돼 방문이 열렸다. 비연은 재빨리 눈을 떴다. 문을 연 사람은 망중으로, 그의 뒤에는 여의원이 한 사람 있었다. 비연이 기다리던 기회가 온 것이다. 택을 도우려던 모든 노력과 고통이 이런 기회로 변할 줄은 상상한 적도 없었지만.

망중은 말없이 의원을 비연 앞으로 데려온 다음 등을 돌렸다. 의원은 상황을 전혀 알지 못하는 듯, 매우 예의 바른 말투로 말했다.

"왕비마마, 상처를 보여 주시겠어요?"

비연은 매우 평온한 목소리로 말했다.

"상처의 화농이 아직 낫지 않았으니 이틀 후에 다시 오너라."

의원이 당황한 표정으로 말했다.

"그, 그건 제가 봐야 할 것 같습니다만……."

비연이 차가운 목소리로 물었다.

"네가 뭘 안다고?"

의원이 당황하여 망중을 바라보았고, 망중이 비연을 돌아보며 뭐라 말하기도 전에 비연이 먼저 말했다.

"군구신에게 전해. 나는 군구신과는 다른 사람이고, 내가 갚아야 할 일은 반드시 갚는다고! 내 상처가 군구신 때문에 심해졌으니, 상처를 좀 더 가라앉힌 후 의원에게 보이겠다고 말하면 알아들을 거다. 그리고 이틀 후, 직접 오라고 해. 내가 할 말이 있으니까."

망중은 의원을 잠시 기다리게 하고 군구신에게 보고하러 갔다. 얼마 지나지 않아 돌아온 망중이 말했다.

"전하께서는 잘 요양하라 하셨습니다. 그리고 다시는…… 기녀나 쓸 법한 수단은 쓰지 말라고 하셨습니다!"

비연은 무표정한 얼굴로 차갑게 말했다.

"그럼 이제 너희 모두 꺼지도록."

## 마침내 왔다

　망중이 떠난 후 비연은 마침내 식사를 시작했다. 그녀는 이미 며칠 동안이나 식사를 하지 않았다.

　아무리 입맛이 없더라도 배를 채워야 했다. 그녀는 식탁 앞에 앉아 차가운 눈으로, 아니 심지어 텅 빈 눈으로 한 입 한 입 아주 천천히 밥을 삼켰다.

　물 한 방울 제대로 마시지 못하는 것은 군구신도 마찬가지였다. 망중이 보고하러 왔다가 식탁 위 음식이 그대로인 것을 보고 도저히 참을 수 없어 말했다.

　"전하, 얼마간이라도 좀 드시지요."

　군구신은 그를 바라보지도 않고 손을 내저었다.

　망중은 아예 음식을 그의 앞으로 들이밀며 말했다.

　"전하, 모두 왕비마마께서 좋아하시는 음식입니다. 저……전하, 지금 드시지 않는다면 앞으로는 다시는…… 다시는 드시지 못합니다!"

　망중은 말을 이을 수 없었다. 이틀이라는 시간은 너무나 짧았다. 겨우 여섯 끼 먹을 시간일 뿐이니까. 전하는 곧…… 세상에서 사라진다! 이 음식들은 그가 주방에 특별히 명해 만들게 한 것이었다.

　군구신이 그제야 눈을 들었다. 식탁 위 음식들은 정말로 모두 비연이 좋아하는 것들이었고, 과자들도 많았다. 그는 어린 시절부터 그녀가 좋아하는 것이라면 무엇이건 좋아했다. 심지어 기억을 잃었던 그때에도 음식에 대한 기호는 잊지 않았다……

망중은 거의 울먹이고 있었다.

"전하, 그러니까……. 왕비마마를 생각하셔서라도 조금이라도 드십시오!"

군구신은 말없이 젓가락을 움직여 한 입 한 입, 천천히 먹기 시작했다.

음식을 씹어 삼키던 그는 무의식적으로 눈을 들어 건너편을 바라보았다. 그녀가 더는 그와 함께 식사하지 않는다는 사실을 잊은 것처럼.

그는 곧 다시 고개를 숙이고 한 입 한 입 아주 빠르게 음식을 삼켰다. 그 모습은 더더욱 외로워 보였고, 지켜보던 망중의 마음도 미어지고 있었다.

식사를 끝낸 군구신은 망중에게 식탁을 정리하라고 말했다. 그는 몰래 그녀를 살펴보러 갈 생각이었지만, 문가까지 갔다가 다시 돌아오고 말았다.

군구신은 넋이 나간 표정으로 자리에 앉았다. 그녀를 보지 않는다고 해도 그녀를 그리워하지 않을 수는 없었다. 그리고 그녀를 본다면…… 더욱 그리워하게 될 것이다.

사실 그녀가 이틀 후 그를 만나겠다고 요청하기 전, 고운원이 이미 그에게 적령석이 도착했다고 말했다. 군구신은 모든 준비를 끝내고 기다리고 있었다. 이제 남은 것은 이틀뿐, 기다리기만 하면 되는 것이다.

이 순간, 약왕정 안 어둠 속 약왕곡. 고운원은 벼랑 위에 앉아 있었다. 그의 얼굴은 이루 말할 수 없이 창백했고, 미간에는 화염이 하나 희미하게 떠올라 있었다.

그는 발아래 가득한 약초밭을 바라보았다. 봉황허영은 약초밭 위를 계속 날고 있었는데, 언제라도 자신을 가둔 금제를 풀고 어둠 속 공간에서 뛰쳐나갈 것만 같았다.

갑자기 봉황허영이 빠르게 고개를 돌려 고운원에게로 날아왔다. 마치 파죽지세와 같은 기세였다.

찰나의 순간, 고운원의 몸에서 불길이 폭발하는가 싶더니 그의 몸을 보호하듯 감쌌다. 봉황허영은 몇 번이나 그 불길에 부닥쳤으나 계속 튕겨 나갔다.

봉황허영이 포기하고 사라진 후에도 불길은 조금씩 고운원의 체내로 스며들고 있었다. 마치 그를 태워 버리려는 듯.

고운원은 그 잘생긴 미간을 찌푸렸으나 눈빛은 여전히 담담했다. 불은 이렇게…… 이미 천 년 동안 그를 태워 왔으니까.

원래는 천 년 세월이 몹시도 길다고 생각했다. 그러나 지금은 천 년도 이 이틀만큼 긴 것 같지는 않았다. 모든 이들이 이 이틀이 지나가기만을 기다리고 있었다.

택은 시위들의 호위를 받으며 밤낮없이 북강을 향해 가고 있었다. 황형은 고운원의 피를 그에게 주며, 영생결계를 열고 몽하에게 말을 전하라고 부탁했다.

택은 황형이 그에게 이런 임무를 맡긴 이유가 바로 자신을 떼어 놓기 위해서라는 걸, 자신이 너무 괴로워하지 않도록 배려한 거라는 걸 알고 있었다. 그래서 그는 거절할 수 없었고, 이 임무를 다하기 위해 최선을 다하는 수밖에 없었다.

그는 황형이 스스로를 희생하기 전, 임무를 다했다는 전갈을 보내겠노라고 고집스럽게 결심했다. 그러나 그는 이제 막 남경을 떠났고, 북강까지는 아직 먼 거리가 남아 있었다. 그리고 영원한 이별까지 이제 겨우 이틀밖에 남지 않았다는 사실을 알지 못하고 있었다.

이렇게 많은 사람이 상처받은 마음으로 기다리는 사이, 시간은 멈추지 않고 흘러갔다. 이틀이 눈 깜빡할 사이에 스쳐 갔다!

새벽, 헌원예 일행은 이미 다평산 일대에 들어섰다. 중상을 입은 진묵을 제외하고 헌원예, 고칠소, 당정, 정역비, 전다다, 목연, 당씨 부부, 영승 부부, 아금 부부 일행에 축운궁주와 인어족 병사들까지 총출동한 상태였다.

그들은 각기 흩어져 다른 방향에서 차장으로 접근 중이었다. 비연이 정오에 만나자 했으니 그 전에 매복을 끝내고, 기다리던 비연과 협력해야 했다!

군구신은 아예 잠을 자지 못한 상태였다. 하늘이 밝아 올 무렵, 그는 건명보검을 닦기 시작했다. 손잡이에서 검 끝까지, 세심하게.

망중은 한참 전부터 여의원을 데리고 문밖에 서 있었으나 방문을 두드리지 못하고 있었다. 전하가 조금이라도 더 이 세상에 머물기를 바라면서. 아주 조금이라도!

그러나 결국은 머물 수 없다!

군구신은 건명보검을 갈무리한 후 일부러 흰옷으로 갈아입은 다음 밖으로 나왔다. 그는 의원을 흘깃 보고는 담담하게 말했다.

"가자."

그와 비연의 거처는 정원 하나를 사이에 두고 앞뒤로 있었다. 입하가 지난 지금, 정원에는 석류꽃이 가득 피어 있었다. 진한 초록 잎을 배경으로 영롱하게 피어 있는 빨간 석류꽃은 몹시도 화려한 느낌이었다. 그에 비해 흰옷을 입은 군구신의 모습은 적막하고 처량해 보였다.

그는 화려하게 피어난 꽃을 지나 조용히 한 걸음 한 걸음 비연의 거처로 향했다. 마침내 문 앞에서 발길을 멈춘 그는 손을 들어 문을 두드리려다가 그대로 멈췄다. 망중과 의원은 뒤에서 그 모습을 보고 감히 소리조차 내지 못하고 있었다.

방 안에서는 밤새도록 나한상처럼 앉아 있었던 비연이 꽉 닫힌 방문을 노려보고 있었다. 그녀는 저 문이 열리기만을, 마침내 결말이 날 순간만을 기다리는 중이었다.

그녀는 이미 발걸음 소리를 들었고, 더욱 고요하게 가라앉고 있었다. 심지어 호흡마저 느려진 것 같았다.

군구신은 한참을 서 있더니 결국은 손을 내렸다. 그는 고개를 숙인 채 옆으로 물러나더니, 어쩔 수 없다는 듯한 미소를 지었다.

그렇게 오래도록 연극을 했으니 이미 익숙해졌어야 하는 것 아닌가. 어째서 마지막 순간, 과거의 습관이 뛰쳐나와 버리는 걸까? 이 문은…… 그가 두드려야 하는 것이 아니었다.

망중은 그의 뜻을 깨닫고 주먹을 쥐었다. 그리고 쓰라린 마음을 참고 의연하게 문을 두드렸다.

쿵! 쿵! 쿵!

문을 두드리는 소리는 유난히도 크게 들렸다.

비연은 계속 문을 노려보며 기다리고 있었다. 그러나 이 소리를 듣는 순간, 그녀는 맹렬하게 몸을 떨었다. 마치 이제야 겨우 정신을 차린 것처럼.

그녀의 텅 빈 두 눈에 갑자기 눈물이 차오르기 시작했다. 그녀는 당황하여 힘주어 눈물을 닦아 냈다. 눈물을 흘려서는 안 된다. 눈에 눈물이 남아 있어서도 안 된다! 단 한 방울이라 해도! 절대 안 돼!

신농곡에서 진양성까지, 또 진양성에서 다평산까지. 봄이 시작된 후 여름이 될 때까지, 춘사일부터 입하 이후까지, 그녀는 너무 오랫동안 괴로워했다. 그러니 이제는 괴로워해서는 안 된다! 절대로 이렇게…… 약해져서는 안 되는 것이다!

그녀는 이미 스스로에게 몇 번이고 말했다. 이제 그는 필요 없다고! 그를 사랑하지 않는다고! 그런데 어째서 그 때문에 다시 괴로워한단 말인가. 이렇게 괴롭다면 그를 어떻게 죽일 수 있을까?

그녀는 그 누구보다도 잘 알고 있었다. 오늘 그녀는 전투에 임할 것이고, 그녀는 살아남을 것이다! 그를 죽이고!

그녀는 또 한 번 눈물을 닦아 냈다. 급하게 닦다 보니 눈동자는 점점 붉어졌고……. 눈물은 멈추지 않고 오히려 더 많이 흐르고 있었다.

그녀는 당황하여 눈물을 닦고 또 닦다가 제 따귀를 때렸다. 마침내 그녀는 겨우 냉정함을 되찾았다. 바로 이 순간 방문이 열렸고, 그녀는 무심결에 고개를 들었다…….

# 미안해

비연이 고개를 들었다. 망중과 의원이 안으로 들어왔고, 그들 뒤에 군구신이 있었다. 그녀는 군구신을 바라보았고, 그도 그녀를 바라보았다.

비연의 눈은 붉어져 있었고 눈가에는 아직 눈물이 남아 있었지만, 닦아 내려 하지는 않았다. 그저 평온하게 시선을 옮겼다. 그녀의 눈빛이 점점 더 차가워지고 있었다.

군구신도 그녀의 눈에 어린 눈물을 발견했다. 그는 자리에 앉으며, 일부러 고개를 돌려 그녀를 바라보지 않고 냉랭하게 말했다.

"본 왕에게 하고 싶은 말이 뭐지?"

비연 역시 다른 곳을 바라보며 차갑게 대답했다.

"일단 내 상처를 치료한 후에 말하도록 해."

군구신은 아무 말도 하지 않았고, 망중이 재빨리 의원에게 앞으로 가라고 눈짓하며 돌아섰다.

비연이 차가운 목소리로 외쳤다.

"모두 나가!"

망중은 나갔지만 군구신은 미동도 하지 않았다.

비연의 목소리가 좀 더 차가워졌다.

"나가라니까!"

첫째로, 그녀는 포기하고 싶지 않았다. 이 최후의 순간에도 그녀는 택을 치료할 약을 배합해 낼 생각이었다. 그리고 둘째로는, 정오까지 시간을 끌어야 했다. 그러나 군구신은 며칠 내내 눈만 감으면 피로 얼룩진 그녀의 상처가 떠올라 견딜 수가 없었다. 그녀가 스스로에게 대체 무슨 짓을 한 건지 이해할 수 없었다. 비연의 상처가 택아와 무슨 관계가 있는 걸까?

방에서 나가야 한다고 생각하면서도 나가고 싶지 않았다. 어쩌면 마지막으로 스스로에게 제멋대로 굴 기회를 주고 싶은 것일 수도 있었다.

군구신이 냉랭하게 말했다.

"본 왕은 너에게 아무 흥미가 없다. 너도 모략을 꾸밀 생각은 말도록!"

그는 밖으로 나가지 않고 그저 그녀를 등지고 돌아섰다.

비연은 더 이상 고집부리지 않고, 역시 돌아서서 옷의 절반을 벗어 어깨를 드러냈다. 손바닥 크기만 한 상처에는 이미 얇게 딱지가 내려앉아 있었다.

의원이 그 상처를 보고 저도 모르게 고개를 저으며 중얼거렸다.

"왕비마마……."

의원이 말을 잇기 전에 비연이 날카롭게 말을 잘랐다.

"나는 왕비가 아니니 그냥 이름을 부르면 된다."

의원은 감히 비연의 이름을 직접 부를 수 없어, 호칭을 쓰지 않고 물었다.

"상처가 생긴 지는 얼마나 되셨나요?"

"한 달 정도."

비연의 대답에 의원이 미간을 찌푸렸다.

"어디서 상처를 입으신 거죠? 분명 약을 쓰신 것 같은데, 한 달 전에 입은 상처라면 딱지가 한참 전에 내려앉아 이미 흉터가 되었을 텐데요. 어째서 이런 건가요?"

"문신을 새겼다."

문신?

군구신은 순식간에 어떻게 된 일인지 깨달았다. 가슴이 맹렬하게 떨리고 있었다. 마치 누군가가 그의 심장을 사납게 물어뜯기라도 한 것처럼, 고통스러운 나머지 숨을 쉴 수조차 없을 정도였다.

의원이 놀란 표정으로 말했다.

"문신 후에 제대로 처리를 하지 않으신 건가요? 뭐, 뭔가 이상한데요!"

비연의 얼음같이 차가운 어조가 점차 진지하게 변해 갔다.

"문신은 성공적이었다. 다만 내가 독약을 사용해 먹 자국을 반복적으로 지웠을 뿐이다. 독약을 여섯 번 사용하니 먹 자국이 전부 지워지더군. 상처는 덧나지 않게 간단하게만 처리했고."

깜짝 놀란 의원이 이해할 수 없다는 표정으로 비연을 바라보았다. 그리고 군구신의 심장은 마치 칼에 베인 듯 아파 왔다. 최근 그녀가 몹시 괴로웠으리라는 사실은 알고 있었지만, 이 정도일 줄은 몰랐다! 소매 속 그의 손은 이미 단단히 주먹을 쥐고 있었다.

비연이 계속 진지하게 상황을 설명했다.

"먹물이 지워진 후 세 번 외부의 힘에 의해 다시 상처를 입었고, 모두 피를 흘렸다. 한 번은 가볍게, 두 번은 꽤 심하게. 그저 지혈하고 붕대만 감았지. 지금 상처가 어떤 증상을 보이는지는 나도 확신할 수 없어 함부로 약을 쓰지 못했다. 앞으로 계속 약을 쓸 때 영향을 줄지 몰라 두렵기도 했고. 지금 피부를 새로 돋게 하는 약을 배합할 예정이고, 흉터를 전혀 남기지 않을 생각이다. 상처를 좀 봐 주면 좋겠군."

비연의 진지한 두 눈을 바라보며 의원은 미간을 더욱 찌푸렸다. 도저히 상황을 이해할 수 없다는 표정이었다.

의원이 움직이지 않는 것을 보고 비연이 재촉했다.

"어서 상처를 봐 줘. 세심하게 봐 줘야 해."

의원은 겨우 정신을 차린 듯 조심스럽게 상처를 살펴보았다. 그녀는 한참을 망설인 끝에야 겨우 말했다.

"이 상처는 다른 것들과 달라서, 상황을 자세히 보려면……딱지를 뜯어내야겠습니다."

비연의 상처는 손바닥 크기만큼 큰 상처였다! 얇은 딱지 아래 피투성이의 살이 있을 테니, 저 딱지를 떼어 낸다면 얼마나 아플까? 상상만으로도 머리가 쭈뼛해졌다!

군구신은 다시 주먹을 더욱 꽉 쥐었다. 그는 제대로 앉아 있을 수도 없을 지경이었다. 그러나 비연은 소매를 잘라 입에 물고 의원에게 시작하라고 손짓했다.

의원의 마음은 부모와 같은 법이니, 의원은 묻지 말아야 한다는 걸 알면서도 참지 못하고 달래듯 말했다.

"굳이 이렇게까지 하셔야겠습니까? 이곳에 있는 상처라면 다른 사람이 볼 일도 없는걸요. 이 상처를 볼 수 있는 사람이라면…… 이 상처 때문에 싫어할 리도 없고요."

비연이 눈을 내리깐 채 입에 물고 있던 소매를 떼어 내고 대답했다.

"나는 아픈 것도 두렵지 않고, 흉터가 남는다고 해도 괜찮아. 두려운 건 그저 다른 사람에게 빚을 지고…… 그 사람이 원한을 기억할까 하는 것뿐이야."

말을 마친 그녀는 의원을 기다리지 않고 신중하게 딱지를 뜯어내기 시작했다. 의원은 당황한 나머지 어찌할 바를 몰랐다.

군구신은 결국 참지 못하고 고개를 돌렸고, 이 장면을 보게 되었다. 심장이 쥐어짜이듯 아려 오자 그는 맹렬한 기세로 몸을 돌리며 외쳤다.

"그만!"

비연의 손이 그대로 멈췄다. 인정하고 싶지 않았지만, 이 순간 마음속에 한 오라기 희망이 피어오르는 것을 부인할 수 없었다. 그가 마음 아파 하고 있을지도 모른다는 자신의 희망을 비웃으면서도 그를 바라보았다.

군구신은 그제야 자신이 충동적이었다는 사실을 알아차리고 바로 이어 말했다.

"고비연, 그만! 본 왕 앞에서 그런 비참한 연극은 하지 말도록. 본 왕의 마음이 약해지는 일은 없을 테니까!"

비연은 냉소하기 시작했다. 그녀는 군구신이, 그리고 제가 우스워서 견딜 수가 없었다. 희망을 품었던 자신이 가소로웠고, 그리고 그는…… 그녀가 비참함을 내세워 동정을 사려 한다고 생각하고 있었다.

비연이 냉랭하게 말했다.

"군구신, 나는 택아에게 빚을 졌지 당신에게는 아무 빚도 없어! 그때 당신이 직접 택아를 황위에 올렸지. 그리고 당신이 택아를 제대로 지키지 못한 거라고! 그러니 당신이 나보다 더 택아에게 진 빚이 많아! 어서 나가. 그러지 않으면 나는 이 상처를 치료하지 않을 테니까. 택아의 얼굴이 영원히 낫지 못하게 할 거라고! 당신이 형으로서 택아를 지키지 못했다는 사실을, 영원히 택아의 얼굴에 새겨 둘 거야!"

군구신의 안색이 창백해졌다. 그는 아무 말도 하지 않고 몸을 돌렸다. 문가에 도착했을 때, 그는 제대로 서 있을 수도 없을 정도로 비틀거리고 있었다.

그저 그 상처가 어떻게 생긴 것인지 알고 싶었을 뿐이었다. 그저 마지막으로 잠시라도 함께 있고 싶었다. 그렇게라도 작별의 시간을 갖고 싶었다……. 그런데 이렇게 사무칠 줄이야! 이렇게나 견디기 힘들 줄이야!

그의 마음속에서는 온갖 말이 휘몰아치고 있었으나, 그중 단 한마디도 제대로 입 밖으로 나오지 않았다. 마지막 순간, 그에게 남은 말은 이것뿐이었다.

"연아, 미안하다."

그는 그렇게 문가에 서서 기다렸다. 그리고 이 순간, 헌원예, 고칠소, 당리, 영승, 아금은 주변에 매복한 채 군구신을 주시하고 있었다.

상관 부인, 목령아, 정역비, 당정은 백리명천을 지키고 있었고, 축운궁주와 목연, 전다는 려금을 찾는 중이었다.

방 안에서는 비연이 이미 얇은 딱지를 모두 떼어 낸 다음이었다. 그녀는 여전히 아무 일도 없었다는 듯 진지한 표정이었다. 그녀는 창밖의 하늘을 보고 의원에게 말했다.

"자세히 검진해 보도록. 반 시진을 줄 테니, 살펴보고 증상과 치료법을 말해 보아라."

의원은 열심히 상처를 살피기 시작했다.

반 시진이라는 시간은 짧다면 짧고 길다면 긴 시간이었다. 의원은 상처를 치료할 완벽한 방법은 찾아내지 못했지만, 비연에게 상처에 대한 자세한 분석을 들려주었다.

비연은 잠시 고민한 끝에, 약왕정의 협조를 얻어 약방을 하나 만들었다. 의원은 그 약방문을 보며 연신 감탄했다!

비연은 상처를 처리한 후 의원을 내보냈다. 그리고 약왕정으로 독약과 흉터를 없애는 약을 제조해 냈다. 그녀는 약은 옆에 잘 놔두고, 암기를 독에 담갔다.

지난번 독을 쓴 후로도 약왕정은 계속 파업을 하지 않았다. 그러나 비연은 그 이유를 생각할 마음의 여유가 없었다. 그저 약왕정이 파업을 하더라도 적령석을 보면 깨어날 거라고만 생각할 뿐.

그녀가 암기를 갈무리했을 때 군구신이 들어왔다. 방 안에는 이제 그들 두 사람뿐이었다. 그는 높은 곳에서 그녀를 내려다보았고, 그녀는 얼음처럼 차가운 눈빛으로 그대로 앉아 있었다.

두 사람의 시선이 다시 한번 맞부딪쳤을 때, 군구신이 입을 열기도 전에 비연이 차갑게 웃기 시작했다. 그녀는 주먹을 쥔 두 손을 들어 올렸다.

"독약과 흉터를 제거하는 약이 여기 있어. 자, 골라 봐."

군구신은 그녀를 한참 바라보더니 뜻밖에도 웃기 시작했다.

"너는 어릴 때부터 이 놀이를 무척 좋아했지. 하지만 이번에는 봐줄 생각이 없다. 순순히 약을 탁자 위에 내려놔. 그러지 않으면……."

군구신의 말이 끝나기도 전에, 매복해 있던 대설과 꼬맹이가 순식간에 설랑의 모습으로 변해 양쪽에서 군구신을 덮쳐 왔다. 그리고 그와 동시에 비연의 두 손에서 암기가 날아갔다!

비연이 말했다.

"군구신, 어린 시절 당신은 나를 한 번도 이긴 적 없었지. 그리고 지금 당신이 나를 봐주지 않는다고 해도…… 결과는 똑같을 거야!"

## 제대로 생각해 보았는지


대설과 꼬맹이가 양쪽에서 군구신을 덮쳤고, 독에 담갔던 비연의 암기가 군구신에게로 날아갔다.

이 정도의 기습이라면 고수라 해도 당해 내기 어려울 터였다. 그러나 군구신은 영술로 위치를 옮겨 쉽게 피해 냈다! 그뿐 아니라 순식간에 비연을 습격했다.

그러나 이런 결과를 이미 예상하고 있던 비연은 침착하게 암기를 발사했다.

군구신 역시 암기에 독이 묻어 있을 것을 예상한 듯 계속 피하기만 할 뿐 가까이 다가오지는 못하고 있었다. 대설과 꼬맹이가 이 기회를 틈타 그의 등을 습격했다!

비연은 몸을 일으켜 한 걸음 한 걸음 뒤로 후퇴하며 더더욱 맹렬한 기세로 암기를 날렸다. 군구신은 무표정한 얼굴로 건명보검을 뽑으며, 살짝 고개를 비껴 비연의 암기를 피하는가 싶더니 장검을 뒤로 휘둘렀다!

찰나의 순간, 날카로운 검기가 휘몰아쳐 대설과 꼬맹이를 뒤로 날려 버렸다. 쾅! 대설과 꼬맹이 모두 몸집이 크기 때문에 그들이 부딪친 벽은 하마터면 무너질 뻔했다.

군구신의 무정한 검에 두 마리 모두 상처를 입었다. 그러나 대설과 꼬맹이는 바로 몸을 일으켰다. 대설은 군구신의 등 뒤에 남아 있었고, 꼬맹이는 몸을 날려 비연 앞을 막아선 다음 군구신을 향해 울부짖었다.

이때 문밖에서 싸우는 소리가 들려왔다. 군구신은 발걸음을 멈췄고, 비연도 암기를 쥔 손을 멈췄다. 두 사람은 그렇게 대치 상태에 들어갔다.

군구신의 입가에 냉소가 떠올랐다.

"본 왕이 내일 만나자고 했거늘, 모두 하루라도 더 빨리 죽고 싶은 모양이지?"

비연이 냉랭한 목소리로 말했다.

"승부가 정해지지 않았는데, 너무 빨리 단언하지 않는 게 좋지 않을까?"

군구신 입가의 웃음기가 더욱 차가워졌다.

"그렇다면…… 두 손 모으고 기다려 보든가!"

말을 마치자마자 바로 손을 쓰려 하는 그를 향해 돌연 꼬맹이가 덤벼들었다. 동시에 대설도 등 뒤에서 군구신을 덮쳤다.

군구신이 오른쪽으로 위치를 옮기자 비연은 즉시 반대쪽 문을 향해 달려 나갔다. 군구신이 순식간에 몸을 돌려 쫓았으나, 대설과 꼬맹이가 미리 준비하고 있었던 듯 동시에 막아섰다. 바로 그때, 헌원예와 고칠소 일행이 문을 부수고 들어왔다.

군구신이 다시 한번 위치를 옮겨 대설과 꼬맹이의 습격을 피하는 사이, 헌원예가 빠르게 앞으로 나와 비연을 제 등 뒤로 보냈다. 그리고 비연을 제대로 쳐다보지도 않고 나지막하게 말했다.

"나가 있거라."

군구신은 발걸음을 멈추고 차가운 눈으로 헌원예를 바라보았다. 대설과 꼬맹이는 그의 양쪽에 착지한 채 군구신을 향해 언제라도 달려들 듯 낮게 으르렁거렸다.

이 작은 방 안, 몇 걸음이면 승부가 갈릴 터였다!

최소한 지금은 비연 쪽이 우세해 보였다. 그러나 비연은 인원수가 많다 해도 군구신의 건명력을 당해 낼 수 없다는 것을 알고 있었다. 어쨌든 그녀는 시간을 어느 정도 벌 수 있었다!

비연이 나지막하게 말했다.

"오라버니, 조심해요!"

말을 마친 그녀는 고칠소와 함께 방 밖으로 도망쳤다.

헌원예 일행은 대부분 무공의 고수였고, 고수가 아니라 해도 암기를 쓸 줄 알거나 짐승을 부리는 등의 특기가 있었다. 비록 군구신을 이기지는 못한다 해도, 군구신의 수하들을 상대하기에는 충분했다. 그들 중 두세 사람이면 이 차장에 있는 군구신의 시위를 모두 쓸어버릴 수 있었다!

문밖에서는 당리, 영승, 아금 일행이 군구신의 시위들과 싸우고 있었다. 비연과 고칠소가 나오는 것을 본 당리와 영승이 비연을 한번 쳐다보더니, 한마디 말을 건넬 겨를도 없이 바로 헌원예를 지원하기 위해 방 안으로 달려 들어갔다.

이때 당정 일행은 이미 백리명천이 갇혀 있는 곳을 장악한 뒤였다. 정역비 혼자서도 여럿을 상대할 수 있었기에, 당정과 목령아, 상관 부인은 그에게 백리명천을 맡긴 뒤 재빨리 비연 쪽으로 왔다.

비연이 그녀들을 바라보았다. 인사말 한마디 건넬 겨를도 없었지만, 눈을 마주 보는 순간 서로의 마음을 알 것만 같았다.

비연이 물었다.

"그쪽은 괜찮아?"

"정역비는 믿을 만한 사람이야. 너도 알잖아!"

당정의 말에 비연이 고개를 끄덕였다.

이때 목연, 전다다, 축운궁주도 달려왔다. 그들은 차장을 한 바퀴 돌아보았지만 려금을 찾지 못했다. 하지만 싸우는 소리를 들은 전다다가 잠시 려금 문제는 미뤄 놓고 도우러 가자고 고집을 부렸다.

축운궁주는 응하려 하지 않았으나 목연은 전다다에게 찬성했다. 결국은 축운궁주도 협조하는 수밖에 없었다. 목연 하나와 적이 되는 것과 전다다 일행 전체와 적이 되는 것은 완전히 다른 이야기이기도 했고, 지금의 형세를 보면 비연을 돕는 것이 자신에게 유리할 것도 같았다.

전다다 일행을 본 비연이 기뻐하며 말했다.

"려금은 찾았어?"

"아니 아직! 이쪽이 더 힘들어 보여서! 연아 언니, 언니는 분명……."

전다다의 목소리에 갑자기 울먹임이 섞여들더니, 갑자기 말을 바꿨다.

"연아 언니, 우린 꼭 이길 거야!"

비연은 고개를 끄덕이며 바로 두 손으로 약왕정을 꽉 잡았다.

그때였다.

고칠소가 그녀의 손을 누르며 속삭였다.

"연아, 제대로 생각한 것 맞느냐?"

역시 의부는 그녀를 꿰뚫어 보고 있었다!

하고픈 말이 천 마디고 만 마디고 많았지만, 결국 비연의 입 밖에 나온 말은 단 한마디였다.

"의부, 우리는 꼭 이길 거예요!"

말을 마친 그녀는 바로 약왕정을 작동시키고, 방 안에 숨겨둔 적령석을 소환했다!

이때 헌원예 일행은 군구신을 둘러싸고 공격하고 있었다. 그들은 가까운 거리에서 공격하는 방식으로 군구신이 영술과 검술의 제대로 쓰지 못하게 막고 있었다.

그런데 침상 안쪽에서 갑자기 적령석이 하나씩 날아오르더니 문밖으로 날아갔다. 군구신은 이미 예견했던 상황이었지만 일부러 놀란 표정으로 헌원예의 검과 당 가주의 암기를 피한 후 큰 소리로 웃었다.

"보아하니 최후의 방법을 쓰는 모양이군! 어디, 본 왕이 한번 지켜보겠다. 비연이 고운원과 승부를 내는 것이 빠를지, 아니면 본 왕이 너희들을 처리하는 것이 빠를지! 하지만 과연 비연이 고운원을 이길 수 있을지는 의문이군!"

헌원예는 방 안으로 들어온 후 계속 살기를 담은 초식을 펼쳐 군구신을 상대했다. 대단히 우세한 것은 아니었지만, 어쨌든 군구신에게 틈을 주지 않고 있었다.

그는 현공대륙에 오기 전까지 계속 의심하고 있었다. 심지어 군구신을 만난 후 무슨 질문을 할지, 어떻게 그의 속을 떠볼지도 고민했었다! 그러나 비연의 혈서를 본 순간 그는 과거의 모든 것을 잊고 군구신을 철저하게 적으로 보게 되었다.

헌원예는 군구신을 잘 알고 있었지만, 그보다는 자신의 여동생을 좀 더 잘 이해하고 있었다! 연아조차 마음을 접었다는데, 그가 마음을 접지 못할 이유가 무엇이란 말인가?

이 순간, 군구신의 기고만장한 도전에 헌원예는 장검을 휘두르는 것을 멈췄으나, 그저 차가운 눈초리를 던질 뿐 단 한 마디도 하지 않았다!

그는 알고 있었다.

말로는 아무것도 변화시킬 수 없다. 말이 아무것도 변화시킬 수 없다면…… 군구신과 무슨 말을 나눈들 다 쓸데없는 짓일 뿐이다!

그렇다.

질문도 질책도 이 순간에는 필요 없는 것이다.

그러나 당 가주는 분노를 참지 못하고 노성을 질렀다.

"군구신, 이 짐승 같은 놈! 배은망덕한 자식 같으니! 고북월과 진민이 헛수고를 했어!"

그러나 군구신은 그런 그에는 눈길 한번 주지 않고 시종일관 헌원예만 쳐다보았다.

군구신이 냉소하며 말했다.

"본 왕이 지금까지 비연을 죽이지 않았던 것은 바로 너 때문이었다! 네가 이리 다급하게 달려온 정을 봐서 본 왕이 두 가지 길을 제안하지. 첫째, 본 왕의 발아래 무릎을 꿇고 대진국의 옥새를 내놓거나, 둘째, 본 왕의 포로가 되거나!"

# 그렇다면, 먼저 축하를

군구신의 오만한 도발에도 헌원예는 한마디 대꾸도 없었다.

그는 바로 대응하고 싶었지만, 이 순간 자신이 해야 할 일은 비연을 위해 최대한 시간을 끄는 것이었다. 그녀가 순조롭게 약왕정을 승급시키고 봉황력을 되찾아야 그들에게 승산이 있었다!

아무 말도 하지 않는 헌원예 주변에는 할 말이 태산같이 쌓인 사람들이 있었다.

다시 당 가주가 외쳤다.

"군구신, 이 더러운 짐승 놈! 어찌 너 따위가 대진국을 넘본다는 말이냐! 고북월이 너를 키우지 말았어야 했다. 평생 노비로 지내게 해야 했는데. 연아가 정말이지 눈이 멀었던 게야, 너 같은 짐승을 마음에 들어 하다니. 우리가 양보하지 않았다면 너 따위의 능력으로 만진국과 백초국을 얻었을 것 같으냐? 네가 감히 흑삼림에 들어가고, 장파 고묘에 들어갈 수나 있었겠느냐 말이다! 그 대단한 건명보검이 어떻게 생겼는지 볼 수나 있었겠냐고……."

군구신이 마침내 당 가주를 응시했다.

그도 쓸데없는 말을 늘어놓는 것을 좋아하는 성격은 아니었다. 평소대로라면 벌써 속전속결로 들어갔어야 했다. 그러나 가슴을 후벼 파는 모욕 섞인 질책에도, 비연에게 시간을 벌어주기 위해 참고 견뎠다.

어찌 되었건 이 연극은 오래갈 수 없었다. 비할 데 없이 총명한 이들이, 비연이 마음을 접지 않았다면 어찌 이리 쉽게 그의 배반을 받아들였겠는가?

여기까지 온 이상, 군구신은 이들 중 단 한 사람도 의심하게 할 수는 없었다! 그러니 그는 잔인해져야만 했다!

그의 시선이 당 가주를 떠나 그 자리에 있는 이들을 하나하나 훑더니, 마지막으로 헌원예 얼굴에 닿았다. 비연을 마주할 때처럼 마음속에는 하고픈 말이 많았지만, 역시 단 한마디로 응축됐다.

'미안하다.'

군구신이 건명력을 소환하며, 완벽하게 차가운 얼굴로 말했다.

"헌원예, 네가 선택하지 않겠다면 본 왕이 먼저 선택하지!"

그의 말이 떨어지는 순간, 건명보검이 울음소리를 내며 검망을 화려하게 펼치기 시작했다!

"예아, 조심해라!"

당 가주가 가장 먼저 헌원예 앞으로 이동했고, 영승이 그다음, 그리고 아금 순이었다. 그들 모두 헌원예 앞에서 군구신의 건명보검을 받아 냈다!

헌원예는 즉시 뒤로 물러났다. 도망치려는 것이 아니었다. 아니, 도망칠 수 있다 해도 도망치지 않을 터였다!

그가 오늘 이곳에 온 것은 비연을 구하기 위해서뿐만 아니라 군구신을 제거하기 위해서였다. 그는 시간을 끌며 백리명천을 기다리고 있었다.

비연의 계획은 일단 자신이 약왕정을 승급시킨 다음, 백리명천의 혈루는 모두를 위한 퇴로로 남겨 둘 생각이었다. 그녀가 고운원을 이기지 못한다 해도 최소한 백리명천의 혈루라면 군구신을 잡아 둘 수 있을 테니, 모두에게 기회가 한 번 더 있게 되는 셈이니까! 군구신을 이기지 못한다고 해도 최소한 도망칠 수는 있을 것이다.

그러나 헌원예는 이곳에 오기 전에 그 퇴로를 거부하기로 모두와 이야기를 끝낸 상태였다!

비연이 최후의 승부수를 던진다면, 그들에게 남은 길은 이기거나 아니면 모두 함께 죽거나였다! 그러지 않는다면 그로서는 부황과 모후를 다시 만날 낯이 없었고, 대진국 백성들을 다시 볼 낯도 없었다!

그는 백리명천이 먼저 손을 쓰게 하여 모두에게 도박의 기회를 줄 생각이었다!

그에게 있어 비연은 최후의 패나 마찬가지였다. 비연이 이긴다면 모두가 이긴다. 비연이 진다면 모두 함께 죽을 것이다! 그러니 그들에게 남은 것은 이기거나 아니면 죽거나였다!

문밖, 좀 전만 해도 비연의 손에 들려 있던 작은 약왕정이 어느새 거대한 약솥으로 변해 정원 한가운데에 위풍당당한 모습을 드러냈다. 그 크기는 팔괘림 중앙에 있던 그 용광로 크기만

했고, 고대의 신비로움이 가득하여 장중한 느낌마저 풍기고 있었다.

이 순간 약왕정에서 뿜어져 나오는 열기에 사람들은 경외심마저 느꼈다. 뜨거운 기운이 온 정원에 퍼지며, 본래 서늘하던 공기마저 후덥지근하게 변하고 있었다.

투조된 문양을 따라 약솥 내부에서 활활 타오르는 불꽃이 보였다. 보통 볼 수 있는 주홍빛 화염이 아니라 눈을 찌를 듯한 핏빛의 화염이었다. 신비스럽고도 기이한 그 불꽃을 한참 보고 있노라면 마치 자신이 불바다 속에서 타오르는 듯한 착각이 들 정도였다.

비연은 고칠소 품에 안긴 채 혼절해 있었다. 그때 마침 군구신이 방에서 나오는 게 고칠소의 눈에 띄었다. 가늘고 긴, 언제나 웃음기를 머금고 있던 고칠소의 눈에 차가운 살기가 어렸다.

"군구신, 감히 우리 연아를 배반하다니. 오늘 내가 죽는 한이 있더라도 너에게 그 대가를 치르게 하겠다!"

군구신이 그를 흘깃 보더니 가볍게 냉소하며 말했다.

"그래? 본 왕이 저들을 정리하기를 기다리시지. 그런 후에 회포를 풀 터이니!"

당정, 전다다, 목령아와 상관 부인 일행이 고칠소 앞을 막아서며 비연을 보호했다. 목연과 축운궁주가 헌원예 일행의 양쪽에 서는 동시에, 대설과 꼬맹이도 따라 나와 뒤에서 군구신을 포위했다.

이때, 영정이 인어족 병사들과 함께 다실 주변의 시위들을 정리하고 도착했다. 그녀는 인어족 병사들로 하여금 망중이 이끄는 시위들을 상대하게 하고, 자신은 망설이는 빛 없이 아금 앞에 착지하여 군구신을 노려보았다.

군구신을 바라보는 영정의 얼굴에는 분노의 빛조차 떠오르지 않았다. 그녀는 그저 고상한 얼굴로 군구신을 멸시하고 있었다.

그녀가 냉소하며 말했다.

"군구신, 네가 연아를 배반했겠다! 이 세상에 어디 나면서부터 존귀한 자가 있다더냐. 그저 승자는 왕이 되고 패자는 역적이 되는 이치가 있을 뿐이지. 구려족이 이미 멸망했으니 너는 상갓집 개나 마찬가지다. 네가 오늘 지닌 모든 것은 고북월이 너를 거두었기에 얻은 것이지. 그런데 은혜에 감사하기는커녕 배반을 해? 그 낯짝, 참 두껍기도 하구나. 네 덕행이며 재능이 어디 우리 대진국 공주에게 어울리기나 하다더냐? 내가 먼저 연아를 대신해 네가 배반해 준 것에 고마워해야겠다. 장래, 연아는 분명 너보다 천 배 만 배 뛰어난 부군을 얻게 될 테니!"

"그런가? 그렇다면…… 먼저 축하해야겠군."

군구신은 마음이 칼에 베인 듯 아팠지만 여전히 조소하듯 웃고 있었다.

마음을 다잡은 그가 건명보검을 머리 위로 치켜들고 건명력을 모았다. 찰나의 순간, 검망이 무지개처럼 하늘을 향해 솟아올랐다!

그가 검의 손잡이를 움켜잡고 사납게 영정을 베러 갔다. 동시에 헌원예가 영정 앞으로 몸을 날리더니 서정력을 소환했다.

헌원예의 검이 영정을 향해 오던 군구신의 건명보검과 맞부딪쳤다. 영정과 그녀 뒤에 있던 이들 모두가 동시에 흩어지더니, 반원 형태를 그리며 검을 뽑아 헌원예의 부담을 덜어 주었다.

모두의 협력으로 헌원예는 굳세게 건명력을 받아 내고 있었다. 건명보검이 그의 검을 단단히 내리누르고 있었다.

군구신은 헌원예가 이렇게 최후의 승부수를 띄우는 것은 일단 백리명천을 먼저 쓰기로 했기 때문이라는 걸 깨달았다. 이제 군구신도 여지를 남기지 않았다!

이 순간 군구신의 음산한 얼굴 아래 감춰진 감정은 회한이었다. 어린 시절, 그와 헌원예는 몇 번이고 이렇게 서로 맞섰었다. 헌원예는 여전히 그때의 헌원예였고, 그 역시 그때의 영자였다. 하지만 안타깝게도 이제는 그 과거로 돌아갈 수 없었다!

이렇게, 두 힘이 평형을 이루고 있었다!

헌원예는 전력을 쏟고 있었다. 그의 곁에 있는 이들도 모든 힘을 다하고 있었다. 그러나 오래 버틸 수 없었다. 군구신의 건명보검이 점차 헌원예의 장검을 압박하기 시작했다.

군구신의 검이 아래로 내려오는 순간 결정이 나는 것은, 단순한 승부가 아니라 생사였다! 헌원예는 이렇게나 거대한 건명력을 버틸 수 없었고, 이대로라면 죽을 수밖에 없었다!

비연은 여전히 혼수상태였다. 다급해진 고칠소가 비연을 전다다에게 넘기고 검을 들고 가세했다. 상관 부인, 당정, 목령아도 검을 뽑으며 함께했다. 그러나 그들 네 사람이 돕는다고 해도 결국은 계란으로 바위 치기일 뿐, 건명력에 맞설 수는 없었다!

그 모습을 본 대설과 꼬맹이도 서로 눈빛을 주고받고는 양쪽에서 군구신에게 달려들었다! 그러나 가까이 가기도 전에 건명력이 다시 한번 크게 일어나더니 그들을 떨쳐 냈다.

동시에 쾅 하는 소리와 함께 건명보검이 헌원예의 검날을 내리쳤다······.

## 버텨 내라, 칼날을 거스르고 나아가

건명보검이 사납게 헌원예의 검날을 내리쳤다!

군구신이 눈을 잔혹하게 빛내며 건명력을 다시 일으키자 주변의 모든 이들이 뒤로 날아갔다. 동시에 헌원예의 검 역시 두 동강이 나고 말았다.

건명보검이 다시 헌원예를 베어 갔다. 그 일촉즉발의 순간, 헌원예가 가까스로 몸을 피했다. 건명보검이 헌원예를 스치며 땅바닥을 치자 돌들이 어지럽게 날아올랐다.

군구신이 멈추지 않고 다시 헌원예를 공격했다. 그의 움직임이 어찌나 빠른지 모두 정신을 차릴 수 없을 정도였다. 고칠소와 목연이 가장 먼저 정신을 차리고, 둘이 거의 동시에 헌원예에게 달려가며 외쳤다.

"조심해!"

목연이 영술로 날아올라 헌원예를 잡아끌려 했다. 그러나 놀랍게도 헌원예는 목연을 밀어내며 군구신의 검날에 맞섰다.

헌원예는 이미 정역비가 백리명천을 데려온 것을 보았다. 군구신도 등 뒤의 동정을 느끼고 있었다.

헌원예는 자신의 생명을 걸고 도박을 하는 중이었다. 비할 데 없이 침착하게. 어떻게든 백리명천에게 군구신을 공격할 기회를 만들어 줄 생각이었다.

그는 피하지 않았다! 아니, 오히려 자신을 덮쳐 오는 건명보검의 검기를 동강 난 검으로 받아 내며 군구신을 공격했다!

일단 손을 쓰기 시작하면 헌원예의 사전에는 아무리 열세라도 방어라는 말은 없었다. 그는 오로지 공격만 할 뿐이었다!

검이 두 동강 났으니 분명 낭패한 상황이었다. 그러나 헌원예의 눈빛은 침착했고, 평범하지 않은 패기를 발산하고 있었다. 그는 차가운 얼굴로 건명력에 맞섰다.

날카로운 검기가 그의 얼굴을 덮치는 순간 핏물이 사방으로 튀었다. 그러나 헌원예는 눈 한번 깜짝하지 않고 여전히 군구신을 공격했다. 마치 검날을 거스르며 앞만 보고 나아가는 전사 같은 모습이었다!

군구신은 감탄하지 않을 수 없었다! 그러나 그는 검을 멈추지 않고 오히려 속도를 더했다.

바로 이 순간, 정역비가 백리명천을 부축하며 군구신 등 뒤로 착지했다! 모두 그들이 온 것을 눈치챘다.

백리명천은 한참 전부터 두 다리의 감각을 잃은 상태였으나 여전히 꼿꼿한 자세로 서 있었다. 한 손이 몸 옆으로 늘어진 채 미동도 하지 않고 있었으나, 다른 손으로는 장검을 쥐고 있었다.

비록 장검을 높이 쳐들지 못해 바닥에 닿도록 끌고 있기는 하지만, 이 긴박한 순간 백리명천은 곁에 있는 비연을 한번 쳐다보지도 않고 차가운 목소리로 정역비에게 물러나라고 명령했다. 그리고 이를 악문 채 혈루의 힘을 부르기 시작했다.

이제 그가 움직일 수 있는 것은 오른쪽 손바닥뿐이었다. 그는 혈루의 힘을 모아 최후의 일검을 휘두를 터였다!

혈루의 힘이 모이는 순간, 살기가 피어오르는가 싶더니 백리명천이 날카롭게 외쳤다.

"군구신, 받아라!"

찰나, 강력한 혈루의 힘이 그의 보검에 모였다. 백리명천은 검을 꽉 쥔 채 바닥에서 위를 향해 사납게 치켜올렸다.

이렇게 혈루의 힘이 순식간에 군구신의 등을 강타했다.

군구신 역시 이 힘을 다시 만나기를 오랫동안 기다려 왔다.

그는 즉시 건명보검을 거둬들이고 재빨리 몸을 돌렸다. 강제로 힘을 거둬들이자 순간적으로 기가 역행하여 선혈을 토해 냈다. 그러나 그는 역행하는 혈기를 억누르며, 자신에게 덮쳐 오는 혈루의 힘에 맞서 건명력을 소환했다.

찰나, 두 거대한 힘이 서로를 향해 빠르게 부딪쳐 갔다!

한순간의 일이었다. 그러나 몹시 길게 느껴지는 시간이기도 했다. 본래 날카롭고 빠르던, 사람들이 알아챌 수도 없던 그 모든 것이 느리게 변했다.

이 길고 긴 한순간에, 백리명천의 손이 천천히 굳어 가더니 마침내 장검을 바닥에 떨어뜨렸다. 그의 입가에 점차 사악해 보일 정도로 매력적인 미소가 떠올랐다. 군구신의 눈에도 천천히 웃음기가 떠올랐다.

군구신이 바로 몸을 돌려 헌원예를 마주 보았다. 헌원예는 여전히 동강 난 검을 들고 그를 찔러 오고 있었다.

단지 한순간인데, 어찌 이리 길게만 느껴질까?

이 모든 것이 착각에 불과했다! 모든 것은 본래 그래야 했던 그대로였다. 도저히 반응할 수 없을 정도로 빨랐다.

두 힘이 서로 부딪치는 그 순간, 거대한 굉음과 함께 천지가 울렸다. 백리명천의 몸이 튕기듯 날아가는 순간, 헌원예는 서 정력을 모아 버티며 동강 난 검으로 군구신을 찔러 갔다.

헌원예가 진정으로 바라던 바로 그 순간이었다!

군구신은 즉각적으로 대응하지 못했을 뿐 아니라, 두 힘이 부딪친 후의 충격파에 영향을 받아 몸 전체가 헌원예의 검 쪽으로 휘청거렸다!

그러나!

군구신이 곧 재빠르게 피하며 옆으로 몸을 날렸다. 그 순간, 헌원예가 더 버티지 못하고 뒤로 날아갔다.

그러나 끝난 것이 아니었다. 이제 시작일 뿐이었다!

군구신이 바닥에 쓰러지자 고칠소 일행이 거의 동시에 움직이기 시작했다. 암기가 먼저 날아왔고 검이 뒤따랐다. 쓰러진 헌원예와 비연을 안고 있는 전다다를 제외하고 모두가 함께 공격해 왔다.

인정하지 않을 수 없었다. 이 순간, 군구신은 제대로 반응할 겨를이 없었다.

그가 몸을 일으키기도 전에 암기가 사방에서 날아왔다. 그와 동시에 고칠소, 아금, 영승, 정역비의 검이 그에게로 향했다.

군구신은 숨 한번 돌릴 틈도 없이 다시 한번 건명력을 폭발시켜 자신에게로 날아오는 모든 암기를 날려 보냈다. 그리고 검을 휘둘러 위기에서 빠져나왔다.

그의 입가에서는 선혈이 흐르고 있었다. 의심할 바 없이, 그도 상처를 입은 것이다!

비연의 추측은 틀리지 않았고, 헌원예의 계획도 틀리지 않았다. 백리명천의 최후의 힘으로는 군구신을 대적하기에 부족했다. 기껏해야 그들에게 시간을 벌어 주는 정도였다.

고칠소는 멀리 쓰러진 백리명천을 바라보았다. 그러나 자세히 살펴볼 겨를이 없어 그저 흘깃 보는 수밖에 없었다.

고칠소가 눈짓하자, 모두 바로 그의 뜻을 알아차리고 방금처럼 군구신을 포위했다. 그들이 군구신이 영술을 쓰지 못하도록 견제하는 사이에, 목연이 영술을 이용해 사람들의 포위를 뚫고 몇 번이나 군구신을 공격했다.

그들도 이 방법으로 군구신을 얼마나 오래 붙들 수 있을지 알 수 없었다. 그러나 어떻게든 비연이 깨어날 때까지 시간을 벌어 주어야 한다고 믿고 있었다!

중상을 입은 헌원예도 몸을 일으켰다. 그는 비연을 잠깐 바라보고는 안색 한번 변하지 않고 입가의 핏자국을 닦아 냈다. 그리고 활을 꺼내 군구신을 겨누며, 얼음처럼 차가운 눈빛으로 기회를 찾고 있었다.

그들이 과연 얼마나 버틸 수 있을까?

이때, 비연은 약왕정 안 약초밭에서 깨어났다. 정신이 들자 봉황력의 존재를 느낄 수 있었다. 그녀는 예전처럼 봉황력을 소환해 보았으나, 여전히 돌아오지 않았다. 그러나 놀랍게도 봉황력이 발버둥 치고 있다는 건 느낄 수 있었다!

대체 어찌 된 일일까? 약왕정이 승급한 것과 관계가 있을까? 고운원은 어디에 있지?

비연은 약왕정 밖의 상황은 알지 못했지만, 시간이 많지 않다는 건 아주 잘 알고 있었다. 단 한순간의 차이에도 승부가 갈릴 수 있었고, 생사가 갈릴 수도 있었다!

재빨리 몸을 일으켜 약초밭 끝 어둠을 향해 달려갔다. 가까이 가기도 전에 앞쪽에서 훅, 뜨거운 열기가 밀려왔다.

이 뜨거움은…… 비연에게 너무나 익숙한 것이었다! 하늘이 내린 불, 약왕정의 신화만이 이 정도로 뜨겁게 타오를 수 있으니까! 바로 8품 신화의 열기였다!

비연은 점점 더 기이한 느낌이 들었다. 신화는 약왕정 안 공간에 나타난 적 없었다. 설마, 최후의 승급이 이 어두운 공간에서 이루어지는 걸까? 이 어두운 공간이 봉황력과 대체 무슨 관계가 있을까?

그녀는 더더욱 빠르게 달리기 시작했다. 그리고 곧 하늘로 치솟고 있는 불길을 보게 되었다.

비연은 당황했다. 본래 어둠뿐이던 곳에 거대한 불길이 활활 타오르고 있었다. 그리고 저 구역은 분명…… 분명 그녀가 고운원과 함께 10년을 보냈던 약왕곡, 빙해영경이었다!

## 두 주인과 계약하지 않는다

약왕곡, 빙해영경! 마침내 찾았다! 마침내 다시 이곳에 왔다!

산은 온통 약초밭이었다. 험준한 절벽이며 세차게 흐르는 폭포……. 그러나 익숙한 약초의 향은 느낄 수 없었다. 그 그립던 햇살도, 그 너그럽던 백의 사부도…… 그리고 그때의 천진난만하던 어린 비연도 이제는 존재하지 않았다.

골짜기 전체가 불길에 뒤덮여 있었다. 어디를 보아도 온통 화염이었다. 그러나 이 화염은 환상인 듯, 아무것도 태우고 있지 않았다. 그러나 견디기 어려울 정도로 열기를 내뿜고 있었다!

이 불길이 바로 약왕정의 신화가 아닌가?

눈앞의 익숙한 모든 것을 바라보고 있노라니 마음이 무어라 표현할 수 없이 아파 왔다. 그러나 옛 추억에 잠길 시간은 없었다. 비연은 한껏 조심하는 눈초리로 한 걸음 한 걸음 경계선 가까이 다가갔다.

예전이었다면 경계선에 닿는 순간 바로 신비로운 힘에 튕겨 나왔을 것이다. 그러나 이번에는 그 힘이 느껴지지 않았다.

비연은 너무 기뻐 다시 봉황력을 소환해 보았다. 여전히 봉황력은 돌아오지 않았다. 그러나 그녀는 한층 명확하게 봉황력을 느낄 수 있었다!

봉황력은 바로 이 약왕곡에 있는 게 분명했다. 활활 타오르는 8품 신화에 대항하며!

고운원은 대체 뭘 하는 걸까? 그녀는 이제 가만히 앉아 죽음을 기다릴 수는 없었다. 그렇다면 대체 어떻게 해야 할까?

"고운원! 고운원, 이리 나와! 배짱이 있으면 나와 보라고! 아니면…… 본 공주가 너와 함께 동귀어진하더라도 탓하지 말아야 할 거야! 너는 아무것도 얻을 수 없을 거야!"

비연이 노한 목소리로 외쳤다. 그녀는 이미 결사의 각오를 하고 최후의 승부를 내러 온 셈이었다. 그러니 해야 할 말은 모두 해야 했다.

봉황력을 되찾지 못한다면, 당연히 고운원과 약왕정을 모두 잃더라도 개의치 않을 생각이었다!

그녀가 죽으면, 계약 관계는 끝난다!

비연의 목소리가 약왕정 안 공간에 메아리쳤다. 메아리가 점차 작아지다가 사라질 무렵, 마침내 고운원이 나타났다.

그는 불길 한가운데 서서 비연을 바라보고 있었다. 마치 신과도 같이 잘생긴 그 얼굴에 평소의 너그럽고 소탈한 빛은 보이지 않았고, 은거 의원 역할을 할 때의 그 긴장 어린 표정도 보이지 않았다. 그저 얼음처럼 차가운 표정으로 그녀를 바라보고 있을 뿐.

그의 입꼬리가 살짝 올라가는가 싶더니 순간, 미간에 피처럼 붉은 화염 표식이 나타났다. 동시에 그의 두 눈에도 불길이 떠오르고 있었다.

멀리서 보면 불길 속에서 그가 입은 흰옷이며 먹처럼 검은 머리카락이 제멋대로 나부끼고 있는 것 같기도 했고, 또 그의 몸 안에서 타오르기 시작한 불길이 그의 옷과 머리카락을 태우고 있는 것 같기도 했다. 이 순간의 그는 마치 땅에 떨어진 신과도 같아 보였다!

비연이 갑자기 주먹을 꽉 쥐었다. 단순히 분노 때문만은 아니었다. 그보다는 경계심 때문이었다.

갑자기!

고운원이 검을 휘둘렀다. 한 줄기 불빛이 비연을 공격해 왔다!

바로 피하려던 비연이 한옆으로 쓰러졌다. 고운원이 더더욱 차갑고 사악하게 미소 지으며 다시 공격해 왔다.

비연은 이번에는 피하지 않았다. 그녀는 차가운 눈길로 자신에게 다가오는 불길을 바라볼 뿐이었다. 그녀의 눈빛에 단호한 냉소가 떠오르고 있었다.

봉황력을 잃은 그녀는 폐물이나 다름없었다. 그러나 그녀는 약왕정의 주인이었고, 약왕정에 대한 지배권을 잃은 적도 없었으며, 신화에 대한 지배권을 잃은 적도 없었다.

불길이 다가오는 순간, 비연이 정신을 집중했다. 불길은 순식간에 사라졌다. 비연은 몸을 일으켜 차가운 눈길로 고운원을 바라보았다.

"대체 원하는 게 뭐지?"

고운원이 안색 하나 바꾸지 않고 말했다.

"안심해도 좋다. 네가 죽기 전에 내가 말해 줄 테니."

비연이 큰 소리로 웃기 시작했다.

"그럴 필요 없어. 나 스스로 깨달아 버렸으니까!"

말을 마친 그녀의 눈빛이 더욱 차가워졌다. 그녀는 발걸음을 옮겨 마침내 경계선을 넘었다.

그 신비한 힘이 사라진 지금, 비연은 쉽게 경계선을 넘을 수 있을 뿐 아니라 8품 신화를 원하는 대로 조종할 수 있었다. 덕분에 그녀의 발길이 닿는 곳마다 약왕정의 신화가 꺼졌다.

그 모습을 본 고운원이 갑자기 뒤로 물러났다.

비연의 입가에 어린 웃음기가 한층 짙어졌다.

"보아하니 내가 진상을 반 이상 알아낸 것 같군. 당신은 나를 이용해 약왕정의 신화를 승급시켰지. 당신은 9품 신화가 필요해. 이 공간의 구속에서 풀려나기 위해서 말이야! 당신은 기령이 아니었던 거야!"

그녀의 추측은 진실에 상당히 근접해 있었다. 그러나 안타깝게도, 결국 진실은 아니었다.

고운원이 대답 없이 한 걸음 한 걸음 뒤로 물러났다. 그가 물러나는 곳마다 불빛이 더더욱 거세게 일어났다.

비연이 발걸음을 멈췄다. 그녀는 계속 봉황력을 소환하는 한편 고운원을 탐색하는 것도 잊지 않았다.

"어째서 당신도 약왕정의 신화를 움직일 수 있는 거지? 약왕정은 두 주인과 계약을 맺을 수 없어. 당신이 기령이 아니고, 또한 이 약왕정의 주인이 아니라면…… 어떻게 약왕정에 들어올 수 있는 거지? 어떻게 천 년을 살아왔던 거야?"

비연은 여전히 봉황력을 소환할 수 없었다. 그러나 그 존재를 한층 가깝게 느낄 수 있었다. 심지어 봉황력이 활활 타오르는 불길 속에 갇힌 것조차 느낄 수 있었다. 그러나 그 불길은 결코 8품 신화가 아니었다.

비연은 일단은 깊이 생각할 여유가 없어, 고운원의 눈을 응시하며 대답을 기다렸다.

고운원은 아무 대답도 하지 않았다. 그의 눈빛이 차가워지는가 싶더니 순간적으로 검을 쥔 채 비연을 향해 자리를 옮겼다.

비연은 바로 약왕정의 신화를 소환해 불의 장벽을 세웠다. 그러나 고운원이 손을 휘두르는 순간 그 불의 장벽은 완벽하게 사라졌다.

비연은 본래 신화에 대한 자신의 장악력이 고운원보다 뛰어나리라 생각했었다. 최소한 그녀가 소환한 신화에는 그가 손을 대지 못할 거라고.

비연은 뭔가 깨달은 듯 그대로 멈춰 섰다!

고운원이 순식간에 그녀에게 다가오더니 그녀의 목에 검날을 들이댔다. 그리고 마침내 입을 열어 차가운 목소리로 속삭였다.

"애야, 어째서 사부와 다투려 하는 게냐? 나는 너의 사부가 되어 네 혼백을 10년 동안이나 길러 주었다. 나는 언제라도 네 혼을 멸할 수 있었단 말이다!"

비연이 어깨 위의 검을 바라보더니 갑자기 큰 소리로 웃기 시작했다.

"그런가? 그럼 어디 한번 멸해 보시지! 당신이 나를 죽인다면,

당신이 약왕정을 연성하는 것을 누가 또 도와줄 수 있을까? 그간 들인 공이 전부 헛되게 될 텐데, 그건 두렵지 않은 모양이지?"

이 말에, 고운원의 얼음과도 차가운 눈빛에 안타까운 빛이 스치는 듯했으나 곧 사라지고 말았다.

비연이 갑자기 그의 검을 밀어내며 그에게서 떨어졌다.

"고운원, 내 추측이 틀리지 않았다면 그때 당신은 약왕정을 연성해 내지 못했던 거야! 당신이 내게 약왕정 신화가 9품까지 있다고 말한 것도 일부러 거짓으로 가르쳐 준 것이겠지. 내가 한 단계 한 단계 천천히 연성해 내도록! 사실은 당신은 나에게 약을 연마하게 한 거야! 9품 신화를 연성하면, 이 약왕정은 진정한 의미에서 완성되는 것일 테고. 맞지?"

고운원이 아무 말 없이 뒤로 물러서자 비연이 눈을 가늘게 떴다. 그녀의 눈빛에 위험한 기운이 맴돌고 있었다. 그녀는 한 걸음 한 걸음 고운원에게 다가가며 다시 말했다.

"나와 봉황력의 협조가 있어야만 최후의 한 단계를 넘을 수 있겠지. 당신 혼자서는 할 수 없는 일일 거야. 하지만 당신은 내가 약왕정을 온전히 얻게 하고 싶지 않았겠지. 그래서 당신은 나를 속였어. 계속 나에게 잘못된 정보를 알려 주고, 심지어 나를 핍박했지. 당신이 약왕정을 연성했건 아니면 여기에 당신의 몸을 바쳤건, 안타깝게도 이 약왕정은 완성되지 못했던 거야! 당신은 진정한 의미에서 기령이 되지 못했지만, 천 년에 걸쳐 계속 약왕정을 연성하고 있었던 거지. 그래서 당신은 죽지 않고, 사람도 귀신도 아닌 무엇이 되어 버렸던 거고! 그리고 그래서, 당신도 나와 같이 이 8품 신화를 움직일 수 있고!"

고운원이 큰 소리로 웃기 시작했다.

"과연 너는 나, 고운원의 제자로구나. 정말 영리해. 하하! 하지만 네가 그 모든 것을 안들 또 무슨 상관일까? 본존이 너를 멸할 수 없듯이 너도 본존을 멸할 수 없다. 설마 정말로 나와 동귀어진할 생각이냐? 밖에 있는, 너를 배반한 남자를 도와 가면서?"

이 말을 들은 순간 비연의 표정이 더욱 일그러졌다.

고운원이 몸을 돌리더니 불길 속 깊은 곳을 향해 걷기 시작했다.

비연은 그를 쫓아가지 않았다. 그녀는 뭔가 생각하듯 고운원의 뒷모습을 바라보다가 미간을 찌푸렸다. 그리고 그의 모습이 불길 속으로 사라지는 순간, 갑자기 날카로운 목소리로 명령했다.

"고운원, 내가 명령한다. 거기 멈춰!"

그렇다.

그녀가 명령했다!

〈제왕연〉 19권에서 계속